九州

缥缈录

NOVOLAND
EAGLE FLAG

铁甲依然在

江南 著

叁

天下名将

人民文学出版社

目录

第一章 乱世之狮 …… 001

第二章 初阵 …… 053

第三章 军之王 …… 103

第四章 神之使 …… 141

第五章 殇阳血 …… 185

第一章 乱世之狮

大胤喜帝九年的冬天，十二月十七。

天启城，太清宫。

“陛下！陛下不能去啊！”玉墀下，老者死死扯着皇帝的衣袖，伏地叩首。

年轻的皇帝披濯银重甲，胸甲上文着金色的流云火焰，燃烧的蔷薇盛开在其中。

这是胤朝皇族白氏的家徽。

七百年前，名叫白胤的男人高举着火焰蔷薇的旗帜一统东陆，开创了九州历史上空前绝后的人类帝国。也是从那时开始，燃烧的蔷薇象征胤皇朝的威武与力量，白氏以此为家徽，期望当年那个战神般的“蔷薇皇帝”依旧以灵魂守护自己的子孙，为白氏皇朝带来永无断绝的力量和繁荣。

皇帝并未怜悯臣子的老迈，鞭柄重击在老臣的锁骨上，一转身，再次伸手去抓书案上的剑。

帝剑“承影”，相传是蔷薇皇帝白胤的佩剑。

“陛下！”老臣不顾一切地扑上来，抱住了皇帝的腿。

“彭千蠡！”皇帝怒吼，“莫以为你是先皇的旧臣我就不敢杀你！我大胤朝的江山就败在你们这些缩头畏尾的臣子身上！今天你若不退开，我就先用你的人头祭剑！”

“陛下！”

盛怒之下的皇帝果然提剑。剑鞘上的红色丝绳被强行扯断，古剑出鞘，一片若有若无的光华流逸。相隔七百年，承影的剑锋依旧如发硎的刹那。

七百年后，白氏的禁咒还是破了。

帝剑承影虽是白氏家传的神器，可也是传说中的“乱世之剑”。白胤就是提着这柄不甘寂寞的杀戾之剑，踏着累累尸骨一统山河。而后又是他亲手以红绳封印了佩剑，将这柄堪称神兵的利器永远弃置在深宫的剑阁里。

宫中的内侍说，阴雨的天气中，常听见剑阁中有隐隐的呼号声。而无星无月的夜里，若是在剑阁中点燃一盏孤灯，可以清楚地看见灯的阴影中，有一个淡淡的人影抚摸着剑鞘，那柄剑则诡异地自鸣起来。

“杀人太多，”白胤曾经叹息，“是一柄不祥的剑。”

封印的红绳终于又断开了，渺渺茫茫中，剑上的戾魂升起在空中。白氏皇朝的七百年繁华后，莫非终究逃不过乱世的劫数？

古剑破风斩落，直劈老臣的脖子。皇帝怒急攻心，力道控制不住，承影剑斩入老臣肩头一寸。猩红色在近乎透明的剑上滑动，一时间君臣二人都静了下来。皇帝的手一颤，看见老臣一对瞽目中，竟有两行老泪滚滚而下。

良久，皇帝长叹：“彭千蠡，当初你和先帝北征蛮族，为羽箭射瞎双眼，尚能拔箭力战，为何我今天要重振帝朝威武，你竟然畏缩如此……”

“难道我白氏真的没有忠臣了么？”说到这里，皇帝心中的隐疾发作。数年来的屈辱和无奈早已埋下了怒火的种子，这股怒火挣脱了束缚，燃烧起来的时候，再也不是一个瞽目的彭千蠡所能熄灭的了。

皇帝一脚踢翻了彭千蠡，提剑下殿，大步直出太清门。那里御驾已经备好，四匹白马头上插着白色的雉羽，拉着黄金装饰的战车。而羽林军四百精锐披坚执锐，枪戟如林。

寂静的金殿上，三朝老臣、龙壁将军彭千蠡跪坐于地，一任肩上血流如注。

“今日誓要斩杀逆臣，重振我大胤国祚！”皇帝的声音从宫门外传来，“舍身杀敌者，人人封侯！有斩杀嬴无翳者，代代封王，千秋不绝！”

“喝——”羽林军齐声呼应，一时间的声浪也颇为惊人。

一阵车声马蹄，似乎是皇帝的车仗已经踏着烟尘出发。金殿里的彭千蠡摸索着爬了起来，一个人弯着腰走到玉墀下，默默地整理自己紫色的朝服。远处的宫女和内侍畏惧他的古板，都不敢靠近，只是互相递着眼色，不知道他要做什么。

“先帝英灵，”彭千蠡对着北面太庙的方向跪下，“臣外不能克制诸侯，内不能守护君王，愧对先帝重托。残身无用，死无可恕，唯有以此谢先帝。”

“嬴无翳！乱国逆贼，早生五十年阵前遇我，当千刀劈你，叫你碎尸万段！”怒吼中，彭千蠡扬身而起，腰间佩剑出鞘，准确无误地切入了他自己的喉咙，而后一挫一拉，尽断喉间的血脉。

热血扬出三尺高的血雾，昔日名将倒在金銮殿鲜红的地毯上，以他的残身尽了对胤帝国的忠诚。

彭千蠡的话嬴无翳永远都不会知道。

如果嬴无翳早生五十年，彭千蠡风华正茂，正和帝国破军之将苏瑾深齐名。以彭千蠡那时的勇猛，倘若和嬴无翳阵前相遇，也许真的有机会手刃乱臣，圆他忠君爱国的大梦。可惜东陆的雄狮站在大胤朝的殿堂上发号施令的时候，彭千蠡已经成为历史。

白胤分封嬴氏祖先于离国的时候，当然不可能想到嬴无翳的出世。

不知星辰怎样运转，让嬴无翳谨小慎微的父亲生下如此的儿子。十七公子嬴无翳少负恶名，性情孤僻桀骜，终日飞鹰走狗，与城中的无赖少年混迹，是离国的一害。纵然一手刀马绝技惊世骇俗，却很不得离侯喜爱。

嬴无翳十九岁的时候，父亲辞世，留下遗诏令长子嬴无妄承国。嬴无妄自知无才，担心兄弟们不服，于是决意以武力说话。他整顿禁军精锐四百人，逼到诸位公子的府上，要把兄弟们全部收入内宫监管。

嬴无妄成功地令诸多兄弟们屈膝。初次动用武力就尝到了甜头，他信心十足，束甲仗剑，策马走在禁军的最前面。

冲入嬴无翳的宅邸时，迎接他的却是一支狼牙利箭。嬴无妄正大声呼喝说叫你们主子出来，此时长箭破风而来，从他的嘴刺入，一直贯穿了后脑。仅仅十九岁的嬴无翳从前堂的大柱后缓缓现身，抛去硬弓，提起随身的斩马长刀，一步一步逼近禁军。那是一场一对四百的对峙，嬴无翳冷冷地看着哥哥带来的禁军，每一步都像是踩进了石路中。那种不可抗拒的威严和杀气完全不像是一个十九岁的年轻人所有的，身经百战的禁军在他面前就像是羊群，而嬴无翳，毫无疑问是那只捕猎的雄狮！

四百禁军精锐，嬴无妄笼络他们用了半年的时间，而嬴无翳只用了一瞬间就令他们屈膝下跪，而后山呼离侯殿下。

次日，嬴无翳手持那张弑兄的长弓端坐在离国的宫殿上，对自己的诸位哥哥说："要想杀我的，只管效仿我的模样，你们还有机会。只是等到刀剑相对的一天，就再也说不得兄弟，只有胜生败死！"

胜则生，败则死。这就是嬴无翳一生的铁血规则。

胤喜帝六年八月，当时十六国诸侯中籍籍无名的边地侯爵嬴无翳翻越雷眼山，带着他的五千轻骑入帝都朝拜，事实上是突出奇兵，以五千兵马控制帝都天启城。

诸侯这才惊恐地发觉，在嬴无翳多年经营下，离国军马已足以称霸十六国。仗恃着"雷骑"和"赤旅"两支雄兵，离国挟持天子，威临诸侯。天子胤喜帝不甘被诸侯侮辱，秘传勤王铁券，于是十五国联军共计十八万逼近帝都。最后双方在锁河山血战，各自损伤惨重。十五国联盟在一个月后崩溃，离国也在锁河山战场会盟诸侯，订下和约。于是脆弱的和平得以维持，后世称为“锁河会盟”。

这次会盟中，东陆诸侯中的平衡微妙地变化着，弱者终于向强权屈服，而权力的窥伺者也隐藏了爪牙等待雄狮的倒下。旧的和平被战争打破，新的战争又在新的和平中酝酿。历史的这一页被血黏合起来，后人无法探知锁河之盟上诸侯的神情。只有锁河山下的七万具尸骨，直到百年后犹然用他们空旷的眼眶对着天空，看着星辰起落。

至于喜帝最终的奋武和彭千蠡的自尽，不过是这场乱世变化中的一个小插曲。喜帝白鹿颜眼看勤王的烽火已经熄灭，苦闷之下更无法忍受嬴无翳的狂妄。喜帝九年，也是他称帝的最后一年，白鹿颜激愤之中率领羽林军四百余人以战车冲击嬴无翳的府邸。可惜当时嬴无翳甚至没有亲眼看见愤怒的皇帝，只顷刻间白鹿颜的卫队就被离国雷骑冲散，喜帝自己也被反叛的部下杀死。

当嬴无翳知道这件事情的时候，年轻皇帝的棺材已经放在了他面前。嬴无翳拍棺长叹“求仁得仁，也当含笑九泉”，史官为了讨好嬴无翳，乃加白鹿颜的谥号为“喜”。于是这位携承影剑意欲振兴白氏，却死于刀剑下的皇帝，在史书中被称作“喜皇帝”。

乱世便是这样嘲弄着败亡的人。

胤成帝三年七月，夏末。

帝都，天启城。

夜已经很深。从凌云而起的太清阁往下看去，城市如仰卧的巨人，在夜色笼罩中沉睡，远处的街巷里透出隐隐约约的灯光来。夜风微凉，披甲的人在阁上俯瞰，风扯着他赤红色的大氅缓慢地飘动。

脚步声由下而上，宽袍广带的男人拾级而上，在披甲的人背后长揖为礼。

“他们说白胤在他最后的日子里，最喜欢在这里眺望，看他自己的城市。”披甲的人仿佛漫不经心地说。

“据说这里是整个天启城里最高的地方，说是太清阁，其实倒像是座塔。”宽袍男人答也答得漫不经心。

“真安静啊。”

“怎么会安静？”宽袍的人笑了，他的笑容温和，却带着毫不顾忌的嘲弄，“这里可是天启，天下权力的中央，无声处亦有雷霆翻滚。它是头睡着的狮子啊，睡醒了，还是要吃人的。”

“深夜来，有什么事？”披甲的人无心和他闲扯。

“不是大事也不敢在王爷出神的时候打扰，这个规矩，谢玄知道的。离国有线报来，九原的形势已经是一触即发，我想墨离县侯准备称自己为离公了。”

披甲的人转过身来，目光森冷，而他的瞳子色作深褐，极亮，仿佛燃烧的炭：“我的侄儿准备效忠皇帝，带着我离国的子民来帝都勤王，而后杀掉他的伯父，把人头献给皇帝么？”

“嗯。我想这也不是不可能。不过如今的借口，是长公子治国不力，昏庸无道，乃至于今春各地饥民多有饿死。所以墨离县侯准备请长公子逊位，还政于民。”

披甲的人冷冷地笑了一声：“我还没有死，我的儿子只是离国的储君，世上有说储君逊位的么？还政于民还是让我可爱的侄儿被民众托举着进宫，变成九原城的主人？”

“没办法，各地的请愿确实如此。墨离县侯所说也不错，长公子并非治国之材，王爷应该早就知道。”

披甲的人摇了摇头：“知道他是个废物，可是毕竟是自己的儿子，不肯相信他废物到了如此地步。”

“危若累卵了，请王爷早做决断。”宽袍的人长拜。

“谢玄，你说我们该如何？”

“只要王爷的军旗重新插在九原的城头，我想没有人敢于再提还政或者逊位的事。”

披甲的人不回答，转身过去眺望远方。

良久，他低声问：“谢玄，我们被困在帝都，已经快满六年了吧？”

“是，还有一个月，便是六年了。六年之前，是谢玄跟着王爷把军旗插在了帝都城头。那一幕谢玄终生难忘。”

“我们取得了帝都，也大胜了诸侯，却成为笼中的困兽，不能回返家乡。”披甲的人呵呵冷笑，“我戎马一生，这一步棋走得拙劣了，未免让人耻笑。”

“五千雷骑的奇袭，锁河山血战的大胜，能有这样彪炳后世的战绩，便也没有人敢耻笑。不过这步棋，确实走得太急。以如今的形势，我们继续占据帝都，并无极大的好处。皇帝虽则在我们掌中，然而诸侯对于皇帝也未必有多少忠心，我们手里这个人质，用处不大。诸国大军把我们和离国割开，我们只能靠着天启城的资货自养，最近兵员的补充也变成了难事。墨离县侯闹事，未必不是诸侯在后面教唆煽动的结果，王爷不亲临九原，只怕就会失去我们的故国了。”宽袍的人再次长拜，“谢玄再请王爷速做决断。”

“我的侄儿，这个孩子还是恨我吧？所以那么容易就被煽动和教唆了。”

“王爷杀了他的父亲，您的亲生弟弟，他自然应该恨王爷。”

“可是我教他养他，并没有对他不公。而他的父亲曾把刀架在我的脖子上，我有什么选择？难道我应该顾全兄弟的情分，等着他父亲一刀砍下来杀了我，然后我的侄儿会有感于他伯父的仁义，在我的忌日那天哭一哭以慰我的冤魂？”

宽袍的人笑说：“王爷这样的人，是不该如此抱怨的。世人记得的，只是王爷杀了自己的弟弟，他们已经忘记了，是当年的墨离县侯提着刀把王爷逼到了悬崖边。因为王爷取胜了，所以世人怨恨王爷，现今这个墨离县侯也不例外。这就是王爷的霸主之命。”

“世人真是蠢材。”披甲的人冷冷地说。

“是，谢玄也是如此以为的。”宽袍的人恭恭敬敬地回答。

两人相对而笑，笑容森冷而目光温暖。

“终于要放弃这座城市，王爷觉得可惜么？”宽袍的人挥手指向远方，“毕竟是万城之城的天启啊，若是比作女人，便是天下最美的女人。这里楼阁勾连锦绣如云，美女皆行列而过，若说富贵乡，宛州南淮也不过如此吧？而我们来了，却终要走。”

“是的，有点可惜。”披甲的人点了点头，“不过要女人一生一世陪在你身边，终究是很难。再说了，我在这个城市里是个披甲的人，不是身着绫罗的人，我知道这个城市的土地每一寸得来皆有我离国子弟的血，我还不至于把一片浸满血的土地看作女人的胸口，赖着不肯去。”

他霍然转身，沿着台阶而下：“按你的意思，传令三军！准备完毕报告于我！”

“得令！”宽袍的人拜领了军令。

宽袍的人——离国雷骑军左都统谢玄一解身上的宽袍，看也不看扔在地下，跟上了嬴无翳的脚步。他的宽袍下一身银色磨铁的鱼鳞细甲，在月色下寒光森然。

这座城市里净是披甲佩刀的人。

使女捧上黄金织绣的皇袍。大胤皇帝，后世称为胤成帝的白恢在妃子们的搀扶下登座，披上了皇袍。

这里是太清宫东偏殿，窗外可以看见高耸入云的太清阁。早晨的阳光暖软，而偏殿里气氛低沉。

自从嬴无翳变成了天启城的主人，皇帝已经很少早朝了。白恢和他的历代祖先相比，也未必是个昏聩无能的皇帝，若是可以，他也想在朝堂上一展威严。不过只要有嬴无翳这头森严的狮子站在一旁，无论皇帝怎么说话，也不过是一头绵羊在哼哼。狮子还未吃掉绵羊，只是它如今还不饿。

所以皇室的大臣们商议来去，劝皇帝少上早朝，有事只在这座偏殿里议，天不亮的时候大臣们悄悄从北宫门由内监们引入，议事完毕跟着值夜的官员们一起退出，躲过嬴无翳的耳目。这个委委屈屈的小朝廷已经维持了两年，对于成皇帝白恢而言，他统治的土地，也只有这方偏殿了。

“唉哟，我这背真是要折了，怕是昨夜被风吹的。”皇帝低低叹气，勉强挺身。

妃子们还算乖巧，上去帮他捶打后背，占不到地方的帮他按揉双腿的肌肉。白恢即位前是个只需享乐的广昌王，平生一半时间是在文章上度过，一半时间是在女人身上度过，身体虚弱，每日早起来这里议事，他身体总有些不适。

群臣们在下面半躬着腰，不敢出声。

“诸卿啊，有什么事但说不妨。”皇帝低低地叹口气，摇头，“昨夜嬴无翳带一百雷骑武士进宫，上太清阁眺望。我这里是战战兢兢过了大半夜，也不敢睡，直到他离去，凌晨才闭了一会儿眼。诸位大臣，我这个皇帝，做得也真是颜面扫地。有什么事情说吧，我这里听着。”

群臣对了对眼色。

“楚卫国白毅将军的密使昨日呈了一封问安的信函，请陛下安心，诸侯不曾忘记陛下的苦难。”一人出列启奏。

“不曾忘记我的苦难？”皇帝苦笑，“这些人，除了没有嬴无翳那么强的手腕，其他便也跟嬴无翳是一丘之貉，谁想过我的死活？”

“陛下宽怀，别的诸侯或者心怀不轨，但是楚卫国白毅将军确是国家的忠臣，可以托以性命的。”又有一个人出列。

“我怕我是没有这命可以托给他了！”皇帝不耐烦地斥退了臣子，摊了摊手，“嬴无翳这样深夜入宫，简直把太清宫看作他自己的后院，他若想杀了我，一百雷骑冲进来谁挡得住？我早晨起来还有命，晚上脑袋在哪里还难说，你叫我哪里来的信心去等诸侯来勤王？”

“此事我觉得陛下可以书信予嬴无翳，这太清宫毕竟是我大胤历代皇帝主政的所在，自有尊严。嬴无翳再怎么也还是我朝的诸侯臣子，没有不经宣诏就进宫的特权！”一个老臣道。

“没有特权？”皇帝冷笑。

“此事我觉得陛下书信是可以的，但是不宜斥责之。我观嬴无翳对于陛下并无杀机，只不过借此要挟诸侯。陛下可以话语温柔，循循劝导，使之稍示恭敬。”又一名臣子道。

皇帝刚要作色，又有臣子出列：“臣也以为如此。我听说嬴无翳入宫，不过是慕太清阁是帝都第一高处这个名气，果真是进宫眺望的，并无不轨之心。此人是个南蛮的乡下人，只要陛下示以宽容恩宠，让他表面上表示对陛下的恭敬，并非不能够。”

皇帝更怒。

一个老臣出列，叹了口气：“陛下请息怒克己，诸位大臣的话未必好听，然而确实道出如今的局面。如今人为刀俎我为鱼肉，不过以皇室的名誉换取一点尊重。我们能做的，不过是坐等勤王而已。”

皇帝沉默了片刻，软软地瘫在皇座上：“真的还有下一次勤王么……”

脚步声惶急，一名内监几乎是连滚带爬地撞了进来：“嬴……嬴无翳……向着这边来了，挡不住！挡不住！”

皇帝惊得离座，几乎是想也不想就要往殿后撤走，而群臣也是一阵惊恐，像是待宰的猪羊被困在一处撞来撞去。然而已经晚了，就在内监之后，一个更加沉重的脚步声紧追而来。有人猛地掀开了东偏殿门口的帘子，日光大片地透了进来，一个魁梧的披甲身影大步进殿，站定在门边，隔着很远冷冷地看着皇帝。

他的双眼是深褐色的，很亮，像是燃烧着的炭。

“离……离公殿下驾临……”胆子最大的臣子声音颤抖着。

“这一套都收起来吧，也不用在这个地方商量如何应对我。这里的早朝我早就知道，诸位所谈的事情我却没有兴趣。我只是来告诉诸位，我今日离开天启，连同我赤旅雷骑全部军马。”天启守护使、离国公嬴无翳的声音冰冷，“我还想告诉诸位的一件事是，我对这个破城，没什么兴趣。我要这座城，不过是我要天下的开始！”

“而没有这座城，我一样能得这片天下。所以，扔掉了也就扔掉了。”嬴无翳转身出门。

剩下一殿目瞪口呆的人，良久，皇帝身子一软，瘫坐下去。

嬴无翳离开天启，就像他到来的时候一样突然。

他对皇帝公然不敬，宣称自己将夺得天下之后，离开了太清宫。宫门外有一匹炭火红的骏马在等待着他，马后是五万名精锐的离国战士。这支令帝都大臣们惊恐不安的虎狼之军在一日之间撤离了天启城。很久之后人们才敢走进离军曾经驻扎的营地，面对空无一人的营地，人们不敢相信自己的眼睛。

表面上看起来，嬴无翳只是和他最亲信的智将谢玄在太清阁上聊了聊天，这对君臣觉得帝都对他们而言已经不再有趣，故国又动荡不安，所以他们想到了要回家。

所以后世的历史学家中，也有人因此讥笑嬴无翳仅仅是个肌肉发达的武夫，丝毫不理解帝都在战略上的重要地位，他想要得到帝都，好比一个雄霸的男人要得到一个女人，得到了，就失去了意义，他便又掉头离去。他过于牵挂他的离国，而这种对故乡的依赖说明他根本不是一个雄韬武略的领袖，不懂得割舍，也不会判断时局。他本可继续盘踞帝都控制着皇帝，而以天启城作为新的根据地去挞伐天下。而这种观点也被其他的一些历史学家嘲笑，他们说嬴无翳和谢玄这对君臣根本就是无国无父无家的人，嬴无翳可以杀死自己的亲兄弟，而谢玄根本不是离国人，如果说这两个人思乡情切，就像说野马会抱窝一样——众所周知，野马是一种生来就驰行在浩瀚原野上的动物，它们踏上了征途，就再不回头。

不过真实的情况旁人永远无从得知，对于这对历史上以古怪著称的君臣来说，他们想到要回国，只是因为他们已经太久没有征战了。帝都令他们的战马不能奔驰而长出了太多的肥膘，他们的武器因为不常使用而总需要磨砺和擦油来保养，而这些人明白自己在慢慢地老去，他们停下征战一天，就少一分机会去征服别人的国土，他们不愿意等待机会。

所以他们重新披甲上马，离开了万城之城的天启。

带着这个震惊的消息，信鸽在短短三日之后飞到了楚卫国公爵的宫殿——梓宫上空。可它所带的桦皮纸卷没有首先送到楚卫公爵的手中，而是送给了已经等待它很久的人。

夜幕即将降临，青衣的参谋疾步而来，把帝都来的消息递上。等待它的人在灯下缓缓打开了纸卷。他连续读了三遍，确认了这个事实。

“嬴无翳已经离开了帝都，正向南方进军，应该已经到达了殇阳关。帝都那些人在离国的离间产生了效果，嬴无翳的动静被他们算准了，要算准嬴无翳这位霸主的心，帝都那些野心勃勃的家伙里也真有天才啊。”白衣的将军在灯下赞叹了一声，面无表情。

“征伐么？将军！”参谋按捺不住心中的兴奋。

“当然，即便我们这么做称了帝都那些野心分子的意，不过现在的当务之急是解决嬴无翳那头雄狮。只要他活下去，帝朝七百年历史，就将在此终结了。”

“我去传令大军，立刻准备出发，辎重已经就绪！”

“不，”白衣的将军站了起来，“我亲自去传令！”

时间是胤成帝三年七月，嬴无翳离开帝都之后，领三万五千步骑，经过锁河山下向东南方快速推进，意图打通王域和离国之间的通道。王域和离国并不接壤，嬴无翳的行军图上，必须经过楚卫国的领地踏上离国的险要之地沧澜道，才算是找到了回家的路。而楚卫国，是天下共知的皇室忠臣，在嬴无翳起兵之前，楚卫国的三万大军已经等待在建水的兵船里超过了一个月。这是水流最好的季节，建水可以轻易地把这支装备精良的雄兵运往帝都的门户——“东陆第二雄关”殇阳关下。

计划早已被再三确认，依旧在试图拯救白氏皇族的诸侯们要在这里拖住离国大军的步伐，让离国大军永久地留在这里，无论是尸体，还是灵魂。

是年，爕羽烈王十七岁。

南淮郊外，夜空下山形有如蛇行。

星空晴朗，照着山谷间一片平坦的空地。如果从周围的山峰上看下去，这片谷地如同一口深锅。

小小的影子在月光下努力地搬动着石头，他搬的是一块巨大的火红色石头，搬几步便要停下来喘息一下。谷地的中央散布着各种各样的石头，石头压在银粉画成的巨大图案上，只有半空中的人才能把那个巨大的图形看完整。

白衣高瘦的老人站在远处，一声不吭地看着那个小个子忙碌。

小个子一屁股坐在地上：“既然赖着不肯走，难道不知道帮帮手？旁观一个小个子的朋友气喘吁吁地搬石头，这是一个高贵的羽人应该做的事么？”

“你并没有要求我帮你。”老人说，“我本以为一个河洛把独立完成他的作品看作一种至高的荣誉。”

“我是一个来到人类中间、被利益熏黑了心、已经背弃真神道路的河洛。”小个子说，“所以，我要人帮忙！”

“好吧。”老人耸了耸肩。

于是两个人一起奋力搬动一块又一块的石头，河洛不时地高声发令，老人按照他的指点，把一块又一块石头挪动到银线相交的某个位置上。

“喂，大鸟！那块青色的石头偏离中心了，我说了你要精确地移动它们！”河洛再一次大声地发号施令。

“说过了不要叫我大鸟！”

“好吧，伟大的天武者古莫·斯达克殿下，请把那块青色的石头向着密罗的方向移动七尺！”河洛大声说。

翼天瞻摇了摇头，无可奈何地继续受这个小个子的差遣。

这个庞大的阵术耗费了他们很长的时间，最后坐在一起休息的时候，翼天瞻也微微有些喘息。他是个武士，在羽人中是少有的强有力的人，不过他一生中似乎没有想到过高贵如他也要做这种搬石头的苦工，而且被这个河洛指摘嘲笑他的笨拙。

“我在想为什么一个河洛的阵术需要用那么多大石头，我一直以为你们的东西都应该小而精致。”翼天瞻用袖子擦了擦额头的微汗。

“那么闭嘴，你觉得一个身材只有四尺的河洛做这件事容易么？除非迫不得已，我们也不会用这样的阵术，”河洛叹了一口气，靠在翼天瞻背后休息，“我没有辉烨之穴的圣日天火，只能使用石中火的力量。但是这不是完整的星焚术，也许会留下一点瑕疵。”

翼天瞻的脸色微微地变了，转身过去扯住河洛的衣领：“你最好不要开什么玩笑，我找你来修这件圣物，是因为这件圣物绝对不能有任何损伤！我需要看见完整的麻木尔杜斯戈里亚！”

河洛掰开了他的手，没好气地整了整衣领：“好了好了，不要吓唬你的小个子朋友，能够再度斩断麻木尔杜斯戈里亚的武器，也许还未出现在这个世界上呢……除非又遇上了西切尔根杜拉贡。”

翼天瞻沉默了一会儿：“我给你看断枪的时候，你就知道西切尔根杜拉贡已经被唤醒了吧？”

“废话。我还没有想到世上有第二柄武器可以斩断猛虎之牙。不过你不说，我还是不好直接问你。”河洛盯着翼天瞻的眼睛，他看似有些滑稽的眼睛此刻凝重如山，“那么我现在问你，确实是有人唤醒了噬魂龙之剑，是么？”

翼天瞻点头："是。"

"是你么？"

翼天瞻摇头："不是。"

"谢天谢地，那么还不至于太糟糕。"河洛如释重负。

"什么意思？"翼天瞻皱眉。

"我是说我不能相信你这个老骨头变成天驱的大宗主。"

翼天瞻苦笑。

"我可以见一见拔出剑的人么？"河洛不再开玩笑，面色凝重。

翼天瞻摇了摇头："他拔出了剑，却未必会是天驱的领袖，历史上不乏拔剑的人不能继承天驱的例子。"

"是，拔出这把剑，不是什么值得自豪的事，如果我当时在他的身边，我会劝阻他的吧。"

"你不愿它被拔出来么？"翼天瞻问。

"那是噬魂之龙啊，它也许根本就不该活在世上。它的出现，是血凝成的。那么你呢？天武者，你希望看见它的苏醒么？"河洛问。

"不知道，"翼天瞻沉吟了一会儿，摇了摇头，"那是圣物，也是魔器，它是一柄剑，两侧都有锋刃，可能伤到自己。不过最强的武器，总是宁愿握在自己的手中，而不被敌人夺走。"

"虽然是一个羽人，可是天武者古莫一直是头骄傲的狮子啊，狮子是不会把自己的獠牙交给别人的。"河洛说。

他沉默了一会儿："有的时候想，你跟幽长吉才是一种人。"

翼天瞻也沉默了一会儿："我们准备好了么？那就开始吧。"

他站起身，就着月光看出去，诸色的岩石在巨大的银色星阵之上，绵延出数百丈去，就像是星辰行经的轨道一样。而星阵的中央，断枪斜插在泥土里，它的木质枪杆已经被抽去，仅剩下虎形的枪刺和铁芯，被切断的一截铁芯平放在一旁的青色岩石上，和一柄乌黑色的铁锤并列。

河洛也站了起来，放眼眺望。

“请容我向我们的真神告诉。”他说。

“我以为你背弃真神已经很久了。”翼天瞻说。

“可是我的技艺蒙她的启示，我的心和灵魂还要蒙她来解救。”河洛跪坐下去，双手按在膝盖上，仰望天空，“真神啊，以我的心感恩你赐予大地的灵和火，那力量如煤矿燃烧在大地的深处，红色的岩浆变成河流。我将奉你的力量与意志前行，高举火把在我的头顶。”

他换成了无法理解的河洛语唱诉，他的声音忽而低沉忽而高亢，令人想起这个种族的小个子们围绕着篝火舞蹈和击鼓，火焰里灼烧着他们全新的作品，却凝聚了太古以来神留下的知识。

“生来是河洛，所以终生是河洛，那是你的血，不要再说什么背弃的笑话了。”翼天瞻叹息，他个子太高，需要探下身去才能拍到他朋友的肩膀，“就像我无论流浪到哪里，我都属于青州青色的森林。”

河洛站了起来，他从胸前的兜袋里拔出了乌黑的铁凿，用尽全力凿在银色图案的边缘。铁凿和地面撞击，火星四射，那些银粉像是硫黄般爆出了灿烂的火光。火势沿着银线的轨迹飞速地前进，被点燃的地方，银花火树，喷涌出来的光芒如雨。

整个地面开始燃烧了，炽热的风从星阵中央向着四周席卷，翼天瞻和河洛都不得不退后以避烈火的锋芒。岩石地面变得红热，滚烫的蒸气袅袅升腾，那些颜色各异的石块发出即将迸裂般的鸣响。

翼天瞻听见有人唱歌了，他往袅袅的蒸气中看去，看见缥缈无痕的金色影子们，他们手拉着手，围绕着古老的战枪歌舞，仰头向着天空唱诉。而那柄枪上开始有青色的火焰笔直地升起，直指天空，仿佛一柄巨大的青色的剑。

翼天瞻使劲闭上了眼睛再睁开，在火焰的纹路里，那些影子仍是若有若无的，而歌声像是从几千几万里以外渺渺而来。

“这些是曾被它杀死的人。他们的灵魂碎片苏醒了，高唱着祭祀凶器的歌。这在河洛中，被看作最悲伤的歌之一。我们在铸成武器的那一天围着火堆高唱这首歌，是忏悔自己的罪。”河洛低声说。

高而清锐的女音拔地而起，仿佛一丝银线抛入空中。一个朦胧的青色影子从青色的火焰中舒展开来，那是一个女子，她低头俯视着围绕着她歌舞的影子们，她的头发和身体都在渺渺上升的蒸气中模糊变幻。她伸出手去，仿佛遥遥地要抚摸他们的头顶，影子们向着她虔诚地跪下。

“那是什么？”翼天瞻的声音微微颤抖。

“是幻境，每个人看到的都不会完全一样，”河洛压低了声音，“不过我想你看到的是铸造之女，我族历史上最伟大的阿络卡之一，她是猛虎之牙里封印的第一个灵魂。”

“她的睫毛上挂着眼泪。”翼天瞻喃喃道。

“是因为悲悯，最伟大的造物和最凶险的武器，都出自她的手。”河洛叹了口气，语气转而变得愤愤，“这些在河洛的心中也一样是圣物，都是你们这些蛮横的天驱非要抢走。”

翼天瞻皱了皱眉：“行了，你已经不是小伙子了，我亲爱的马鲁康祖，不要再闹这种笑话，你自己就是个天驱。”

“是啊是啊！可是那又怎么样？我之所以是个天驱，是因为我没有兄弟姐妹，我母亲只能把她的指套传给我，我是被迫的！”河洛说得无比诚恳。

两个人对视，忽地都笑了起来。

“喂，大鸟，有件事也许你想知道。”河洛说。

“什么？”翼天瞻感觉到了朋友话里的郑重。

“大约八个月前，我故乡的使团来过南淮一次。他们从我这里得到了砂钢的钢水配方。”

“砂钢？”翼天瞻雪白的长眉震了一下。

“和珊瑚金、玫瑰濯银一样，这是一种极为特殊的金属，它曾经是我们河洛的圣典《魂印书》中的秘密材料之一。但是后来《魂印书》被批作了禁书，其中的配方和技法仅有少量被认同，被允许公布给拥有最高技艺的河洛，砂钢就是其中之一。不过这种东西，确实太难制造，而且即使获得了砂钢，还要大量反复锻造才能把它用为甲片。所以即使在北邙山的河洛中，这种技法也很少有流传了。”

“你说……这种金属是被用为甲片？”

河洛点了点头：“这是完美的材料，但是也有致命的缺陷。”

“什么缺陷？”

“经过反复的试验，只有两千层以上的砂钢层叠才能完全阻挡精铁武器的突刺。这就是说厚度不够的砂钢盔甲根本就是废物，而一旦达到足够的厚度，它却可以抵御几乎所有的刺击。”河洛紧盯着翼天瞻的眼睛，“而如果铠甲的砂钢叠层超过两千层，那么它的厚度大约有一指半，整套盔甲的重量不会少于八十斤。我所知的铠甲中只有一种是以砂钢打造的。”

“铁浮屠……”翼天瞻低声说，他竭力要让自己显得镇静一些。

“是的，他们得到了钢水的配方，那种铁兽一样的骑兵就可以重现世间。我不知道谁在主导这一切，不过曾经被风炎皇帝埋葬的铁浮屠，还没有被忘记！”

“也许你不该给他们。”

河洛摇头：“你错了，古莫，这不是我能够阻止的。我面对的是来自我故乡的使者，即使没有我的配方，他们也有足够的优秀技师，可以在一年之内调制出合格的砂钢钢水。他们有十足的决心要做这件事，我已经无法阻挡。”

“河洛……也会卷进这场战争么？”翼天瞻沉吟。

“羽人会么？”

“大概无可避免，当打着黑幡的使者经过瀚州草原，他们怎么可能放弃青州的森林？”

“他们已经去了瀚州？”河洛吃了一惊。

“他们大概也已经去过了你的家乡。”翼天瞻颊边的线条绷紧了，仿佛刀锋，“对了，马鲁康祖，你为什么不跟着使团回雷眼山呢？我知道你不喜欢战争，而以你的智慧和技艺，是可能被奉为‘夫环’的人啊！”

河洛笑着摇了摇头：“他们不会，他们会杀了我……就像如今你回到斯达克城邦一样。”

翼天瞻沉默了。

“翼天瞻，天驱还会有未来么？”河洛问。

“我想过不了多久，鹰旗就会再次飘扬在东陆大地上。”翼天瞻缓缓地说，“我已经看见了北辰的光辉照在我的双肩。”

“听到这种消息，还是很高兴。可是我只是个铁匠，不能跟你们这种人相比，只能用锤子，不能用刀剑。我尽我的努力吧！”

河洛抬起头看着翼天瞻。他们两人的身高差距几乎有一倍，河洛用力伸出手，在翼天瞻的肩膀上拍了拍。翼天瞻愣了一下，觉得他的手寒冷如冰，寒气一直沁入他的骨骼。这时候青焰卷空，仿佛地火喷涌，青焰里黑色的断枪影子在上升的火焰中剧烈抖动。

“青白色，是纯正的焰色，再烧下去，它将是透明的。石中之火开始燃烧了，就是这个时候！”河洛低声呼喝。

他的全身肌肤忽然变作生青的颜色，仿佛冻死在冰雪中的人。翼天瞻发愣的时候，他大步踏入了火焰，火焰对他仿佛全无伤害，靠近他皮肤的火焰立刻熄灭，他大步奔跑在燃烧的星阵之中，向着断枪的方位跑去。

“原来有这样的寒术。”翼天瞻赞叹。

被火焰包围的河洛用尽了全力奔跑，他的到来惊动了那些膜拜的灵魂。灵魂们首先是惊恐，他们一齐往后退缩，聚集在一起瑟瑟发抖。而后他们像是忽然醒悟了，凶恶地扑向了河洛。他们的影子拉长扭曲，在空中探出有着长指甲的手，伸向河洛的头颅。青焰中矗立的阿络卡忽然消失，断枪高亢凄厉地鸣响。

灵魂们无法伤害河洛。他们的影子接近河洛的瞬间都被冲散。河洛冲到了断枪边，他抓起早已烧热的铁锤，将两截铁芯并在一处，就着岩石用力锤击。

他的铁锤燃烧起来，每一锤下去都有青白色的火焰四溅飞射。

翼天瞻不能接近火焰，只能在外面看着他的朋友用尽了一切的力量锤打。他的须发在火中被点燃又迅速地熄灭，他的衣服变得焦枯，可是他只是奋尽全力去锤打，无所畏惧。

那些金色的影子们围绕着他踮着脚尖小跑，他们有时簇拥在他背后，有时攀上他的头顶。有一个像是女人的影子变得柔软异常，蛇一样妖媚地缠绕着河洛的脖子，其他影子在他身后探出了锋利的指甲，无法靠近他的则飞空而起，在空中长牙毕露！

翼天瞻心里抽紧，他提醒自己眼前的一切只是火焰中的幻境，可是他依然感觉到心像是被一只冰冷的手捏紧。

然而一切都无法阻挡河洛沉重的锤击，他一再地高举铁锤，一再地锻打下去，大地也要在他的锤下迸裂！

翼天瞻看着他的朋友，默默地闭上眼睛，只听那锤声。

翼天瞻感觉到外面的热浪退去了。只是一瞬间，眼皮都无法阻挡的光与热骤然消失。

他紧张地睁开眼睛，环顾周围。地面上，白烟袅袅升腾，火焰把大地烧得漆黑。而那些金色和青白色的火焰却都已经退散，熄灭之快还甚于开始燃烧的时候。刚才的一切到底多少是火焰多少是幻境，翼天瞻自己也分不清楚。

他冲进火场，放声大喊他朋友的名字：“马鲁康祖！马鲁康祖！”

在一块漆黑的岩石后，一只瘦弱的手臂慢慢地举了起来。

翼天瞻狂奔过去，看见那个小个子躺在漆黑的地面上。他的全身都焦黑如炭，所有衣服被火焰卷了个精光，只有一双眼睛晶晶发亮。

翼天瞻把他抱起来，让他的脑袋靠在自己臂上，摸了摸他的鼻息，放下心来。

“别摸了别摸了，我还睁着眼睛呢，没有死！”河洛嘶哑着声音大声抱怨，“我还活着，一个老河洛没有那么容易死！”

说完他笑了，他的牙齿白净可爱，完全不像一个老去的家伙。

他把手里的东西举起来，乌黑的长枪已经续好，濯银的虎眼熠熠生辉。翼天瞻接过，用力一抖，长枪震动着发出蜂鸣声。

“装上新的木杆就好，剩下的工作，在我们河洛的地方，孩子也能做好了，用不着我这个老家伙了。”河洛低声说，缓缓闭上了眼睛，“我疲倦了，你让我休息一下。”

“多谢你，朋友。”翼天瞻压低了声音。

“对了，说到孩子，”河洛又睁开眼睛，“你的小公主呢？”

翼天瞻愣了一下，摇了摇头：“我也不知道，她现在越来越不像个公主了。”

“啪……啪……啪……”

骰子在木盅子里翻滚起落，一只白皙得近乎透明的手猛地按在盅子上，桌上忽地寂静。摇骰子的女孩左右一瞟，俏丽的眼睛眼角上扬，威风凛凛地斜觑众人。

“下稳离手下稳离手，有赢钱的命也要有输钱的胆。买大开大那是你祖坟青烟高，买大开小那只好怨你自己命里不带黄金。”女孩不过十五六岁的样子，说话像是赌场里混迹几十年的老赌棍似的，“我再问一次，下稳了没有？”

这是个小赌坊，赌桌之间隔着布帘子，里面就只是一张小桌，赌客围作一圈站着，面前各自堆着些金铢。灯光下金铢色作蜡黄，映得人眼睛发亮。这一桌周围都是年轻的军官，最大的看起来也不过十七八岁，一半人都是一身黑色的鳞甲，肩上垂下下唐的金菊花军徽。

其中一个人衣饰朴素高贵，那是一个十五六岁的大男孩，一身素白色的大褂，领口以青金线绣着连蔓的菊花。大男孩环顾周围的人，在桌子下面拉了拉女孩的袖子：“羽然……羽然……赢到差不多就好了。”

羽然在他手上响亮地打了一巴掌：“不干！不干！让他们今天把裤子都输了再走！让他们几个嚣张！本姑娘不出手，他们还以为这南淮城的赌桌上没有天理了么？”

桌上的人分为两方，一方四个年轻人，都是下唐的年轻军官，方起召、叶正鸿、雷云正柯和彭连云，脸色已经涨得通红。另一方则是三个，吕归尘和姬野小厮一样站在羽然背后，目瞪口呆地看着这个女孩手法娴熟地摇盅下注。桌上大半的金铢已经堆到了羽然面前，她皱紧鼻子，鼻尖微微翘着，向对面的四个人示威。

原本来赌的是姬野。今日大柳营操练，方起召他们几个商量好了，激姬野来赌桌上较量，开出二赔一的盘口。他们几个盘算得不错，姬野根本是个赌博的门外汉，规矩尚且不懂，骰子点都未必能算清，即便是二博一的盘口，他们也有必胜的把握。不过他们却没有想到，姬野是个向来囊中空空的人，要他拿出一个金铢来赌也不容易。所以姬野也不回应，掉头就走。方起召本来就是要奚落姬野，却没有得逞，心里不甘，一路上策马跟在姬野后面一句长一句短地嘲弄，撞见了迎面而来的羽然和吕归尘。

吕归尘到南淮日久，出入宫禁已经没有限制，日落之后原本约了姬野和羽然去看河上的流灯，所以早早地和夫子交了今日的功课出宫，叫上羽然来迎姬野。羽然冷着脸，听完了方起召的嘲弄，二话不说就问吕归尘借钱。吕归尘身上不缺钱，他又是个唯命是从的性子，立刻掏出钱来双手捧过去。

羽然只在姬野肩膀上拍了一巴掌：“别怕，去赌，有姐姐在，不怕这些小流氓！”

姬野和吕归尘面面相觑，而后一同无奈地看着这个嚣张的丫头，羽然却咯咯笑了起来。她一笑，什么嚣张，什么威风都瞬间烟消云散，只是一个捉弄别人得逞了的孩子。

但是姬野确实是个下注都会手忙脚乱的人，转眼桌上的金铢就划了大半过去，剩下零散的三五枚，吕归尘在一边看着也只能摇头。方起召一手摇盅一手下注，一脸涎皮赖脸的笑，看着羽然。

羽然大怒，抢过盅子，喝令姬野站在自己的身后下注。说来也奇怪，她一上手，盘面的风向立刻就变了。羽然也不说让姬野赌大还是赌小，不过姬野每次犹豫着把赌注投下去，开出来十有八九是他胜。姬野连战连胜，渐渐也变得威风凛凛，金铢砸下去威猛有声。方起召他们却只能看着自己盘面上的赌注被一而再再而三地划过去，最后几个人不得不再掏出钱来凑，让最善赌的方起召再博一把。

这时候羽然按定了盅子，姬野把全部的金铢都押在“大”上，方起召没的选，全部押在“小”上。

两个下注的人隔着一尺距离，眼睛通红互相瞪着。这时候已经是赌一把运气，再无什么战术可言，胜则全胜，败则方起召他们只怕真的要把裤子也留下了。

“稳了！”姬野大声道。

“稳了！”方起召咬牙切齿。这些人里面他家业最大，也出钱最多，可是如今输到囊空如洗，纵然他得父亲的宠爱，这次却是偷了家里的钱出来，分文不剩地回去，只怕是没有什么好下场。

羽然得意洋洋，盈盈一笑，轻描淡写地揭了盅。方起召探过头去，眼前一片漆黑，几乎就要昏倒在当场。像是故意要气他似的，三枚骰子一色的六点，是大到不能再大的“大”。

“裤子留下来！裤子留下来！”羽然拍着手，又笑又跳，“你桌面上那点钱，还不够一半的呢。本姑娘今天开恩，你脱下裤子骑马回去，我们就两清！”

姬野对于方起召脱不脱裤子倒是没有兴趣，脱下军服的外袍，把两只袖口各打了一个死结，一把一把地把金铢往里塞，提起来，也是鼓囊囊的两小袋。

“喝一年的酒都不是问题了。”他掂着金铢，对吕归尘道。

吕归尘却不欣喜，看着方起召脸色涨红如猪肝，焦急地扯羽然的袖子：“好了好了，饶他们一次，也不必赶尽杀绝。”

“不饶！”羽然一甩袖子，噘着嘴，“好玩嘛！”

“好玩……”吕归尘心里苦笑，他觉得自己怕是一辈子不能明白这个姑娘到底心里都装着什么了。

方起召一巴掌拍在桌上，用尽了全身力量，像是要吃人似的环顾姬野他们三人。

姬野略退了一步，以手按住桌沿。他没有带枪，便以桌子为防御，他有自信，若是方起召输红了眼要动手，绝对不会轻易在他手上讨到便宜。他参军几年了，和方起召他们打到头破血流不是一次两次，可是姬野一个人对几个人十几个人，这些年下来却还是平分秋色的局面。

方起召缓缓地把手挪开，桌上留下了一粒深碧色的翠璜，那枚璜极小，不过羽然手掌的一半，可是中央却有一点幽深的碧绿，仿佛整个璜上的翠色都是从那一点流淌出来的。

“龙血翠！带眼的！这桌上的金铢，十倍都买不起！”方起召已经输红了眼，他最后押上的是他母亲死前留给他的饰物。

“老子便宜你们！再赌一次！赌输了！这个归你们！”他喘息着。

羽然的眼睛像是被那片翠点亮了，她盯着翠呆了一会儿，蹦了起来：“那一言为定！”

“慢着！别只想着占便宜！你们输了怎么办？”方起召阴阴地看着姬野。

姬野丝毫不退让，逼视过去。他感觉到了杀气和敌意，目光一瞬间变得冷冰冰的，声音也寒了：“你说怎么办？”

方起召阴阴地一笑，指着羽然：“你们输了，这个女人跟我们走！”

“你他妈的放屁！”姬野一拍桌子，猛地咬牙，颊边肌肉凸起，仿佛可以咬裂生铁。

吕归尘拉了羽然的手，小退一步。他带刀出宫，此时默不作声地扣住刀柄。

“赌了！”羽然举手，“不过要带走可就一晚上啊，明天早晨要好端端地还回来。我们尘主子和姬大公子不是什么善人，你可不要得罪了他们！”

方起召愣了一下，目光撩了羽然一下：“放心，就一晚上，明天一早好端端地送回来！我包你不后悔。”

“后悔不后悔，可不是你说的。”羽然吐了吐舌头，做了一个鬼脸过去。

她跳上桌子，一屁股歪坐在那里，一手按定盅子：“姬野，把我们的赌注都押上去！”

姬野冷着脸，没有动。他知道羽然这个性子，但是他也知道方起召不是什么善男信女，方起召九岁就在青楼里和浓妆艳抹的女人们混在一起，在女人身上大把大把地花钱。他在众人中颇有威望便是因为他乐意出钱请同僚们看艳舞喝花酒。

“我们赢了，金铢归你和阿苏勒，翠玉可要归我！”羽然在姬野肩膀上大大咧咧拍了一巴掌，“乖乖的，听我的令，没错！”

姬野不再说什么了，把金铢都推了过去。他所认识的羽然也不是一个任人摆布的女孩，他们曾一起奔跑在月下，因为扯塌了别人的大棚子。吕归尘和姬野对视了一眼，也没有说什么，他静静地站在那里，没有松开扣紧刀锷的手。姬野缓缓退了一步，瞟了一眼门的方向。

方起召当时已经昏了头，他作为一个正宗赌徒，根本不曾想到对面那两个少年——一个勇字当头的年轻军官、一个儒雅谦和的蛮族少主也并非不会赖账的主儿。多年之后这对战场上的难兄难弟带领着他们小小的流浪兵团，为了活命诡计百出而从未感觉到任何羞耻。所以此时反而是方起召这个素来不喜欢说信义的家伙昏了头，没有想到从骰子开始摇晃的时候，这两个家伙已经心怀不轨了。

骰子在盅子里滚动，两方都瞪大了眼睛，周围的一切听不见看不见似的，满世界就只有这一个盅子。

羽然啪地一按盅子，骰子声哑然。

“下好离手下好离手！一局定生死，要钱的为钱死，要玉的为玉死，要姑娘的为姑娘死，别犹豫了！下稳，我可就开了！”羽然大喊。

“稳了！”姬野大喊。

“稳了！”方起召大喊。

姬野还是押大，方起召还是押小。

羽然一揭盅，双臂一举，咯咯地笑了起来。盅子里，齐刷刷的三个六点，依然是大到不能再大的“大”。

“得不到的终得不到啊！”羽然伸手就去抓那枚翠璜。

“慢着！”雷云正柯大吼一声。

羽然愣住了。

雷云正柯一把夺过羽然手里的盅子，众目睽睽之下，他手指在盅子底下轻轻一扣！盅子底下那块半寸厚的红木板居然微微一弹，上面的三粒骰子都翻了一个身。

“出千！你们出千！”叶正鸿跳了起来。

“出千！你们他妈的想死啊！敢出千！”方起召如同死地逢生，声音大得像是打雷。

羽然一闪身，从桌上蹦了下去。

她的把戏被识破了。虽然方起召雷云正柯他们未必明白羽然是怎么出千的，但是盅子下的木板可以被扣动，无疑是有鬼。其实羽然不过是耍了一个很小的把戏，她不是人类，却是一个羽人，所以听力敏锐到了常人难以想象的地步，骰子在盅底木板上滑动和停止瞬间的声音她都可以分辨。她并非第一次来这家赌坊，甚至和老板还有一些交情，她说来这里赌的时候就有十足的把握。她换了薄底的盅子，若是听出来是自己赢，便不动，若是对方赢，就轻轻一扣，局面就颠倒过来。

可是方起召的目光却只在羽然的耳垂、面颊和胸口处游荡，完全没有想到这个看似乖巧高贵的女孩却是一个出千的好手。

此时骗局揭破，对面四个人阴着脸，一齐逼上一步。

“出千,出千算什么？无千不为赌！别以为本姑娘心地善良不耍赖！”羽然大喝了一声，却是嗖地就退了出去，穿过布帘，转瞬已经看不到影子了。

方起召他们还在发愣，姬野飞起一脚踢翻了桌子。在桌子翻倒之前，他动作如同闪电，把桌子上满包的金铢抢过来扛在肩头就跑，他转身瞄准门冲了过去，像是背后长了眼睛似的。吕归尘则持刀和四个人对峙了极短的瞬间，作势要逼上一步，方起召他们在校场上领教过他的刀，畏于他的威势，刚要闪避，吕归尘也是一个掉头，飞速逃跑。

月光下，三条影子先后从亮着灯的小赌坊里冲了出来，奔向三个完全不同的方向。

“分开跑！分开跑！”姬野的声音在夜色中穿行。

也不知是第多少次，南淮城里人见人嫌的这三个少男少女又一次开始逃命，像是一场排演过无数次的大戏重新上演。

下唐国，南淮城中。

八月初三，已是初秋时节。秋风渐起，街市两侧的草木上已泛起苍苍的秋色。更夫一声声梆子传来，倍添秋愁。

拓跋将军府，简朴的中堂上，主客双方遥遥对坐，并不说话。烟草燃烧的青烟袅袅腾起，一身黑袍的客人抽着烟，目光却逗留在院中的槿树上。

“离国赤旅雷骑，乃是天下的雄兵，息将军已经准备好了？”主人打破沉默。

“国主赐下金符铁马印，传令出征。一国之主，出言如山，事到如今已难挽回，息某只希望不负国主的托付，得胜归来。”

“息将军有皇室的封号，又是国主的股肱重臣，国主下诏讨伐嬴无翳，是军国大事，就算不和我说，难道不曾和息将军商议？”

“剑印和诏书由朱匣火漆封缄，宫中内侍直送舍下，我连国主的面都不曾见。”

堂中沉默良久，客人缓缓吐出一口青烟。

“难道出征这件事是国主自己下的决心？”主人抬起褐色的眼睛，直视来客。

“这不是臣子该问的问题。既然出仕于诸侯，就只有奉诏讨逆。拓跋将军应该明白我的处境，国主直接派人送兵符给我，而不给我见面的机会，是暗示我不必多说。”客人淡淡地回应。

主人沉思良久，点了点头：“明白！两万人马，拓跋在明日调拨完毕，粮秣车仗也是息将军所要的数目。若没有其他事，请恕拓跋要送客了。”

“明日就可以齐备？”

“不妨直言，一个月前拓跋已经得到国主的指示，说要整顿军马和粮食，要随时可以出发。”

“很好！”客人一扣桌面，起身出门。

直到他已经踏出中堂，站在一轮将满的明月之下，又听见背后传来主人低低的声音：“嬴无翳这次离开帝都，极为突然，可为什么这件事国主好像预先已有准备呢？以你我二人在军旅多年的经验，尚不能说觉察到嬴无翳的动向，可国主却知道了。谁告诉国主的？难道有人密谋了这件事？”

“不能确认的事情，不必多说，对于这次勤王的内情，我和拓跋将军一样，一无所知。”客人径直出门去了。

主人独自端坐在堂中，看着客人留下的一盏清茶。满满的杯盏，客人一口也未饮。

下唐国中尽人皆知，武殿都指挥息衍和上将军拓跋山月不合，拓跋将军府和息衍的赐宅有风塘相隔两街之遥，可是一对名将老死不相往来。今夜息衍忽然单身到访，拓跋山月惊讶不安，安排在中堂见客，却对息衍的来意不明。不过息衍离去前一句低语，让拓跋山月隐隐知道了对方的担心。看来局面微妙的时候，这两个对手也并非没有一致的利益。

但是拓跋将军府的茶，息衍还是一口未饮。

长久以来，拓跋山月总有一种感觉，他和这个行事为人波澜不惊的对手间，是被一种强烈的仇恨隔开的。息衍那双常含笑意的眼睛和拓跋山月相对的时候，就忽然地变了。

变得不像息衍自己。

息衍一步踏出将军府，门侧的阴影中立刻闪出了戎装矫健的影子。年轻人用锋利的眼神环顾四周，急匆匆贴近息衍耳边：“叔父，如何？”

“什么如何？”息衍责怪地看了侄儿一眼，“无事，你鬼鬼祟祟的在做什么？”

息辕微微松了一口气。息衍和拓跋山月，两位名将在下唐共事十二年，竟没有一次单独见面，而外人都以这两人为政敌。虽然息辕也不明白两人到底有什么隔阂，但是他是息衍的侄儿，不假思索地就把拓跋山月当作了敌人。他察言观色，又觉得拓跋山月阴冷少语，恐怕是心机很深的人。所以今夜息衍忽然说要独自拜访拓跋山月，息辕心里担心，如临大敌，不但自己全身武装潜身在府外观察，而且秘密传令鬼蝠营精悍斥候二十五人，携带硬弓躲在一条街以外等待号令。但凡有一点异动，他对空放出飞火，就要杀进拓跋将军府救驾。不过此时息衍连根头发也不少，息辕也不会贸然将全部人马亮出来给叔父看，便当是没有了。

“杀人，上将以谋，中将以策，下将以战。”

这是息衍常挂在嘴边的话。身藏兵刃形迹鬼祟，似乎连下将的行径都不如，若是说出来，少不得受叔父的训斥，息辕也有自知之明。不过他觉得叔叔和拓跋都算是上将，可是两人交恶那么多年，也没用谋略决出什么高下来，仔细想想，似乎这两个人也不彼此攻击，只是刻意地互相闪避而已。

将军府外是宽阔平整的大道，横贯南北，直通宫禁。此时夜深人静，行人已经绝迹，只有鸿胪寺一驾挂着红灯的马车缓缓走过。月光洒在被行人鞋底磨光的青石路面上，别有一番清冷。明月挂在高塔的檐下，垂柳拂过马车的顶篷。

息衍牵着马缰，忽然对侄儿道："我们走回去吧。"

息辕尚未回答，息衍已经放开缓步，背着手踱上了步道。叔侄两人不言不语，走在霁月清风之中，息辕看着叔父一袭宽袍的背影，觉得今夜息衍的神情淡淡的有些萧索。

走了许久，息衍忽问："你是不是觉得拓跋山月会跟我动武？"

"防人之心不可无。"息辕强撑着嘴硬。

"瞎扯！"息衍漫不经心地骂了一句。

再走了几步，息辕壮着胆子问道："叔父，您和拓跋将军……有仇？我看那人……也就是阴沉了一点，很不近人情的样子，要说也没有什么很不善的地方。"

息衍愣了一下，微微一笑，笑容又慢慢褪去。他放眼看向远处清江池的水面，默然良久："息辕，你上过阵没有？"

"没有。"息辕摇头。他看得出息衍是在出神，他自幼就跟随叔父，还没有亲临战场，这些事情没有人比息衍更清楚，本不必有此一问的。

"国主一封诏书，身为武士，就要上阵杀人，"息衍看着侄儿，"你说，是对？是错？"

息辕愣了许久，摇了摇头，觉得不对，又点了点头。他本意是自己不知道，可是担心被息衍误解，于是又摇又点，一番摇头晃脑。他言辞钝拙，一点也不像叔父，所以经常如此尴尬。

息衍看着，摇头而笑："上阵杀人，过马一刀，你还不知道对手的名字，人就已经死了。你是尽忠尽责，可是那人的亲人，却会恨你一世。"

“那，是错了？”

“若是错，”息衍悠悠道，“那从我教你剑术的那天开始，我们都已经错了……”

息辕脑子里忽地一亮：“难道是叔叔的父兄从军，跟拓跋将军对阵，被伤了？”

“又瞎扯！”息衍瞪了他一眼，“我父亲是你爷爷，我兄长是你父亲，你爷爷父亲如何过世的，你自己不知道么？”

“哦。”息辕抓了抓脑袋，没话说了。他和息衍虽然是叔侄，可是从小他就没有见过息衍，这个叔叔对他而言就像一个传说，直到息衍有一日忽然站在他面前的时候，他才相信这个传闻中的叔叔真的存在。要说息衍的父兄是谁，他还真的不容易联想到自己的家人上去。

一阵疾烈的马蹄声撕破寂静，似乎是几匹快马互相追逐，从后面急速地逼近。如此深夜，还有人敢在都城的大街上放马奔驰，息辕猛地警觉起来，一按腰间的重剑，闪身靠在马后。息衍所传的剑术长于步战，息辕剑术也颇精深，来的若是敌人，只要躲在马后闪过突刺，息辕自信可以独对三名以上的骑兵。

息衍却依旧背着手，只是掉转目光，看向快马驰来的方向。那乘鸿胪寺的车马本来正跟在他们叔侄背后漫步，此时却忽然有五匹健马出现在车后。借着月光，马背上的骑士们手中握着长达八尺的长杆，其中四骑一起抖动长杆，攻向那个骑黑马的人。四骑的配合极其巧妙，散开在黑马的四角。四根长杆有的攒刺，有的平挥，带起低沉的风声，封锁了对手周身所有的空间。

而黑马背上的武士，竟然是空手。

他猛地翻身仰在马鞍上，闪过两根长杆，随后刺到的一根长杆从他后腰擦过，另一根已经刺到心口，却被他一把攥住。长杆挥来，带着沉雄的呼啸，末端的劲道巨大，他竟然一把就可以抓住，对方急切间无法挣脱。随着他手腕一抖，一股震劲沿着长杆反击回去，手握长杆的武士几乎松手。

持杆的武士猛地振作精神，一声大吼，双臂鼓劲挑起。他膂力惊人，黑马上的武士竟然抓着长杆被他挑离了马背。剩下的三人欢呼着将长杆劈风砸下，击向黑马武士的背后。这时黑马武士腾在半空中，已经身在绝境。但是随着他从长杆上腾出右手拔出腰间一抹青光，一记平挥，三支韧木长杆都被他斩断一尺。三支长杆走空，他已经落在鸿胪寺的马车顶篷上。

“好！”息衍击掌，喝一声彩。

在半空中能运用这样一招横斩，黑马武士的灵活和柔韧绝非常人，而更难得的是身在半空，毫不畏惧的那股冷静。息衍背着手仿佛看戏，却不曾注意旁边侄儿的脸色惨白，仿佛看到什么极其可怕的事情。

黑马武士在马车顶篷上落稳的瞬间，却正是对手力量薄弱的瞬间。他再次发劲，长杆弯作一个弓形，对手再也把持不住。长杆一震，已经换了主人。

“他拿到枪了！”剩下的三名武士一齐惊呼。

古怪的是黑马武士拿到的分明是长杆，可是他们所喊的，却是枪。

长杆落进新主人的手中，真的变成了枪！车顶上的武士盘旋挥舞长杆，而后猛地一顿，长杆走出一条凌厉的枪线，直刺一名对手的面门。只是最简单的直刺，但是那名对手却畏惧得大吼一声，翻身滚下马背，根本不敢挡其锋锐。而后同样凌厉的两记直刺，又有两名对手勒马退后，不敢靠近。马车边只剩下长杆被夺的那名武士，他的身手在四名同伴中似乎是最好的，此时猛地跳起在马背上，借力也跃上了车顶，随手拔出了腰间的佩剑。

车顶篷上的两人分别持着长杆和利剑，在马车奔驰的颠簸中对视。长杆在长度上占据了优势，不过对手手中是一柄泛着青气的名刃，双方各有顾忌，一时僵持起来。

息衍轻轻地笑一声，翻身上马，跟着受惊的车马急追。息辕心里叫苦，却也只有紧跟在后面。

马车驰过一棵垂柳，息衍忽然笑道："好，胜负已分！"

在柳丝拂过持剑武士的面门时，手持长杆的武士忽然弹起。他在空中舒展身形，有如一只黑色的巨鹰展开双翼，随着这个动作，一股刚猛的烈风纵劈而下，仿佛开山裂石！

他是携着全身重量，凌空鞭击而下！

对手举剑一格，剑刃上飞出两尺的断杆。可是长杆余势不减，仿佛长刀一般劈杀在马车的顶篷上。随着那名手持长杆的武士落地，整个车篷在一道轻烟中崩裂，惊惶的车夫死死拉住驾车的双马，车顶上持剑的武士却一头栽进了车里。

持着长杆的武士却并未获得全胜。就在他和持剑武士对峙的时候，剩下的两骑已经扯着一根长绳的两端旋风般追上。他一落地，就被长绳紧紧锁住。两骑引着长绳围绕他奔驰旋转，最后猛地一拉，将缠成线轴一样的人扯翻到地上。

几个武士扑上去围住无力反抗的对手。几个人对视一眼，一齐抛去手中的武器，抬起脚对着那人狠狠地踩了下去。那几名武士都穿着硬皮长靴，下脚毫不留情，一边踩一边怒骂："你逃啊，起来继续逃啊，踩死你个狗杂种！"

奇怪的是，被踩的人居然一声也不吭。

停马在远处观望的息衍悠然点燃烟杆，颇自在地抽了一口，微笑着看向满脸惨白的侄儿："息辕，你脸色怎么那么难看？"

"我……我……我没事，"息辕使劲摇头，"我去传令给巡街的军士。"

"找什么军士，"息衍笑，"你自己不就是从军之人么？"

息衍看着侄儿窘迫的模样，忽然大笑起来，牵着坐骑缓步走近了那群人。他布衣出行，夜色中看不出身份。那群武士也嚣张得难以想象，明知有人走来，可还是踩个不停，一边踩，一边嘴里骂骂咧咧。

"各位，明月清风，好雅兴啊！"息衍笑道。

“没你的事，不想找死，就从小爷们眼前滚过去！”

“呵呵，”息衍对着侄儿笑笑，脸色忽然一变，“雷云正柯、叶正鸿、方起召、彭连云！”

声如雷霆，惊得几名武士抬脚悬在半空，呆呆地站在那里。他们转过眼看清那张似笑非笑的脸时，周围静得可以听见一根针落地。

“将……将军！”四个人魂飞魄散，竟然忘记了行军礼。

“还有我们姬野少将军？我这个侄儿，是你的死党，刚才颇是担心你的安危，现在脸色还不对呢。”息衍微笑着看着地下那个“线轴”。

息辕早就知道是他这个朋友又在街头殴斗，那种空手夺枪之术，整个大柳营中也不多见，有这种胆子晚上纵马奔驰，街头拼杀的，更只有一个姬野。

远处又一骑骏马闪电一般逼近。息衍转眼看去，马背上的年轻武士满脸惶急，操着一柄连鞘的长刀。赶来的年轻武士只看清街边几个戎装的武士围着一个被绳子死死缠住的人，想着朋友无疑是被擒住了。也来不及分辨在场众人的身份，他一骑逼近，猛地提起马缰纵马跃起，在半空中长刀连鞘挥下，首先是取息衍的肩膀！

长刀的长度不及长杆的一半，可是在他手中挥舞，竟然有方才姬野挥杆碎车的威势。他纵马、探身、挥刀，三个动作配合得完美无缺，刀在鞘内却有雷霆之威。息衍冷冷地一笑，也不拔剑，肩膀一沉，对方的一刀就走空了。而在侧身而过的瞬间，息衍竟在对方的腿上重重拍了一巴掌！

新来的一骑落地驰出几步，在远处停了一停，年轻武士忽然发现不对，遮住脸一夹马腹就要逃走。

“我们这南淮城中，那样的刀劲只你一家，”息衍冷冷地喝道，“世子，还跑什么跑？”

吕归尘没有办法，只能滚身下马，老老实实地牵着战马低着头，走到了息衍面前。南淮城大柳营中的少年将军们几乎一个不落地站在息衍身边，除了吕归尘和姬野是息衍名下学生，另几个也在息衍的军塾中学习兵阵，师生共聚街头，情境却说不出的古怪。息衍冷笑着抽起烟杆，不发一言，学生们也自知闯下大祸，个个胆战心惊地垂头而立，只剩姬野被捆在地上，想垂头而立也没有机会。

“何事啊？”许久，息衍不动声色地发问。

几个学生互相递了递眼色，还是太尉府的长公子雷云正柯仗着父亲的威名，稍微有几分胆子，一扬头道：“姬野抢了我们的钱！”

“姬野为何抢你们的钱？”

“他赌输给我们，就出千，我们……”方起召还没分辩完，忽然明白自己说漏了嘴，剩下几个人都恶狠狠地盯着他。叶正鸿悄悄移脚过去狠狠踩了他脚面一道。

“哦，”息衍点头，“原来还有聚赌。不过姬野我知道的，素来都穷困潦倒，怎么会有钱输给你们？”

“是我……借给他的。”吕归尘小声说。

“赌场输钱，就要输得起！”息衍脸上平添一抹怒色，看着地上的姬野，“输不起还赌，打死你是小事，坏了我的名声！”

姬野咬着牙齿，冷冷地看了看雷云正柯等几个人，扭过头去没有说话。

“是他们几个先无礼，姬野才……”吕归尘忍不住了。

“无礼？”息衍一挑眉。

吕归尘一哑，低下头去，忽然没了下文。

息衍眯起眼睛，看着这群各怀鬼胎的学生，忽然展颜一笑。这一笑，顿时阴霾散尽，雨过天晴。

“也好，”息衍道，“我们下唐积弱已久，尚武之风不盛，与其把时间花在青楼妓馆里，倒不如舒展筋骨，研修武学。”

学生们看着息衍神色温和，侃侃而谈，都有死里逃生的感觉，连姬野的神情也舒展开来。

“世子身份贵重，我不方便处罚。剩下的，每人就罚俸三个月！”息衍竖起三根指头，“既然你们都喜欢强身健体，那么回营再各给我做十五日的苦力！”

仿佛一道惊雷打在众人的头顶，众人抬起头来，面面相觑。对于这些贵族少年，罚俸不罚俸并无所谓，但是十五日苦力，简直是要了他们的命。

“将军，”还是雷云正柯更多一份胆量，从人群中站了出来，“聚赌按照军规，不过是罚俸一个月，斗殴也不过两个月，为什么还要我们做苦力？”

息衍冷笑一声：“聚赌我不罚你们，斗殴我也不罚你们，我罚你们的是懈怠军务！堂堂四个军官，国家栋梁，被一个姬野打得满地找牙，连绊马索都用上了，丢尽我们下唐军人的颜面，罚你们半个月苦力，还是轻的！”

息衍袖子一挥，转身就要离去。

“将军，”这次竟是地上的姬野说话，“那我可打赢了，为何也做半个月苦力？”

息衍回头瞟了他一眼：“罚你是因为你输钱赖账，赌品太差！”

他仿佛心怀舒畅，长笑几声，缓步踱了出去，留下一群学生垂头丧气，只有息辕紧随而去。息衍牵上自己的坐骑，漫步在沿街的垂柳下，扭头看了看侄儿，微有诧异：“息辕，你这脸色……”

息辕神色惨淡，悄悄指了指那辆被姬野斩裂的鸿胪寺马车。

息衍扭头过去，脸上的笑容忽地像是被冰冻住了，慢慢地，笑容中添了一丝苦意。那辆暴露在月光中的马车上，正是鸿胪寺卿段琛岳赤裸着身子瑟瑟发抖，身边坐着一名细腰粉腿的赤裸女人，正是南淮城青楼中有名的艳姬素小秋。

“段大人好……”息衍抱袖长拜。

“息将军……”鸿胪寺卿还在哆嗦。

“自从他成了我的学生，我的麻烦是一天比一天大了。”息衍回头狠狠地瞪了姬野一眼。

下午时分，有风塘，百里景洪赐予息衍的宅邸中。

息衍临桌书写。姬野悄无声息地走进书房，立在阶下，息衍也不看他，手中笔一刻不停。

只有走笔如飞的沙沙声。姬野忍了一会儿，忍不住，悄悄地掉头要跑，身后却传来了息衍的声音："整日和吕归尘出去喝酒放赖，没一点耐性！"

姬野只能站住，低着头一声不吭。

息衍从卷宗中取出一叠文书掼在桌上："除了昨夜的麻烦，这里有上个月东城的城门守的文书，有人在酒肆中酒后聚斗，一方两男一女，一方是十六个豪门子弟，人多的一方伤了八个，人少的一方不但毫发无损，而且在逃跑的时候还打翻了一名巡街校尉。一个是下唐军官，一个是蛮族世子，都是英雄年少啊！"

姬野心里一凉，明白自己和吕归尘的所作所为，大概没有一件可以逃离老师的眼目。

"好一位英雄！好大的胆量！"息衍敲着桌案，看不出喜怒，"你从军五年，没有出征上阵，倒知道在军中劫富济贫。名扬于酒肆之内，挥拳于街头巷尾，五年前我引荐你从军，倒不知道你还颇有市井游侠的风骨！"

"要除去我的军籍么？"姬野紧抿着嘴唇沉默，许久，才低声道。

"削去军籍就能全身而退？你以为就如此简单？"

姬野猛地抬头，看见息衍的眼中隐含怒气，一种穷途末路的感觉忽地浮上心头。他所以能从军，全靠息衍的扶携，此时息衍也要把他逐出军队，茫茫世上，只怕再也不会有人保荐他。姬谦正千方百计，已经为弟弟昌夜谋得一个副将的职位，即将披挂上任，而他从军已经五年，还只是一个武殿青缨卫，说到底只是个侍奉息衍的小卒。

他天不怕地不怕，此时却觉得心里孤凉。他知道昨夜的事情已经闹大，鸿胪卿和南淮名妓被人在街头撕开马车，赤身裸体暴露于众目睽睽之下，大概不是可以大事化小的。他也有风闻，上午鸿胪卿便上了归隐的奏折，称病体沉重，不能入朝。国主吃惊，正指派金吾卫探病。

不过他一生不曾求过人，即使息衍也不例外。他努力抬起头面对息衍，那股倔强的天性撑着他。他明知道离了军队从此就一无所有，可是头终究还是不肯低下。

息衍冷笑："拿了这么多年军饷，就想一走了之？军中若是花钱养废物，家国谁人去守？与其闲得要打架，不如随我出征。你固然是个废物，战死沙场却好过在城里当个市井流氓。"

"出征？"姬野瞪大眼睛，振奋得几乎跳起来。

下唐以文兴邦，十年八年也难有战事。军中略有军阶的，都翘首以待，巴不得明日天下大乱，好去谋一份功名利禄，博一个封妻荫子。可是带兵出征的名额有限，常要自己出钱打通关节。他酗酒赌博，殴打同胞，不被踢出军营已经是万幸，不敢想象还有出征的好事落在他头上。

"现在说怕死，已经迟了。先锋将佐姬野领命！"息衍掷下一枚金符喝道，"三军已经齐备，明日午时出发。如有延误，军法无情！"

"殇阳关？"姬野跌跌撞撞地前奔几步，接住那枚委任他统帅前锋营的金符，还不敢相信自己听见的一切。

昨日他还只是一个侍奉息衍的小卒，军衔排序尚在雷云正柯等人之下，而今天金符传到，他骤然间成了披鳞甲、领前锋营、指挥八百轻骑的骑军统领，位置还在骑将之上。

息衍挥手展开桌上的东陆四州十六国全图，笔锋如剑，点在北部山和黯岚山两道山脉交汇的所在："东陆四州，无非是雷眼、锁河、黯岚、北部这四条山脉划分而成，这四条基本就是一个十字。皇城天启所在，就是两山所夹的一片平原，而两山交汇的地方，就是号称'东陆第二'的殇阳关。"

姬野镇定心神，沿着息衍笔锋所指看去，崇山峻岭中，一道关隘封锁皇城，对着六百里平原。

“我们是去勤王？是和离国打仗？”姬野知道殇阳关下诸侯对离军的合围,昨天的军报上写着这件事。他职司特殊,可以看见很多秘密的军报。

“还能和谁？难道和楚卫国开战？现在的军情就是嬴无翳被堵在了这里，这是必经之路，否则就要绕道一千两百里。但若是被他突破了这个关卡，那么就是放虎归山，纵龙入海，再想困住他，”息衍摇头，“只怕东陆没人可以做到。”

“那我们可晚了！”姬野手心生汗，忍着没动，可脸上遮掩不住那副跃跃欲试的表情，“听说楚卫国和其他几国的大军都已经到了，正在殇阳关下和离军对峙呢！”

“晚？没见过这么快的了。以我们下唐的距离，消息送到这里本来就要晚几日。国主下令立刻勤王，三军今日早晨已经整顿完毕，明日就可以出发。领兵的将佐都已接到加急的命令，无论家中是否有事，明日都要一早赶到大柳营，否则军法论处。而你知道平常光做准备就需要多少时间？”

姬野茫然地摇了摇头。

“大约需要十五日。”息衍说，“不过我们快，楚卫国竟然更快，嬴无翳还没有到殇阳关，楚卫国的三万精兵已经向着殇阳关下进发。其余几国也都预先把军队设置在楚卫国的国境内，几乎和楚卫国的三万精兵一同到达。我从军这么些年，还不曾见过如此多的军队能这么快地协动。”

“那想必是早有准备，提前得到了军情！”

“不错，”息衍大赞，“你跟我学习兵法这几年，果然开窍了。可奇怪就奇怪在，到底什么人会知道嬴无翳这个家伙要回国呢？我想了已经一天半了，还没有想明白。”

“反正就是打仗，想明白了也要出征，想不明白也要出征。提前得到军情总是好的！”

“未必好，”息衍微微摇头，“这个机会对于我们似乎太好了，太好的事情，总让人觉得有点阴谋的味道。我也许是太固执，不过我一生，总是和最好的东西擦肩而过，我不太相信自己的好运气。”

他说到这里幽幽的别有意味，眯着眼睛出神。

“也许就是……”姬野没理会出息衍的深意，“锁河山之战损失惨重，诸侯大军痛定思痛，所以协动起来比以前快了。”

“真是个愣头青，诸侯合兵，必然拖拖拉拉、勾心斗角，哪里是痛定思痛一下就可以解决的。”息衍冷笑，“不过倒是有个有趣的事情，也很麻烦。”

“什么？”姬野的耳朵竖了起来。

息衍笑笑：“离军大军中有一个人，是我们下唐要的，这个人很值钱，诸国都想抢。所以我们势必要加快行军，免得嬴无翳突围成功，或者别国先得手，这个人我们就得不到了。”

“谁？”姬野的兴趣被勾得更高了。

他知道自己总上这种当，可偏偏忍不住。息衍说话就像是说书人似的，总是慢悠悠地留个话尾，勾得人要往下听。姬野听人说话很少有耐心，可是息衍说什么，姬野总是恨不得他能滔滔不绝，每次就像是求着息衍往下说似的。所以姬野也知道若是换了一个老师教他兵法，未必能有息衍的一半效果，也许老师说着说着，他便神飞天外了。

息衍就要他这个猴急的模样，悠然地笑笑：“楚卫国，小舟公主。这位公主是楚卫国国主的爱女，按照皇帝的旨意，她被接到了帝都，住在太清宫里。不过帝都名义上是皇室的地盘，其实是嬴无翳的别院，所以楚卫国也很担心把这位公主放在嬴无翳的牙齿边，东陆人都知道嬴无翳是头雄狮，他不饿的时候，对他没兴趣的东西懒洋洋的不搭理。可他要是忽然想起来了，一口就把公主吃了，连骨头都未必吐出几根来。”

“那是长得很好看的公主了？嬴无翳收了她，楚卫国就丢了脸面，是不是这样？”姬野觉得自己懂了。

“猴急！”息衍点着他的鼻子，“哪有这么轻易下结论的，你今后上阵，临危决策，可不能一根筋走到底，你算敌人，就要知道敌人的性格作风。嬴无翳不是个好色之人，否则他早就冲进太清宫直接住在皇帝的后宫里了，那样才叫丢面子，丢到天下诸侯脑袋上都绿油油的地步了。”

“后宫里住的是皇帝的老婆,为什么天下诸侯都丢面子？”姬野不解。

“你这个愣小子，你是住在南淮，这里风气散漫，不太讲忠君爱国。你要知道皇室是天下之主，皇帝娶老婆是为天下而娶，他娶了老婆生孩子是化生万物，是天下万民的吉兆。所以皇帝的老婆是天下之母……”

“那天下之母岂不有很多？”姬野插嘴。

“多不多不重要，”息衍哭笑不得，“这个不是重点，而诸侯好比皇帝的子孙，皇帝是父，把土地分封给儿子们，诸侯是子，要孝顺尊敬父亲。皇帝的女人被人侵占了，是诸侯的妈妈和奶奶被人玷辱，所以诸侯脑袋上便也是绿油油的。”

“哦！”姬野频频点头，似有所悟。

“可小舟公主的危险在于，她的祖国是最忠于皇室的楚卫国，这个国家是嬴无翳最大的敌人。如果嬴无翳要一刀砍了这个公主，那么就像是要砍去楚卫国国主心中的一块肉。楚卫国国主是位女公爵，下嫁安平君，仅有这么一个血亲后代，对于女儿的宝贝，不亚于她宝贝自己的国家。所以今年年初，按照我国和楚卫国的密约，我国馈赠四十万金铢的军费予楚卫国，而楚卫国则通过在帝都的势力，悄悄把小舟公主接出来，来南淮居住。我们两国就此结盟，天下诸侯，我国最为富有，楚卫国军力最强，实在是不可多得的盟约。不过嬴无翳离开帝都的时候，做了一件谁也想不到的事情，他把皇帝像是丢一只穿过的靴子那样丢了，却把这个小舟公主带在军中随行！”

“哦，人质！”姬野说。

“是，看来嬴无翳天不怕地不怕，还是忌惮一个人。”

“谁？”

“白毅，楚卫国权倾朝野的重臣，天下名将之首，嬴无翳带这个公主，是要防止白毅趁机和他决战！”

“白毅！”姬野知道这个名字，听了浑身一震。

“天下名将之首！”他在心里悄悄重复。

“若是小舟公主被带回了离国，我们的头顶上倒确实是绿油油的。我们那四十万金铢也就变成了帮离国下的聘礼了。”息衍又说。

“聘礼？”姬野又茫然起来，看着息衍等他解说。

“诸侯结盟，十有八九是靠姻亲。反正生孩子对于国主来说不算费事，孩子们互相嫁娶门当户对，还可以结下铁盟，何乐不为？我国原本和楚卫国结盟，便是有意撮合小舟公主和我国的储君煜少主。可公主若是被送到离国都城九原，嬴无翳大手一挥，把她随便嫁给某个嬴氏的公子，生几个孩子，那我们也只有干瞪眼。我们这笔金铢，就算是我们帮离国给楚卫国下聘。”息衍摊了摊手，“而且我国储君的未婚妻被人强娶，我们这些做臣下的，脑袋上可不也是绿油油的？”

“跟我可没关系，煜少主的事情。”姬野想起曾在大柳营演武的时候，隔着很远看见那个孱弱细致的少年，他听吕归尘说起那个男孩的事情，只觉得一个男孩在女孩的裙子里滚大，是一件丢人丢到家的事。

“不过关于这个小舟公主，可是有那么一桩秘闻。”息衍笑吟吟地看着姬野。

“什么秘闻？”姬野控制不住瞪大了眼睛，就像他在酒肆里看见说书的先生把醒木一拍。

“有一个传闻，显得骇人听闻，说小舟公主是喜皇帝的私生女儿，是喜皇帝唯一的血脉！”

“皇帝的女儿？”姬野也吃了一惊。

“该说是先帝的女儿。其实楚卫国也是白姓，是皇室的分家，蔷薇皇帝分封楚卫国在殇阳关这个要冲门户所在，是经过深思熟虑的。那时北方有淳国敖氏守护唐兀关抗拒北蛮，南方有楚卫国在殇阳关外为王域的门户，如此则王域固若金汤。原本以离国赤旅雷骑，固然强劲，然而要踏过楚卫国土进逼殇阳关，恐怕也不容易。但是嬴无翳是个霸主，也是个鬼才，他根本没有想过进攻殇阳关，他带着骑兵翻越天险，直击天启城。雷眼山屏障一破，朝野震动，当年的楚国公白补之亲自率兵出击，率领诸侯联军决战离国在锁河山八鹿原上，结果败仗身死，身后唯一的孩子是个女孩儿，乳名叫作瞬儿，大名大概是白瞬。她如今已经贵为楚卫国女公爵，没有人敢擅称她的名字了。”

“这个楚卫国的女公爵不是娶了……不是，下嫁给了什么安平君么？那又和皇帝生孩子，难道不是近亲婚配？我听人说这样生出来的孩子要傻。”姬野说。

“呸！”息衍苦笑，“什么乱七八糟的，七百年前的分家，到现在三十代远亲也有了，还什么近亲婚配？”

姬野不太懂这个，老老实实地嗯了一声。

“白补之这个女儿，那一年十五岁，又恰恰是住在天启城中。她是十六岁时返回楚卫国的，开春四月结了婚，小舟公主出生的日子却是十月，哪有新婚六个月就生下孩子的？”息衍莫测高深地笑笑。

“按将军所说，六个月早产想必是很稀罕的事情了？”

息衍看着学生认真的黑眼睛，师生两个各自沉默了一会儿，息衍拍了拍他的肩膀：“你的思路果然和常人迥然不同，没人教你这些么？怀孕六个月生下来的十有八九是个死胎，哪里还有那个千娇百媚的小公主？而女公爵那时住在皇宫中，皇宫里还有哪个男人敢染指楚国公的爱女？”

“没人教我，我家里人都懒得跟我说话，阿苏勒懂么？那我还问谁去？”姬野说，“那一定是皇帝了！”

息衍点头：“未必一定，但是十有八九，这位白瞬女公爵年轻的时候，可是天下的绝色，先帝对她动心，也说得通。这六个月的问题当然瞒不过别人的眼睛，而且先帝生前对这个未曾见面的公主的喜爱也是有据可查的，生下来一个月就封公主，先帝亲自起名，又赐予河洛以白金打造的小帆船，据说那船可以在平静的湖面上自己行进，无风的天气里一日一夜可以横过帝都的太清池，是罕见的珍玩，敢问若不是自己的孩子，哪有对一个诸侯的孩子那么用心的？”

“皇帝既然那么喜欢这个美女公爵和她女儿，就自己娶了她就是了。”

息衍摇头：“喜皇帝生前不好美色，也不亲近后宫，所以一个子女也没有留下。有人猜测他是担心子女受到嬴无翳的荼毒，坚持不肯生育。所以即便小舟公主真是他的女儿，他也不会承认。不过这倒便宜了嬴无翳，喜皇帝一死，嬴无翳顺理成章推喜皇帝的堂弟、广昌王白恢登位，也就是现在天启城的皇帝。到这里这件事原本就该尘埃落定了，可是帝都却有人不甘心。首先是有臣子启奏，要把小舟公主从楚卫国接到天启太清宫中抚养，说要嫁给现任皇帝的幼子，其实这个幼子到现在也才两岁零七个月，话都不太会说，却要娶一个大他许多的公主，分明只是个借口。可是帝都一些人活动非常积极，最后皇帝亲自下旨要接小舟公主进京，楚卫公爵才不得不应允了。而小舟公主一到帝都，就有消息说喜皇帝还有血脉在人世，看这个阵势，有人居然是想要树立一个年幼的女主了。”

“到底都是些什么人？”姬野皱眉，他也听出这里面的阴谋来。

“不知道。这些年来，我隐隐约约地觉得帝都有那么一群人，我看不见他们在哪里，但是我看得出他们的手段。”息衍沉吟，“你听说过‘蔷薇党’这个名字么？”

“没有。”

“没有就对了，这些人的存在要是尽人皆知，早被嬴无翳一刀一个宰了。”息衍笑笑，“其实‘蔷薇党’这个名字，在风炎皇帝当政的时候就有流传，可是一直不知道是个什么样的组织。不过这群人应该是存在的，他们能通过活动把小舟公主从楚卫国接到帝都去，已经可以看得出他们的手段。不过楚卫国有白毅当政，手腕也不是一般的强悍。小舟公主才到帝都半年，白毅就转而寻求和我国结盟，意图正式确定公主的未婚夫婿，这一招也算得强劲。不过双方都是在玩政治，大家在朝堂上暗自较力的时候，嬴无翳一把扛了公主要杀回离国。这些公卿，嘲笑说嬴无翳是个南蛮子，可是这个南蛮子做起事情来，以公卿的手段偏偏制约不了，真是丢人丢到底了。”

姬野点头：“离国的赤旅雷骑，在东陆可是所向无敌，以我们下唐那些军马，要打赢可不容易。”

“赤潮所到，尸横遍野。我何尝不知道？不过这次出战的任何一个人，我想都不会承认自己不如嬴无翳。”息衍眯起眼睛微微地笑，语意深邃，“乱世真正的霸主，是不是嬴无翳，还是未知之数，很多人还渴望着和嬴无翳争夺这个位置。嬴无翳已经亮了他的刀，他的刀是赤旅雷骑，而别的人，他们的刀还掖在腰里没拔出来，这次勤王，恰恰给了这些人一个试刀的绝好机会！”

姬野听得出神，没有想明白息衍的意思。

“为何要打架？”息衍话锋忽地一转，严厉起来。

“我出千，赢了他们的钱。”

“还有呢？”

姬野沉默了很久：“他们看不起我，他们总要跟我打架的，这次只是找个机会。他们觉得他们比我强，他们有的家里有钱，有的家里积了上百年的军功，有的是大贵族，家里的亲戚，一个个都是大人物。可是我家的贵族头衔都被废掉了，我在家里都被人看不起。可那些人在校场上又打不过我，他们不服，他们想要我低头，我偏不低头！”

他的声音低落下去，嘶哑的，依旧凶猛：“我偏不对他们低头！”

“所以你就跟他们打架，分个输赢？去满足你那点好胜的虚荣心？”息衍冷笑。

“我不想看他们的眼睛，他们看我时候那神色，他们是真的看不起我。”姬野低下头去。

“放屁！”息衍忽地怒喝。

姬野震惊。他从未从息衍嘴里听见这样的粗话，也没有料到息衍的粗话来得这样凶猛直接。他呆呆地看着自己的老师，老师的眼睛如反射了刀光似的明晃晃的。

“这些还需要想么，他们何尝看得起你过？他们凭什么看得起你？你一个寒门子弟，你是小妾生的，你父亲都觉得你是个累赘，你还指望你的同胞看得起你？你也该知道这些人是什么出身，他们看重的是什么？是爵位，是军功，是钱！而你有么？你什么都没有！那么你能指望他们看得起你？你早该明白你不可能被这些人看得起，可是你不服，你想出头，”息衍震喝，“那你为何不干脆杀了他们？”

姬野觉得这些话像是重锤打在自己的胸口，冲得自己喘不过气来。

息衍静了下来，直视姬野的双眼：“你的心大，命却穷，你要的东西别人不给你，你却非想要，就只有赌上命去争。可是你杀了一个人、两个人，天下还是有一千人、一万人看不起你，你可明白？就算你是天启城里的皇帝，离国公嬴无翳还是看不起他，嬴无翳在天启城六年，连杀皇帝都懒得下手！”

姬野在老师的注视下不敢把目光挪开一点，只是用力点头。

“可是你手中有枪，这是一杆古老的枪，你的曾祖拿着它的时候，任何和他对面的人都心惊胆战。谁敢看不起他？你要做空前绝后的武士，那么不是战一人，而是战天下！”

“我的枪……丢了。”姬野低声说。

“不，它还在，里面有你曾祖父的灵魂。”息衍笑着，低声说。

姬野用力点头，他觉得汗像是泉水那样从浑身每个毛孔里往外溢，控制不住。

息衍挥了挥手，示意他可以退下了：“好好想想我的话。你是我的学生，要有我的志气。麻木尔杜斯戈里亚，这柄枪为了杀死巨龙而被铸造，有用它刺杀老鼠的么？”

息衍低下头来批写公文，不再说话。姬野觉得自己的里衣已经被汗透了，他不敢出声，悄悄地退下。

他走到门边，忽然听见背后息衍幽幽的声音：“其实在十三年前，当我和白毅在秋叶山城第一次看见那个男人，我们就想杀了他！这个乱世，跟杀了威武王嬴无翳比起来，什么都算不得功业！你很快就会遇见强敌，赤旅雷骑，天下无双，但是你应该狂喜，因为你终于有了这个机会和他们对面！”

姬野的背影刚刚消失在门外，息衍背后的帘子被掀开了。高瘦的老人着一身白色的麻衣，缓步从后堂走了出来。

“这个孩子被你吓到了。”老人淡淡地说。

“还差得远呢，要想变成他曾祖那样的男子，又怎么会被这点事情吓倒？”息衍说，“他最近是有些懒散了，无心上进。”

“时代不同，在我们那个时代，那么多男人向往成为英雄，建立功业。姬扬在稷宫的时候，他的朋友是苏瑾深、叶正勋和李凌心，那些男人，他们凑在一起可以颠覆天下。而这个孩子有什么样的朋友呢？他太孤独。他只是想证明他自己而已。”

息衍微微一笑：“不，他能行的，我能看出他身上有一种气质，第一眼看见他的时候我就觉察了那种气质。”

老人也笑：“为了激励一个学生而说出那么激昂的话来，你也真是一个绝好的老师了。”

“有些是作态，有些是真的。”息衍说，“他的枪术进步如何？”

“已经可以熟练地运用‘碎甲’，下一步是‘心狼’，跨过这一步并不容易。枪术运用到这个地步，已经不是技术，而是心术。每个人的心里都有狼，关键在于如何把那头狼放出来。”

“吕归尘呢？”

“他很聪明，对于技术的掌握胜于姬野，但是他没有决胜瞬间的血性，这会制约他的发展。”老人微微摇头，“这样下去，他会失去掌握苍云古齿剑的机会。他这次随军出征的事情安排好了么？”

“我已经向国主进言，国主也同意我带他出征，只说是见识东陆的军威就可以了。”

“很好，是时候了，年轻人们应该被磨砺一下，在他们开始真正的征战前，他们需要一次完美的演练。”

姬氏大宅。

已经是黄昏时分，宅邸上下张灯结彩，厨下烹饪的香气已经四处飘散。婢子和家丁都得了十个银毫的赏钱，个个满脸喜色，奔前跑后地张罗料理。中堂一只大缸，盛了满缸的清油，上面只漂了细细一根灯芯，点着火苗。下唐习俗，这是所谓的“天寿灯”，生日时候点燃，派人守护着，能燃十日就是添寿十年，能燃二十日就是添寿二十年，取吉祥之意。

过寿的，却并非姬家的主人姬谦正，而是姬家二公子姬昌夜。此时姬氏夫妇正陪着次子玩着檐下一盏转灯，灯八面都填写着诗词，却只有一面开口，可以看见。姬昌夜轻轻一拨，灯飞快地旋转起来，上面一匹跑马仿佛动了起来，片刻停下，露出的一面上是一首小诗：

“负剑向黄沙，匹马走天涯。

渴来饮清泉，夜宿野人家。”

姬夫人微微皱眉：“这是个什么兆头，取得不好！”

那是盏推命灯，男孩十五岁时候用来推命的小玩意儿，而昌夜得的诗意，似乎不是上上之兆。

姬谦正不信这个，只是笑笑：“也不是不好，虽然不是富贵之兆，但是负剑黄沙匹马天涯，渴饮清泉夜宿人家，也是豪杰气概。”

“要豪杰气概有何用？”姬夫人嗔道，“儿子要的是一生无忧，平平安安。昌夜，刚才那个不作数，再转一个看看。”

昌夜也乖巧，手指再一拨，停下时已经换了一首：

“紫罗朱衣拜宫阙，百岳千山朝宗冕；

海沸山摧惊暮日，借取龙云入长天。”

“好！”姬夫人拍掌道，“这个好。”

姬谦正苦笑 :“前言不搭后语，好在何处？”

“拜宫阙，朝宗冕，总是贵气之兆……”

姬夫人说到这里，忽然顿住，喜色消退，一张脸渐渐冷了下去。姬氏的长子姬野悄无声息已经站在了台阶下，冷冷地看着父母带着弟弟一家和睦。姬野不是姬夫人亲生，他年纪长于昌夜，却是一个小妾庶出的孩子。小妾多年前就过世，姬夫人素来不喜欢这个孩子，连姬谦正也不喜他的冷厉性格。一家人像是回避家中有这一个孩子存在的事实，任他自来自去，自生自灭。

“你还知道回来？”姬谦正冷冷地一挥衣袖。姬野已经半个月不着家门，自从他任职武殿都指挥帐下的青缨卫，根本就很少回家，每月的俸禄也不见踪影。姬谦正并不为几个小钱上心，不过儿子如此野浪，毫无孝敬之心，让他关怀这个儿子，却也很难。

“我一会儿就走。”

“呵呵,你好大的面子,我这个为父的,也难得你赏脸回来见上一面了,还马上就走。”姬谦正牵过昌夜和夫人的手,头也不回踏进中堂坐在桌边,也不招呼长子。

“我回来是有事情要说……”姬野踏上台阶。

“哎哟！”一名上菜的婢女被他不小心撞到，一只盛满菜的瓷碟掉在地上摔得粉碎。

“你撞什么！”姬夫人大怒，“难道不知道今日是你弟弟的生日么？”

下唐风俗，生日时候打碎碗碟，是不祥的兆头。

“他的性子你难道不知道？”姬谦正并不信这种土风，按住夫人的肩膀，对婢女挥了挥手，“下去收拾一下。”

婢女惶恐地看了一眼面无表情的长公子，疾步下去拿簸箕了。姬谦正心头火气正盛，看也不再看姬野一眼。上菜的婢女鱼贯而入，自姬野面前一一闪过，没有人跟他说话，也无人看他一眼。他静静地站在那里，仿佛与面前的一切根本无关。

他默默地转过头，去拨弄那只转灯，灯上的跑马在他指下飞旋，他双眼无神地看着那些命诗一一闪过。他已经十七岁，并未玩过这种推命的游戏。那个瞬间，他忽然有一种强烈的愿望，要知道自己的未来是什么。转灯停下，竟然堪堪停在两首诗之间，姬野所见的，只是一匹跑马。他怔怔地站在那里。

姬谦正目光一瞥，看见长子呆呆地站在灯前。忽然，一阵火焰腾起，将周围的灯纱点燃，火烧得极快，命灯很快就化作一团灰烬。而姬野自始至终，都没有一点伸手救火的意思。

婢女们端着水盆上来的时候，看见长公子猛地转身，提起沉重的战枪大步出门而去。

门在他背后紧紧锁上，一声巨响，似乎是有人把瓷器什么的狠狠地摔碎在门上。姬野的心里很冷，仿佛那些瓷器的碎片从他心上割了过去，温度慢慢地流失掉了。他默默地对着夕阳。他本想说的只有一句，就是明日他就要出征，这个机会得来不易，建功立业或是战死沙场都有可能，他或可光耀姬家的门堂，如果可能他还想说他想变成他曾祖那样的英雄。

可是他发现并无人真的在乎这些。

夕阳下，他的对面，一个少年骑马挎刀，和他遥遥相对。

吕归尘刚刚带马出宫赶到这里，还未来得及请仆役通报，就看见姬野跨出了大门，而后大门紧闭，门里咣的一声碎裂声。朋友相对，吕归尘看见姬野的眼睛，察觉到那一缕渐渐凝结起来的萧然苍凉。他不知道说什么，于是他立马在那里，看着，如同看一柄剑缓缓地转过锋芒。

“刚才内务府传国主令，准我随军出征观战。”许久，吕归尘道，“这次，我们两个还是一道。”

姬野点了点头：“那你还有钱么？”

吕归尘愣了一下。他每月的用度由宫里支出，赌桌上的两百金铢已经被息衍罚没，绝无可能要回来。而纵然是北陆世子，他毕竟是羁留在南淮作为人质，也并非想用钱立时就有。

不过他并未愣多久，笑了笑，对着姬野伸出右手：“喝酒的钱总是够的，走！”

姬野默默地看着朋友的笑容，忽然一握他的手，飞身跃上吕归尘的战马。

日暮时分街上行人正多，吕归尘猛扯缰绳，加上一鞭，他坐下的北陆骏马长嘶一声，惊开人群，直冲向如血的残阳。街上的人退避相让，少年人的笑声在喧闹中破空而出。

姬野前脚出门，后面姬夫人掷出的盘子碎在了门背后。

“唉！”姬谦正满心的烦躁,上去抓住妻子的手腕,“怎么你也摔东西？今天是昌夜生日，打碎东西，总是不好的兆头。你又是母亲，难道和一个小孩子生气？”

“我不是他母亲，谁是他母亲？他母亲是那个贱婢！他眼里有我么？他眼里有你么？他眼里有昌夜这个弟弟么？都是你袒护他，惯出来的毛病！他这回来一趟是干什么的？成心把弟弟的生日弄得一团糟，推命灯也被他烧了，他这个心性，真是毒啊！这不是要咒死昌夜么？”姬夫人说着，趴在桌子上呜呜地哭。

昌夜是个乖觉的孩子，急忙贴上去挽着母亲的胳膊。

姬谦正没有料到事情变得这样为难，只能搓着手，压低了声音安慰妻子：“唉！都过去了，过去了，让厨下重新做菜，今天是昌夜的生日，我们一家三口，要好好地过过嘛。”

“过什么？过什么？没法过了！”姬夫人哭得越发的凶了。

“野儿也不是故意要烧掉那个灯，火烛不长眼的，他也就是拿在手里玩了玩，而且不过就是个玩具嘛，何必那么认真呢？”姬谦正苦着脸。

“你还袒护他！”姬夫人头发也乱了，声音也哑了，不顾仪态地嚷了起来，“你不就是还想着那个淫贱的女人么？你想着她的美貌和风骚！你忘不了她！你连她的儿子也偏袒！你的心里忘不了她的，你们男人都忘不了她的！”

她这么大声地嚷，却没有注意到丈夫的脸上风云骤变。姬谦正宽慰的苦笑僵在那里，渐渐地被另一种神色取代。

“你疯了么？别再提她！”姬谦正的咆哮低低地压在喉咙里，他罕见地冲着妻子瞪大眼睛，像是惊恐不安，又像是要把她整个人都吞下去那般狰狞，“那个女人……她是个妖魔啊！”

姬夫人被吓得傻了，不知不觉就停止了抽泣，怔怔地看着仿佛变了一个人的丈夫。

第二章 初阵

成帝三年，八月初五。

姬野抬起头，一线月在云中出没，这是一个鱼鳞天，一波波的云纹排满了深蓝色的夜空。羽然坐在他的身边，难得的安静，他们两个并排坐在墙头，把鞋袜脱了下来放在身边。双足在夜风里，凉凉的，姬野想起他和羽然、吕归尘三个人那次出城，把双脚泡在凉凉的溪水里，三个人说着说着话就在下午的阳光里靠着彼此的肩膀睡着了。

而他现在并非要出去踏青，他一身铁色的鳞甲，肩上垂下骑将的军徽。他看着很远处城墙上的灯火，他想自己这就要去出征了，成就他的功业和雄心壮志，去看看那个狮子般的男人，然后凯旋，从城门下经过的时候，他会率领先锋的骑军走在最前方，夹道边都是人。无论什么人都不能无视他的光荣。

但也许，他就要在这一次死在那个狮子般男人的刀下。

“喂，傻子，考你个题目。”羽然忽然说。

“嗯，你说。”

“你要去殇阳关了，我就问你殇阳关的典故。你们东陆的文字，以‘殇’为死，殇字不祥。可你知道殇阳关为什么叫这个名字么？”羽然扭过头来，她把一头长发束了一个长长的马尾，这时候一丝没有绾好的头发飘了出来，在风里悠悠地起落。

姬野看得愣了一下，羽然就冲他做了一个鬼脸：“不读书，不读书，就是打死都不读书的牛！”

“牛？”姬野愣了一下，羽然不曾这么叫过他，羽然有的时候叫他木头，有的时候叫他野猴子，有的时候叫他大狗熊，可是还不曾把他叫作牛。

“笨牛笨牛！笨呗！”羽然皱着鼻子，大声地说。

羽然扭过脸去，不看他。

“是因为蔷薇皇帝白胤带兵强攻阳关，战死十万人之多，尸体可以从城墙下堆起一道斜梯走上阳关的城头。白胤感到虽则战胜，然而杀戮太重，所以把阳关改名为‘殇阳关’，也是悲伤的意思呗。”姬野只好说，“我知道的，《四州长战录》上有的。”

他对于史籍典故所知，多半都是这样从市井说书人的嘴里听来的。

“那他为什么要强攻阳关？”羽然扭过头来。

“因为蔷薇公主要死了啊，她想死前看着白胤登上太清宫的帝位。”姬野说。这些也是演义小说必当大笔挥洒的情节，姬野倒是如数家珍。

“那要是我快死了，你会不会带兵把殇阳关打下来？”

姬野愣了一下，一时间没有反应过来这个话题怎么忽地就转换了。

他抓了抓头：“可是你又没什么事，你也不希望我当皇帝。”

“假设啊假设啊！”羽然不悦起来，“假设说我快死了，我要你去打殇阳关，你会不会去啊？”

“可是……”姬野有点蒙了，不知如何去对付这种小女孩才该有的稚气，他想着羽然也不小了，是十五岁的姑娘了。

“那你都要死了，你说要我干什么，我当然要去的。”姬野想或者没必要那么认真，哄哄这个捣蛋的丫头就好了。

“没诚意！”羽然怒了，像一只竖起了毛的猫儿，用力龇了一下牙，把头重新扭了过去。

久久地，羽然都不回过头来，她不说话，姬野也不知道说什么。

“羽然？”姬野试着轻声喊她。

羽然不应他。

“羽然？”他上去推了推羽然的肩膀。

羽然扭了扭肩膀，甩掉他的手。

“好啦好啦！那我就带兵去攻打殇阳关就是了。”姬野不耐烦了，他从墙头站起来，大声地说，像是打雷似的，“你就算说要我去当皇帝，我也去把天启城打下来！”

羽然终于回过头了，对他扔了一个白眼：“你带兵？你哪有兵啊？”

“如果我有兵，我就带兵去，我要是没有兵，我就自己去，你总满意了吧？”姬野瞪着眼睛。

“随你乐意！我才不在乎！”羽然也站了起来，嘟着嘴。她展开双手平衡身体，像个市井里的走绳人那样沿着墙头走了几步，而后她忽然飞跃起来，鸟儿般跑远了，仿佛轻得没有重量。

姬野呆呆地看着她的背影，脚下碰落一块石头，石头落进墙下的河水里，一圈一圈的涟漪，弄碎了月色。姬野感觉到有人在看着他，他扭头看向背后。

吕归尘是一身白色的皮铠，站在小河边：“姬野，走了，将军还在有风塘等着我们呢。”

他却没有看姬野，他的目光也追着远去的飞鸟般的影子，在夜色中的墙头上起落。

有风塘。

息辕也是一身鳞甲，按剑站在中庭。姬野和吕归尘进来，息辕上去行了军礼。他们是朋友，以往并没有这样正式的礼节。姬野和吕归尘感觉到了这个礼节的慎重，也各自以军礼回应。

“叔叔在里屋养神，让我传话，请尘少主去东厢，姬野就留在这里听令。”息辕道。

“明白！”吕归尘应了，独自去向后院。

他走远了，息辕转过来看着姬野："叔叔说有件礼物，让我等在这里送给你。他说你是他的学生，老师应该送见面礼，可是一直没有合适的东西出手，但是这件东西你一定会喜欢。"

姬野愣了一下。

"不是……花什么的吧？"他问。这不过是一句玩笑话，不过息衍送他东西，确实匪夷所思了。

"你自己看好了。"息辕闪在一边。

姬野终于看见了，息辕身后的古铜色木架上，一柄古老而沉重的战枪横架，它的枪刺在微弱的月光下流动着凄厉的光。当姬野看到这柄枪，他就再也挪不开视线，他感觉到了某种呼唤，从那柄枪里发出来，是古老而沉重的男人的声音。

他伸出手去，手在颤抖，手接近那柄枪，奇妙而悠长的韵律从枪上发出。

姬野猛地攥住了枪！

是的！还是那种熟悉的感觉！握住一条活的毒龙！它在主人的掌中冰冷刚硬，但是它也会昂首咆哮，吞噬天地！

姬野从未想过这一生他还能看见猛虎啸牙枪，这柄仿佛连着他血脉的武器，就像从未在那个深夜被斩断似的，重新出现在他的手掌里。这是他祖先的武器，如今应他的姓氏、血脉和呼唤，而归来了。

"别问为什么，"息辕拍了拍他的肩膀，"我也不知道什么。但是叔叔说，这件东西是认主的。它是你的，所以它会回来找你。"

吕归尘走进东厢。有风塘本是国主避暑的别院，东厢虽然没有宫殿那样宏伟，但也是宽敞的大屋，里面凉凉地流着冷风，却没有点灯。

"你来啦。"宽大的竹帘后有苍老的声音说。

"老师。"吕归尘跪下长拜，而后盘膝而坐。

他和他的老师隔着竹帘对坐，这是他第十四次在这里见他的老师。

而他甚至没有见过竹帘里面那人的容貌。他所知的是息衍第一次带着他来到这里，指着竹帘说，那里面的人希望做你的老师，你可以自己选择是否要做他的学生。当时竹帘里面静悄悄的，没有一丝声音发出来，而吕归尘感觉到了什么，像是丝丝缕缕的寒气透过竹帘，扑在他的脸上。他转头去看息衍，息衍却不看他，只是默默地凝视着竹帘，面色凝重。

于是吕归尘便跪下，拜了这个他甚至不知如何称呼的人为老师。

他所受的十四次教导，这个竹帘后的人没有一次曾经走出来为他演示。老师只讲武术的心术和理法，他的声音苍老却仿佛歌吟般优美，而他的教诲直指人心，像是神启一般无从抗拒。吕归尘跟随这个老师学切玉劲，跟随息衍学双手刀剑之术，而后这个老师又把所有的技艺凝聚为足以斩切铠甲劈断铁刀的双手刀乱舞战术。兵器无非是一块铁，吕归尘以前从未想过，凝聚在一块铁上的技艺却能精深到这个地步。

对于吕归尘而言，这个老师便是神明。

“我是你的老师，”帘子里的人低声说，“这三年里我曾见你十四次，十四次教授你用力和身法的道理，希望对你有所裨益。但是我们的传授，今天大概就是最后一天了。我很快就要离开这里，你也已经学到了我的真髓。剩下的，只有靠你在战场上去体会。你就要踏上战场，一个人一旦踏上战场，所有的武术在他心里就不再是原来那样了。不再是挥刀劈砍木桩，或者引刀在空中切断一根头发。你将要学会的是一刀砍下去，看着滚热的血从敌人的身体里喷涌出来，感受到刀刃切过肌肤、肌肉和骨骼的触感，那是残忍的，但是你不能不学会把握每一丝感觉，这是你判断自己下一步是进还是退的根本。你只要犯一次错误，你就会失去一切。”

“学生明白。”

“你是个聪明的孩子，但是不够狠，”老师道，“而所有武术，追究到最初都只是一种杀人的手段。这从太古的时候，诸族第一次从铁石中取出生铁铸造成铁刀，从树枝中修出笔直的木条制成羽箭，就已经注定。

这些武器最终一定会被投入敌人的身体，这个血腥的事实，不容改变，也无需被改变。”

“学生……明白！”

“你现在是听到了，也会记住，但是希望你说你明白，是真的明白。”老师叹了一口气，“作为老师，我应该送给你礼物，在我收你为学生的第一天，我已经准备好了这件东西。”

竹帘缓缓被托起一尺，一只苍老的手从竹帘下推出了长达五尺的佩刀，吕归尘惊异地看着这柄古刀，他从未见过如此长的刀，刀裹在鞘里看不出样子，但是可以从刀鞘的走势看出这柄刀有着优雅而森严的刃弧。

“我以这柄刀，助你成功。”老师道。

吕归尘伸出手去，摸到了刀鞘。

“你可以握住它，但是现在不要拔刀。”

吕归尘诧异地抬头看着竹帘。

“因为刀里寄宿着不甘的灵魂，它的前主是一个杀人如麻的人。再往前的主人也都用它杀了无数的人。刀刃已经磨损得很厉害了，多亏我有一个很好的朋友修好了它，我想这柄刀应该是适合你使用的。虽则长了一些，但是息衍的双手刀剑之术本无所谓长度。”

吕归尘赞叹着抚摸那刀的皮鞘，他从未见过这么精致的手工，刀柄刀锷刀镡的玫瑰银刻装饰古老奔放，是河洛制品特有的气魄。而皮鞘握在手里，粗糙却有着温暖的感觉，握住刀柄的时候，任何一个用刀的人都会想要试着拔刀。

“上阵杀人，你心里怀着杀气，有如手握刀锋的危险，我希望你明白。所以握着一柄武器，不仅是对敌人危险，也是对自己危险。以你的心，应该足以震慑这柄刀中不安的宿灵。”老师道。

“它叫什么名字？”吕归尘问。

“影月，刀中影月。你知道明月的孪生子么？你见不到它，因为它没有光辉。它是月亮的漆黑的影子。它得以现形的时候，是它被浸泡在鲜血里的时候，圆月上血滴垂下，光芒万丈！”老师起身，“这是一柄邪刀，你好自为之。”

吕归尘捧着刀跪拜。

他不敢抬头，他听见脚步声，这是第一次老师走出了藏身的竹帘。那脚步声从他的身边经过，去向门口。

“不想看看你的老师么？”老师的声音从门边传来。

吕归尘抬头转身，看见门边月下飞扬的长袍。

“不要输给姬野，刚柔之术，是武术的两种极致，姬野得了姬扬的魂，你得了我的意。我可不希望输给自己的老伙伴！”这是最后的叮咛。

他背对着月光，吕归尘看不清他的面容，却能够感觉到这个老人第一次对自己露出了笑容。

息衍坐在里屋的黑暗里，灯刚刚被他吹熄，一缕白烟从灯芯上升起。

息辕无声地进来：“叔叔，诸军已经齐备。他们也都已经准备好了，要趁夜出发么？”

“趁夜出发。”息衍点头，“我的花有人照顾了么？”

“安排了三个军士，都是细心的，还有一个的家人是花匠。”

“这样我就放心了，”息衍笑笑，“息辕，你知道这一战意味着什么么？”

息辕摇头，对于这种事，他并没有信心，他只是对于叔叔有着绝对的信心。

“新的时代就要来了，我们天驱的新时代。”息衍提剑而起，“我能闻见腥风里的那股味道，每一次的血腥都将重新唤醒我们的雄心壮志。”

叔侄并排走在廊下的阴影中，息辕把手按上了自己的胸甲，脚步不停，平视前方：“铁甲依然在。”

息衍也如他的举动：“依然在！”

有风塘的中庭里，提着长刀的吕归尘和拄着战枪的姬野默默地等候。息衍和息辕走了出来，四个人之间没有一句话，姬野和吕归尘跟上了将军的步伐。

这是成帝三年八月初五的午夜，下唐的出兵从四骑战马离开有风塘为开始。

成帝三年八月初二，建水之东的暮合滩。

枪戟如林，一万军士静默地立在晨风中，他们身边八头公牛并列拉着的大车上，沉重的巨盾堆叠成小山一样。风中扬着火焰蔷薇的白色旗帜。只是在蔷薇下方斜过一枚羽箭。

楚卫国大将军白毅的旗帜。这位皇帝家族支脉的子弟立马于大旗之下，白色的战衣随风飞扬。他的先锋军马已经到达了殇阳关下，布成了无敌的山阵，而他即将带着最后的精锐和辎重出发。他的战旗到达殇阳关下的时候，这场战争的烈火将被正式点燃，而他则是火种。

他的对面是一顶三十二人大轿，红杠黑漆，用黄金箔片剪作叶子和金合欢纹贴，两重珠帘挡住了轿中的人。

“大将军战无不克，平安归来。”轿中的人道，是一个温婉的女子声音。

白毅不答，就在马上躬身长拜。

“取我的琴来。”轿中人又道。

守候在轿后的年轻禁卫带马前进几步，捧上长琴。一个使女从竹帘中走出，大轿极高，落地还有两人半的高度，使女俯身从禁卫手上接琴回去了。

几声试弦声，轿中的人低声道：“仿古人意，琴歌以送征人。”

轿中人缓缓而歌，声音明晰清越：

“为卿采莲兮涉水，

为卿夺旗兮长战。

为卿遥望兮辞宫阙，

为卿白发兮缓缓歌。”

她所唱是一首情歌，却有世家大族凛然不可侵犯的雍容，又有霜雪高洁，隐隐的还有些悲意。三军静默，皆能听见她的放歌，各自垂头肃穆。楚国公这曲琴歌，其实是楚卫国坊间流传的曲子，唱的是一个男子珍爱女子的一生，为她采莲，为她出征，为她辞去功名，又为她的老去悲哀。辞意简约，然而意蕴悠远。

歌声止住，轿中人低声道："诸位将士都有父老妻儿，都是为了自己和家人征战，还有人在故乡等待，本公望诸位报答皇帝，奏凯而归。"

立刻有军士放声高呼："国主祈愿，诸位将士报答皇帝，奏凯而归！"

声震十里，一万大军放声齐呼。

"代三军谢国主赐此恩典。"白毅在鞍上躬身行礼。

"本公有些话对将军说，将军能否走近些？"轿中人问。

白毅带马走到了轿帘旁。

"望将军此次出征，带小舟平安归来，我这一生再不想看见自己的女儿离开身边了。"

白毅沉默了一会儿，微微摇头："苟活于乱世，没有人能自由自在。国主的女儿，虽则只是一个长在锦绣中的女孩儿，不必拼死征战，可是国主期待她在母亲身边长大，却未必容易。这个心愿听起来不大，可是对于活在乱世中的多数人而言，已经是很难很难的了。"

他微微躬身，算作行礼，拨马前行。

"将军再留一步！"国主的声音在背后变得急切。

白毅停马挥手，立于珠帘之前。

"对于子民和皇帝陛下，我或者是楚国公，楚卫国的诸侯。然则请大将军怜悯我也是一个女人，我生下了女儿，真的很希望，很希望，能亲眼看着她长大。"隔着轿帘，隐隐约约可以看见其中一个人影站了起来，整衣跪拜，堂堂的公爵竟然隔着轿帘对将军长拜，"如果这个世上还有人能圆我这心愿，除了大将军还有什么人呢？我所能依靠的也只是大将军而已了。"

白毅并未因为这个大礼而惊骇，他只是低头看着地上的青草。

“是这样么？那我明白了。”许久，他转身而去，“请期待臣下凯旋！”

他带马奔驰了起来，拔出剑指向前方，三军跟随他大声呼吼，皮鞭声和牛吼声里，一辆又一辆的大车缓缓开拔。

成帝三年八月初三。

淳国之南的黾阳城，城外的一座小屋中。

男人笼罩在一身漆黑的铁甲中，他跪坐在竹席上，默默地对着眼前的刀架。刀架上横着一柄佩刀，刀装朴素，方头直身，是战场上常见的武器。他的盔甲沉重，身材却并非很高大，跪坐的时候，这身重盔重甲便撑在地上，显得非常累赘。男人的一只手捧在胸前，手中滚着一串念珠。他闭着眼睛，时间已经过去了很久，屋子一角香炉里的线香已经熄灭。

鸟儿振羽的声音由远而近急速地逼来，一只雕像是扑食似的从窗口突入，极快地落在男人握着念珠的手上。它低头啄着念珠，念珠的绳子被它啄断了，珠子落了满席。

“真是捣乱的家伙啊。”男人低声说着，从雕脚上的竹枝里抽出了信。

信很简单：

“梁秋颂代国主传令，将军复风虎骑军都统领职位，南征勤王，军令受国主节制。此公决胜之际，三军待公久矣，公当速进，速进，速进！”

连续三个“速进”，说明写信人的急切，男人沉默了一会儿，把信放在一旁的蜡烛上烧掉了。

“义父！义父！义父！”大呼的声音从外面传来，一个穿着朴素白衣的年轻人从外面扑进来，脚下一绊，跪在地上，“外面有穿盔甲的人，带着刀剑闯进来了！”

外面果然传来了人声，可是并不喧闹，而是整整齐齐的脚步声。

男人的眼睛在面甲下依旧安静：“华茗，不要担心，他们是知道了消息，来通知我的人。”

“什么？什么消息？”年轻人瞪大了眼睛。

“国主复我都统领之位，命我南征。”

“义父……义父不可以答应！”年轻人焦急地大喊，“这是重进狼窝啊！梁秋颂……”

男人竖起一只手，示意他不必再说下去。

他起身，抖了抖铠甲，走出了自己冥想的小屋。屋外的空地上，并排跪着二十余人。他们都穿着精致的薄钢铠，这是淳国风虎骑军的将领才能装备的制式铠甲，跪在空地上的每一个人都有千夫长的身份。

“你们来得真快。”沉默了一会儿，男人说。

“诸军等待将军重掌虎符，已经等待了多年了！”屋外的人里有一个抬起头来，他还喘着粗气，分明来得很急，他的面孔赤红，目光急切。

男人点了点头：“将士们都将听我的令而行么？”

“是！”所有人同声回答。

“你们要听清，如今所谓的淳国公不再是死去的先主，他是一个孩子，他并无力负担你们的生死。他的令来，要我出征，只是对我一个人。你们来这里，却是要追随我。我现在所问的，是你们将听——我的——令而行么？”男人低声问，他忽地放大声音，仿佛雷霆降世，“再问一次，你们将听——我的——令而行么？”

“是！”所有人还是同声回答，没有一丝犹豫。

“好！”男人转身，“那你们随我来！”

他从小屋中的刀架上提起了战刀，提刀的一刻，他的义子默默地看着，觉得傻了。

“华茗，”男人低声说，“我当初所说，并非是谎话。我也曾想在这个没有什么人骚扰的地方，用我一生剩下的时间，好好想清楚一些事情。可惜。”

他转头，大步走向屋外。

“我这一生，本该是个长门僧。”男人停了一步，回头看着自己的义子，“可惜我已经杀了太多的人。我只有继续提着剑，或许还能够有些微的挽回。”

大胤成帝三年八月，对峙中的殇阳关终于变成了决战的所在。六国诸侯联署“义甲勤王令”向离国第二次正式宣战，大胤皇帝所期待的第二次勤王远比他想的来得更快。

楚卫国诸侯楚卫公遣舞阳侯、御殿月将军白毅出征，亲自相送一百二十里，至建水辞别，为之歌《采莲》。白毅所部一万辎重人马，携带驮马六万匹，直指殇阳关下。而楚卫国最为精锐的山阵精兵，已经依托建水之力提前出发。

下唐国诸侯唐公百里景洪遣武殿都指挥息衍为统帅，大柳营两万大军扬旗出发，偕同二十万斤辎重车驾。

淳国监国重臣梁秋颂为淳国公敖之润传令，重新启用屯田静养的名将华烨，这位东陆传名为“丑虎”却被风虎铁骑的部下们尊称为“虎神”的名将重新提起了他的战刀。风虎铁骑以一夜突进三百里的高速从北方指向王域背后，威慑嬴无翳留下防守王域北面的赤旅军团。

而虎牙和影月这两件将以血光照亮未来二十年的魂印之器，在少年们的掌中发出神兽般的轰鸣。它们渴望着鲜血和金属的撞击已经太久了。

武器是不能久藏于匣中的，乱世诸名将和未来的帝王也一样。他们整备了盔甲，立起标志着各家徽记的大旗，去向不知结局的战场。而此时，舔着爪牙的雄狮正在殇阳关的深处，等待着他们的到来。

胤成帝三年，八月十七。

姬野抬头，墨旗随着山上的风卷动在息衍的头顶，如一卷纯黑的波涛。

苍白的天空下，下唐的两万大军组成八个方阵，缓缓地移动在草原上。息衍立马在侧面的一处山头上，正眺望远近的地形，身后掌旗的人是姬野。吕归尘将那柄令人不安的长刀束在后腰，带马在左近戒备。他原本没有职司，只是一个随军的贵胄，而在息衍的眼中，随他出征的人就是他的属下，所以吕归尘身不解甲已经整整十一天之久。息辕则掌剑令，责任更重，在山下的队伍中，他代替息衍居中军主阵，弹压三军。

随着息辕挥动绿旗，左右两军放缓脚步，如同一只巨大的鹤形把双翼收拢起来，庞大有序的军阵缓缓汇成一条长带。轻卒和弩手混和的队伍从中军前进，占据了最前方的战线，两万人的下唐军就要通过前方的山谷。

这里是黯岚山的支脉，莽莽青青的连山围绕着这一带的谷地，下唐的大军已经在山谷中推进了十一日，除了息衍自己，无人知道明日的路线。此时的息衍叼着烟杆，正默默地望着天地尽头的薄云。

“将军，我们还有几日才可以到达殇阳关？”姬野问。

“一天。”

“一天？”吕归尘和姬野对视一眼，都有些吃惊。息衍所谓行军图不过是画来看的，所以他上马之初，并没有再动过那张图纸。大军遵息衍的指挥而行，也早已偏离了出征前勾画的路线，从进入黯岚山开始，他们就在山间日复一日地蛇行前进。而现在刚要离开山地，就已经逼近了殇阳关。

“这个山谷叫作涩梅谷，走出这片山谷，我们一马平川，只剩下二百五十里路。明日疾行，骑军可以率先抵达殇阳关，希望我们没有比白毅他们晚得太多。”息衍随手在马鞍上磕了磕烟杆。

“这条路线在地图上可没有。”姬野说。他跟随息衍日久，也算学会了看地图。

“我以前在这里做山贼。山贼是靠山吃山地生活，哪里有不认路的？”息衍扭头看着两个学生，似笑非笑，“这里周围八百里的地势，没有人比我清楚。”

吕归尘一怔。息衍像是在说笑，可是出仕下唐之前，也就是十二年前息衍到底在哪里，却从来也没人知道，息辕也一样。息衍闲来指点江山自述生平，描述得仿佛当日情景就在眼前，可是他的描述拼凑起来，却总是有些年份是一片空白。

“姬野传我令，前军放弃多余的辎重，全速行军！后军收拾辎重，缓慢跟随。”息衍喝令，“骑军今夜喂马，明日一路疾驰，务必在傍晚前逼近殇阳关扎营！落队的军法处置！”

“是！”姬野将怀中所抱的帅旗抛给吕归尘，掉转青骓就要下山。

吕归尘怀抱墨旗，把旗杆下的钢质枪锋扎在脚下的岩石上。

他愣了愣，脸色变了：“将军！”

“什么？”息衍猛地转头，他从吕归尘的话音里意识到有些麻烦的事情正在发生。

“有人在附近行军……越来越近，最多不过三十里！”吕归尘手中紧攥旗杆，耳朵贴近了凝神听。

蛮族行军，武士们习惯于头枕马鞍入睡，靠着地面震动就可以判断附近是否有大军行动，敏锐的人甚至可以推断对方的人数和距离，分辨轻骑和重骑。吕归尘不曾在北陆行军，但是这种技巧却在狩猎的时候已经学会了。眼下这杆大旗旗杆上传来的震动，并不像是步卒和下唐军中区区三千骑兵会发出的声音。

息衍把手放在旗杆上，沉默了片刻，点了点头：“来得好快……不知道是敌是友。”

“骑兵，”吕归尘道，“不知道人数，但肯定是奔驰的骑军在逼近。”

“还有多远？”

“最多不过二十里。”

息衍抽出腰间的弯弓，张弓搭箭，一枚鸣镝拉起尖厉的啸声刺入天空。他已经来不及下山传令，鸣镝一发，是令三军全力以赴通过山谷，在外面的平原上布开防守的阵势。三人随即鞭策战马，旋风一样驰下小山，此时息辕已经在军中吹响了沉雄的进军号角。

当他们冲下山坡并且赶上前军的时候，草原尽头的地平线上已经升起了隐隐的烟尘。三军已经通过了山谷，弩手在阵前散布成一线，中间混杂着前锋营的轻骑。所有轻卒则在偏后的地方结成一万五千人的鳞甲阵，这是防御最强的阵形之一。此时所有人都能清楚感觉到脚下的震动。

“五里，”息衍低声道，“如果来的不是淳国的风虎骑兵，那么只能是……”

话音未落，殷红如血的大旗已经在烟尘上头冉冉升起，在此时的光亮下，旗上的徽记看不清楚。姬野浑身一凛，在风雷般的铁蹄声中，他竟然听见了歌声。

“越千山兮野茫茫，

野茫茫兮过大江。

过大江兮绝天海，

与子征战兮路漫长。”

开始只是一人放歌长啸，唱到此一句末，竟是三军齐声地应和：

“越千山，

过大江。

绝天海，

路漫长。

收我白骨兮瀛海旁，

挽我旧弓兮射天狼！”

那是一曲葬歌，姬野一生中第一次听到如此悲烈豪壮的歌声。他们口齿不清，像是那些咬字不准的边地人所说的话，可是没有人能耻笑他们的歌，因为歌里有如此的壮志雄心。对面的赤甲骑军狂风般席卷草原而来，高唱着埋骨沙场的歌谣，纵然已经看见了对方的旗帜，也没有半分退却。他们仿佛根本不在意生死，只想着这样放马奔驰、再奔驰，踏破千山万水直冲天地的边缘。

那杆大旗一振，上面的徽记终于映入了姬野的眼睛，无数雷霆组成一个花环在红旗舒卷中浮现——离国嬴氏的“雷烈之花”。

离公嬴无翳的“雷骑军”！

“挽我旧弓兮射天狼……征战之心纵死不休，”息衍轻抚腰间剑柄，“天下英雄相遇，总是令人如此措手不及。”

“将军，何不趁他们立足未稳，立即冲阵？”吕归尘问。

“威武王殿下的雷骑，随时都能发起冲锋，无所谓立足未稳。他们已经看见了我们，唱这首《歌无畏》，是警告我军不要放肆。人家没准还想趁我们立足未稳，一举冲锋，杀我们一个片甲不留呢。”息衍笑，笑容却并不轻松，“没有想到在这里遭遇威武王的大军，难道殇阳关的防线已经被突破？不过面对这个男人，还是要先行叙礼再战的吧？”

“威武王？”姬野问。他记得离公仅仅封为公爵，白氏很少封外姓为王，嬴无翳权倾天下的时候，也并不在意一个王爵，所以离国依旧是个公国。

息衍笑：“离公所用的‘威武’印信传遍东陆，虽然只是公爵，可是天下已经把他的名号传为威武王。也不为过，我们胤朝那些亲王贵胄，又有哪一个不在他威武之下弯腰屈膝？”

“如此狂妄的人啊……”吕归尘低低叹息，不知道是敬佩还是鄙夷。

“这一曲《歌无畏》，是威武王殿下亲自填词，国手风临晚谱曲。风临晚一介女流，被歌词中所蕴的雄壮激发，竟然谱出了倾世雄歌。世上也唯有威武王殿下自己的骑军，才会在遭遇敌人时高唱这一曲《歌无畏》。滚滚黄沙，天地风雷，今日耳闻，不虚此行了，”息衍赞叹，“不必心存侥幸，对方必然是离公本人。”

“可是将军，东陆武士的礼节，是死敌相遇，也要叙礼再战么？”吕归尘问。

“要看是面对什么人了，若是面对蝼蚁，一脚踩过去也无妨，不过面对嬴无翳，即使想杀他的人也希望能够亲眼看着他死去吧？嬴无翳，怎么能是那种死在乱军混战中无声无息的男人呢？”息衍还是笑笑，“再则雷骑强悍，贸然相逢等同送死，我还没有这份胆量。”

“骑兵下马，开旗门，”他猛一挥手，“待我晋见威武王殿下！”

对面的大军逆风扑近，距离下唐军三百尺同时止住了战马。马蹄下卷起的尘土随风扬去，骑射手从骑枪手中突出，一排列在阵前虚引角弓。

当先的红旗下，孤零零站着两匹马。居前的武士身披火色大氅，面目隐蔽在火铜的重盔下。刚才就是这个身穿火铜重铠的骑士一马当先，打起了雷烈之花的大旗。他马速之快，使得以机动成名的雷骑军都不得不跟在他身后二百尺外策马狂奔，唯有他身边那匹神骏的白马紧紧跟随。而白马上则是一个全身笼罩在黑甲中的骑士，马鞍一侧挂着一张乌木短弩。

狂潮一般的气势隔着数百步直推过来，姬野握住马鞍上所挂的虎牙，才惊觉自己的手已经炽热如火。

“息辕，翼军散开，箭营和辎重营前进，”息衍拍马出阵，“没有我的军令，三军不得冲锋，预备布阵！”

“是！”息辕掉转战马，退向中军本营。

姬野和吕归尘一左一右夹住息衍，三骑品字形出阵，吕归尘手中擎着那面狂舞的墨旗。

“是离国公銮驾亲临么？”息衍立马高呼，“下唐国武殿都指挥息衍求见。”

他不再尊称嬴无翳为威武王，却以爵位称呼，足见谨慎。

火铜武士沉默片刻，一手将大旗插进了土里，举手摘下了自己沉重的头盔，一振甲胄上的征尘。头盔除去的瞬间，一头褐色的长发在风里扬起，长发间已经有了缕缕银丝，如刀削斧劈的面颊上也染了岁月的风霜。可是看一眼他一双褐色的眸子，仿佛烧红的炭，谁都能明白这个男人身体里流着什么样的血。

“御殿羽将军息衍？”随风传来的声音仿佛金铁的低鸣。

“后学晚辈的名字能够入公爷的耳朵，息衍三十年所学终于没有白费。”

“素月墨羽，都是足以惊动东陆的名字，你不需要谦虚。我的军报说唐公百里景洪已经对我宣战，他手下能够派出来的无非你和拓跋山月，他选了你来和我对阵，很好。你此行是往殇阳关下，却为什么出现在这里？”

“是，正要去殇阳关和公爷对阵，想走一条别人不知的路，没有料到在这里相遇。公爷仅带随身骑军，是急于返回离国么？”

“是，”嬴无翳坦然回应，“正午突围而出，破了殇阳关前的铁壁合围，本以为已获全胜，不意在此和将军相逢。我准备迂回避开白毅布在后面的几道防线，却遇见了更加棘手的人，确实是失算。”

“公爷有意一战么？”

“看你的战意有几分，权限有多大。你让开去路，我便不动刀兵。”嬴无翳冷冷地笑笑，“但是以百里景洪的性格，你若不战，你便是死路，我想你也没有这个胆子。”

“公爷敏锐。在下确实也想避公爷的锋芒，不过如果在下放走公爷，只怕无法回国交代。”

“好！”嬴无翳忽地大笑，“久闻你的名字，没有让我失望！息衍，既然有战意，何不催军上来？”

息衍也笑：“苟能制敌，何苦多造杀戮？久闻公爷二十年前尚未封侯的时候，一手刀术已经冠盖离国，离国儿歌说‘公子无翳，刀中无敌’。息衍向往已久，今日有幸相逢，公爷何不拨空指教，勉励后进？”

嬴无翳褐色的刀眉一挑，细长的眸子中更多一分冷意。大风吹起他身边的红旗，旗帜低下来在他身前一卷，红旗扬起，嬴无翳手中已经多了一柄九尺斩马刀。一双筋骨纠结的手握紧斩马刀足长三尺的刀柄，六尺的锋刃则在马侧淬出一道修狭的寒芒。

“那柄刀……”吕归尘觉得背心生寒，贴近姬野的耳边道。

“重心不对，这样的长刀，柄短而刃长，大概是要便于劈杀，能够用这样的刀，这个离公的力量真是惊人！”姬野也惊叹于那柄世所罕见的霸道武器。

下唐一方，军士将一杆乌铁长戟呈在息衍马前。

息衍在东陆号称“三十年内步战第一人”，是说仅次于数十年前风炎帝麾下将军李凌心的步战名家，成名武器是古剑“静都”，剑质绝佳。而马上战斗，重在长兵杀敌，剑不是马背格斗的利器，于是息衍另有一柄长戟“苦棘”，是寻觅多年后才重金购得的。而嬴无翳一生都在战马上冲杀，平生得意兵器是一对九尺长的斩马刀，是嬴无翳亲自从雷眼山取铁打造，刀铭为“斩岳”和“绝云”。

两名主帅遥遥对视，仿佛有一股无形的气压住了周围的风，流淌的疾云汇聚起来在天空上翻滚。戟上所束的白绦飘扬在息衍的眼前。白绦起伏间，息衍一动不动地看着远方赤甲火马的影子。

姬野抬头，忽地觉得天空竟然显得如此的低。

吕归尘紧握后腰的刀柄，手心中忽然满是冷汗，五年来，这是他第一次看见息衍全力以赴。

“但愿不是我一生最后一战。”说完这一句，息衍唇边最后一缕笑容也褪去，他一夹坐马，缓步出阵。

整个草原上只有呼啦啦风吹大旗的声音，一骑黑马独自推进。息衍的战马从容地迈着小步，可是随着他出阵，两军阵前所有人都不约而同地屏住了呼吸——无法言喻的威压随着息衍的出阵而缓缓推了上去。

嬴无翳身边，骑乘白马的随从伸手扯住他的臂甲，似乎是想阻止他出阵。而嬴无翳面无表情，卸去随从的拉扯，手腕一送，斩马刀的刀尖落在了地上。静了短短的一瞬，嬴无翳座下的炭火马忽然放声咆哮，嬴无翳跃马长啸，从阵中冲锋而出。一人一马，却仿佛山呼海啸，草原上的平静被他完全撕裂！

“好！”吕归尘禁不住赞叹。

息衍的推进，并未打破战场上的“静”，却在悄无声息地挤压离军的气势，占据了上风。而嬴无翳一声长喝，断然冲锋，已经打破了息衍所设的局。占据了“动”的先机，这是心理的比拼，也是两人的战术，此时嬴无翳所受的威压都被他一声长啸反弹出去，反过来指向了息衍。

息衍无法维持那股静而冷的威压，黑马长嘶，向着嬴无翳对冲而去，两军掌鼓的军士这才反应过来。战鼓齐鸣，直震天空的云山。

嬴无翳和息衍战马交错，电光石火，兵器交击。双方的战马都是千中选一的名驹，带起的力量全部被施加在武器上。一声金铁交鸣，两柄武器似乎要在撞击中断裂，嬴无翳和息衍擦身掠过。双方一齐压下胳膊上的痛楚，带马回身斩落。斩马刀被戟头的铁枝锁住，双方都觉得一股血气直冲到心口，两股力量不相上下。

“公爷年长十岁，力量还胜于息衍，后学晚辈不得不自卑了。”息衍还能勉强说话。

“息将军儒将风度，”嬴无翳冷笑，“可惜废话太多。”

嬴无翳忽然发力，被锁住的斩马刀闪电般撤开，息衍的铁戟失去支撑，立刻走偏。息衍策马而退，嬴无翳的炭火马紧随而上。

姬野隔得太远，仅能看见战场中两骑并列奔驰，嬴无翳掌中斩马刀将大片的刀影抛向息衍，息衍左右招架。而身在刀影中的息衍却更清楚地感觉到那种山岳般的压力从每一刀迫来。握刀的嬴无翳仿佛巨神，每一刀都有开山之势。斩马刀上带着凄厉的风嘶，没有任何虚招，每一刀都尽全力，足以劈开生铁。

这是他手中那柄刀的狂妄所在，只要他挥刀，便要遇甲破甲遇人杀人！

息衍战戟纵横，只能保持守势。离军的鼓声震人肝胆，数千雷骑齐声呼喝，声势大涨，嬴无翳刀势更雄，占尽了上风。

但是嬴无翳再强，却也斩不开息衍的防御。战马长嘶，霸刀纵横，息衍不为所动。

嬴无翳心中震惊。他所擅长的兵学和刀术，无非是“岳峙雷行”四个字，守如山岳，攻如狂雷。无论雷骑军的“赤潮”，还是斩马刀术，都重在速战速决。双刀中，重刀“斩岳”重达三十二斤，并非久战的兵器。他马上比武，往往一刀斩首，能够挡他一刀之威的，平生所见寥寥几人。而转眼已经过了三十余刀，息衍在铁壁般的防御中，还能有隐隐的攻势反击。

息衍一戟撩起，划过指天的弧线。嬴无翳第一次防御，斩岳一磕，避开了息衍的攻势。那个瞬间嬴无翳的心里忽然透亮，往昔的记忆还在，息衍这匹东陆之狐的武技，嬴无翳曾在另一个人的手中见过。

“不动如山！”嬴无翳大吼。

攻势如潮的斩马刀忽然仰天立起，凝然不动。

息衍的战戟走势忽地滞涩，而后唰的一声走直，直指嬴无翳的眉心：“绝云千丈！”

在激战中，两个人忽然一齐停手，带马隔着两丈冷冷地互相注视。

嬴无翳点头：“我猜得不错，你是他的学生，学的是他的武技。我还以为他从未收过学生。”

“我却听过公爷的名字，还知道他教过公爷一式刀法。”

“你就是为了这个要和我试手？”嬴无翳问，“你是故意暴露自己的身份给我。”

“我只是为了问一个问题。”

“说！”

此时两军统帅阵前相对，却无人听得见他们在说什么，一切的声音都被低低压在喉咙中。离军和唐军将士只能全副精神维持戒备，息衍深深吸了一口气：“十年来，公爷不惜压榨国内百姓，霸武强兵，势压诸侯。公爷这么做，为的是什么？公爷的梦想是挞伐天下，摧枯拉朽么？”

“挞伐天下，摧枯拉朽？”嬴无翳反问。

“不错，日已西沉。”息衍低声道。

一片死寂。

缓缓地，嬴无翳脸上绽开了笑容：“不错，日已西沉，所有想托住这太阳的人，都会明白这么做纯属枉然。白氏的天下摇摇欲坠了，那些庸碌愚蠢利欲熏心之辈凭借他们的姓氏活在朝堂之上，不过是一群行尸走肉！即便白胤还活在世上，他也一样无力回天！这就是我的梦想，而我也要问你，难道天驱的梦想和我一样？”

息衍摇头："天驱是很多人，里面每个人想的都不同。对于我这个天驱，我所想的是要一个新的平安的时代，公爷你所梦想的国家会有这平安的时代给予万民么？"

"如果我能够给万民以平安，是否我和天驱还有联手的机会？"嬴无翳冷冷地问。

"我们曾经和很多人联手，我们要的，只是一个平安的时代！"

嬴无翳盯着息衍的眼睛，他低低地笑了起来："我所要做的，确实是摧枯拉朽。到时候，东陆乃至天下，就只有离国……但是我与你们，却是不同的！"

他忽地放声大笑，笑声方起的一刻，嬴无翳带马前突一丈。人借马力，长刀破风斩下，一片雪亮的光弧落向息衍的头顶。根本没有思考的余地，息衍全力举起铁戟，戟锋强硬地截断刀弧，戟头的小枝再次锁住了嬴无翳的刀势。息衍感觉到手肘处传来了挫伤的剧痛。

"这个世上，也永远不会有平安的时代。总是一场、又一场的战争。你们做这样的梦，被押上绞架也不肯醒，我很激赏。但是，"嬴无翳双目如炬，悄然低语，"天驱在这世上，并无存在的理由！"

"死吧！"嬴无翳纵声咆哮。

刀势无断绝，甚至没有丝毫的滞涩。息衍全身一震，看见那道不可一世的刀弧竟然嚓地切断了戟头的小枝，继续斩落下来。生死的瞬间，息衍的双手猛震。

嬴无翳感觉到贴着刀面的戟杆上忽然传来惊人的震动，斩马刀在手中忽然震了起来，像是被铁戟粘住了，一股巨大的震颤延缓了刀势。刀只是缓了那么一瞬间，息衍全力推动戟杆，把嬴无翳的攻势压在了一边。两人肩甲相撞，错马而过，分别驰向战场的两侧。

"姬野！"吕归尘喝道。

姬野已经驱动战马扑了出去！他在校场演练多年，枪术之外，弓术也极为精强，宿铁弓上早已经悬了一枚雕翎箭。此时息衍和嬴无翳分开，他就有了机会。疾驰中，姬野将铁弓张满，锁住了嬴无翳的背心，他宿铁弓的射程远到二百五十步，这个距离上命中并非难事。

“姬野！先射对面那人！”吕归尘在他身后大吼。

姬野心里一惊，扭头看去，忽然扭转了箭头。嬴无翳军中，大旗下那黑甲的骑士竟然也单骑出阵，手持一张硬弩，毫无疑问是在瞄准息衍。

雕翎箭抢先射向了黑甲的骑士。姬野知道弩的杀伤力更甚于他手中铁弓，可以轻易地贯穿息衍的背甲。仓促间他无暇瞄准，箭一声凄厉的尖啸，堪堪贴着黑甲骑士的脖子擦了过去，黑甲骑士的弩脱手，弩上铁矢射进草丛中，他本人也失去平衡，从马背上摔落。

整个雷骑军忽地震动了，三军潮水一样涌动着推进。无数铁蹄踏起烟尘，一道灰蒙蒙的狂浪在草原上升起。骑射手的队伍在两侧如同鸟翼般飞起，枪骑兵们则占据了中央战场，加速之后的战马终于抛下了尘头。下唐的军士们眼睁睁地看着赤色轻甲的离军骑兵冲出了滚滚飞灰，聚成一片依草原起伏的赭红色波涛。

“赤潮！”不知道下唐军的阵营中谁发出了这样嘶哑的声音，而他的声音立刻湮没在铺天盖地的铁蹄声里。

赤潮——雷骑军的冲锋，仿佛贴着草原而来的赤色潮水，这股潮水漫过的土地只剩下累累的尸骨。

诸侯们第一次见识这股潮水是在锁河山的八鹿原，那时候公卿们将军们士兵们都惊骇了，面对着这股潮水仿佛灵魂离窍。这不该是人类能够使用的战术，他们这么不畏生死地冲来，纵马越过箭雨越过障碍越过同伴的尸骨，拼死也要把马刀砍在敌人的头上，像是殇州冰原上发狂的夸父，又像是越州山中那些长着凶狠大颚可以把整牛咬噬为枯骨的赤色蚁群。

他们不畏惧，于是诸侯畏惧了。那一战，离军五千雷骑的冲锋，打垮了七万诸侯大军的结阵。

除了勇气，雷骑军胜在轻骑机动。他们的战马不披马铠，骑兵也只披赭红色的硬皮甲胄，领军的百人队队长和千人队队长背插赭红色的背旗作为标志。轻装急速是雷骑取胜的第一手段，当敌人尚未组织起有效的阵形时，这支部队的前锋枪骑兵已经撕开了敌人的前军直插到中心去，而敌军尚未弥补缺口形成包围的时候，辅助冲锋的骑射手就以箭雨压制了对方的行动，几轮齐射结束后，雷骑军的精英刀骑武士则挥舞狭长的马刀迅速斩杀混乱的敌军。等到骑枪手、骑射手和刀骑武士最终汇合在敌人阵后的时候，往往背后只有一片烟尘尚未落尽的修罗场。

即使身为主帅，息衍和嬴无翳也没有迎接赤潮的勇气。雷骑甫动，两人已经无法继续交战，而是闪电般鞭马撤向战场的边缘。奔涌的骑兵潮如同一驾巨型的战车，无人可以遏制它推进的势头，如果静止不动，无疑会成为被恶浪打碎的礁石。

下唐的一线骑兵完全愣住了，根本想不到冲锋上去迎战。事发突然，息辕完全乱了手脚。没有任何一支军队会在主将对决的时候发起骑兵的冲锋，而对方那名黑甲武士的受伤分明引发了地震般的结果。

息辕很快镇静下来，他深知无论训练还是实战的经验，下唐骑兵都无法和雷骑相比，区区三千骑兵即使送上去也只是给雷骑屠杀。所以他掷下令旗，骑兵首先后撤，弩手们对空抛出了大片的矢阵。

雷骑的强悍在矢阵落下时一览无余。普通轻骑没有重甲保护，面对箭雨时候难免要控制马速来躲避，但是雷骑的武士们纷纷提起战马上的皮盾遮蔽在头顶，顶着矢阵继续推进。下唐弩手不是从军旅世家中招募，多半只是市井里游手好闲的少年，所用的弩劲道不强，远不能和方才离军那名黑甲骑士所持的硬弩相比。矢阵离弦时候尚有一股气势，可是落下来非但难以造成杀伤，甚至连洞穿皮盾都不能。

赭红色的箭头从赤潮中突出，最有经验的老兵都汇集在箭头的前缘。雷骑军已经逼近了下唐的旗门。吕归尘按着影月的刀柄，深深吸了一口含着尘土的空气，一股颤栗穿过全身。他左右顾盼，弩手们已经慌张地撤向了中军。

“世子……快走！快走吧！这可是雷骑！”金吾卫的统领、百里景洪派遣来一路保护吕归尘的方山声音颤抖。

吕归尘按刀立马，直视扑面而来的赤潮，声音平静：“你们押住弩手，一层一层地退，我最后一个走。”

“那……那全靠世子神威了！”事到如今，方山也顾不得国主的令，如蒙大赦般拨转战马，不顾一切地逃向了本阵。

吕归尘瞟了他的背影一眼，微微摇头。他也清楚国主的用意，方山说是保护他，另外的任务却是提防吕归尘潜逃。但凡有什么异动，他有权将吕归尘当场格杀。不过此时方山不顾一切只求逃命，一副只恨马腿太短的模样。

吕归尘想起他家乡的武士来，那些蛮族汉子血管里流的像是烈酒，看他们冲锋也像是喝了烈酒般让人热血沸腾。

他眯起褐色的眼睛，注视着逆风迫近的雷骑大队，轻轻抚摩着刀柄：“这才是真正的……”

离军千夫长、右军都统领张博挥舞两柄马刀冲在最前。他背插六面靠旗，饿虎一般狂吼。不过等他扑近唐军的阵前，弩手早已溃散，只剩下一个少年披着蛮族式样的豹裘和东陆的月白色重铠立马在前，按着腰间的长刀，侧头面对他狂风般的势头。

“杀！”张博策马跃起，马刀斜斜下劈。

吕归尘按着影月的刀柄，他深深吸了一口气，这是他第一次拔这柄刀，仿佛刀鞘中藏着鬼神。他猛然发力！刀蹭着鞘的内壁滑出，嗡的一声震鸣！

张博忽然感觉自下而上凛冽的杀气，多年战场的经验告诉他，对手竟未在他长刀下拨马逃走。转念间，他放弃了进攻，左刀虚晃，右刀侧封在两人之间。吕归尘舒展腰部，双手持刀，影月划出一扇寒泓，直对张博的马腹。

千钧之势下，吕归尘劈空斩马。

叮的一声，两刀各自荡开。

张博是撤回了进击的一刀，荡开了吕归尘的攻势，吕归尘也侧转身形，闪过了张博追敌的左手刀。两人第一轮的攻守没有分出胜败，张博的战马落地，几乎要扭伤蹄腕。

“敢和离国张博对阵，你叫什么名字？”张博一振双刀，放声大喝。

“青阳部，吕归尘！”

两人仅仅有一个通名的机会，后面的雷骑们已经扑杀而来。吕归尘以刀背震击马臀，全速退却，张博的战马和双刀紧紧咬在他身后。赤潮就在他身后，仿佛推动着两人指向了下唐中军的一万五千轻卒。

方山一直冲入轻卒方阵，被己方军士围裹起来，这才稍微放心，滚身下马。

“你这个废物！怎么把世子扔下，自己跑回来了？”息辕冲下土山，勃然大怒，顾不得两人军阶的差异，放声大吼。

方山愣了一下，回眼望去，才发现雷骑数千精英，正追着吕归尘一骑快马向着下唐军中军逼近。

“世子……世子自己不愿后退。”方山结结巴巴地说道。

息辕顾不得他，猛地一咬牙，将一面红色小旗掷出。低沉的号角声响起，土山上的军士也奋力挥舞起一面红色的大旗，五千人的下唐中军方阵缓缓向后退去。

“少将军，要救世子么？”亲兵营一名统领紧张地问。

“已经迟了！”息辕目光紧锁着远处的吕归尘，“我知道他要做什么，你们按照我的令旗行事，一刻也不可拖延，稍有偏差，我们都别想回南淮了！”

随着中军方阵退后，左右翼军的方阵立刻显得突起，一片巨大的空地在中央形成，包围雷骑的口袋已经成形。息辕掉转头，发奋奔跑起来，像是一只登山的土豹子那样气喘吁吁地回到土山上，一把推开挡在自己面前的军士，眼睛死死盯着远方，手指扣在令盒中的那面黑色小旗上，指间满是冷汗。

“还有多远？”他问目测的军士。

“二百……不，一百八十丈，一百四十丈……离军推进太快！”军士大喊。

息辕全身僵硬，血管在眼皮下跳个不住。他是第一次指挥千军万马的大阵，肩上是下唐两万大军的生死。平日的自信此时都丢到了脑后，胸口仿佛被石头压着。

“世子危险，再让离军前进，就到中军了！”统领清楚看见张博和吕归尘之间不过是几个马身的距离。

“退下！叫你们退下！”息辕紧扣令旗，纹丝不动。

一排带着尖啸的响箭在天空中掠过，张博猛一抬头，看见箭上燃烧着明亮的紫火，即使在白天也分外的醒目。

“埋伏？”张博微微一惊。

吕归尘在马背上忽然转身，手中握着的一把铁芒全部掷向了张博。这是他从大柳营里学来的技法，这次出征前藏在靴筒里，以备不测。他所用的铁芒长不过半尺，铸有三条铁棱，足以穿透轻甲，而且不需要张弓发箭，近身时候是一件绝佳的利器。

“好！”张博大吼着盘旋舞刀，双刀带起了两团铁光，将全部十支铁芒卷了进去，又全部激射四散。

在张博格挡的短短一瞬间，吕归尘鞭策战马加力，将两人间的距离拉长到十余丈。张博再要追赶的时候，忽然看见滚滚的烟尘。后退的下唐军一齐反身向着雷骑推来，下唐军的左右翼军也在后方包抄，一万五千人的巨大阵形围成了铁桶，雷骑领先的骑射手和枪骑兵都陷入了重重包围。

张博带住战马迟疑着四顾，吕归尘已经冲进了下唐轻卒的阵形中。他转身立马，和张博遥遥相望，而后两人之间的视线被下唐军竖起的巨大盾牌所隔断。

“青阳，吕归尘。”张博念着这个少年的名字。

他记住了这个名字。这个看起来不过十五六岁的年轻人有一种远超同辈的冷静，或许会是将来可怕的对手，而且他居然来自青阳，一个极北之地的古老部族。

“枪骑兵！把路冲开！”张博举刀。他并不担心，以雷骑军的战斗力，东陆几乎没有任何军队可以抗衡。仅仅依靠仓猝间立起的盾墙就想挡住雷骑的铁蹄，那么下唐军未免太幼稚了。

他命令下达，略显混乱的雷骑顿时镇静下来。枪骑兵稍稍退后整理队形，结成了整齐的枪列，随着一声大吼，两百人组成的枪列一齐策马冲向了木盾的壁垒。上百杆长枪刺入盾牌，高近一人的盾墙微微退后，顶住了这一轮冲击。

“怎么？”张博大惊。

他熟悉自己这些部下所乘的战马，每一匹都有蛮族烈马的血统，奔袭起来仿佛野兽捕猎般凶猛。可是以这些战马的力量，竟然冲不开人力维持的盾墙。

数千杆锋利的长枪从盾墙的缝隙中透出。以巨大的方木盾临时拼凑的防御在极快地调整，张博看不清木盾后的变化，但是从盾墙上传来的波动看来，下唐军不断地加固着盾墙。而后第二层木盾竖起在第一层木盾之上，将盾墙升高到两人的高度。木盾间下唐弩手抛出零乱的箭矢，吓阻离军去破坏盾墙。

张博尚不及收拢本队，他所带的雷骑已经埋身在一座巨大的木城中。他无法想象这座由盾牌构筑的城墙到底有多么坚固，但是以轻骑已经绝不可能冲开。他开始后悔，对下唐军的轻蔑和那个年轻武士的诱敌让他所部无从施展赤潮的冲锋优势。

此时盾墙微微震动，随着机括运动的摩擦声，张博眼睁睁地看着坚固的巨墙带着数千长矛缓缓地压迫过来。木城内一片惊惶的马嘶声。

此时，张博忽然听见了鼓声！

一骑黑马疾风般驰到土山下，息衍战衣束在腰间，铠甲上尽是尘土，疾步登上土山。

“叔叔。”息辕心下一阵轻松。

息衍来不及解释，抽出一面白旗掷下土山。掌握大旗的军士立刻开始挥舞巨大的白旗，数十面高达丈余的白旗在土山上招展，远近十里都可以看见。

“叔叔，难道……”息辕大惊。

原本他们已经将先锋的雷骑尽数封闭在木城里，正可以全数歼灭。息衍下令打出的旗号却是木城停止移动，也就是放雷骑一条生路。

“听见鼓声了么？”息衍眺望前方，低声喝道。

息辕这才注意到远方沉沉的战鼓。那阵鼓声此时还在远处，并不响亮，可是缓缓敲击起来，别有一番震人心魄的力量。息辕顺着叔叔的眼光看去，远处微微的烟尘升起，赤红色的骑兵方阵缓缓吞没了草原的黄绿色，鼓声随之逼来。而木城里的雷骑方才还惊惶不定，此时却忽然静静地拉住战马，围成一圈自保，骑枪指向周围。

“拿鼓来！”息衍喝道。

一面战鼓摆在息衍面前，他操起鼓槌一振，不轻不重地击了一串鼓点。已经逼近到一里外的离国骑兵缓缓定住，对方的鼓声稍稍停顿，而后极沉极缓地连击几声。息衍沉默片刻，猛地操起鼓槌，用尽全力一击下去，鼓声震耳。

息衍掷下绿旗。下唐军盾墙微微一震，面向北方洞开了一个缺口。张博这才看清楚了，盾牌后是由辎重的大车固定，所以固若金汤，战马和人力都无法撼动这种借助大车和机括力量推动的盾墙。

张博沉默了一刻，反身对着远处土山上微微躬身。他看不见墨色大旗下的息衍，只是谢那个发令的人。而息衍在高处却能看见他，息衍微微一笑，也是躬身行礼。

张博马刀一立，先锋的雷骑结成阵势，从缺口中缓缓退了出去。而后放开马蹄东向而去，张博是最后一骑，他双手提刀，策马倒退着缓缓离去。直到双方相距有二十丈之远，张博才掉转马头，去追赶自己的部属。东面不再有鼓声传来，转为鸣金。

息衍默默不言。

“将军？”吕归尘问，他已经赶到了土山上。

“我知道你要问什么。离军雷骑的冲锋，是闻名天下的两段冲，从来都是分为两层，连续冲锋，先锋的两千人即便被包围，后面的数千人随着跟上，也足以摧毁我军，”息衍低声道，“不过嬴无翳既然无意损失先锋的两千人，彼此也就相安无事。”

“离军若是去而复返……”

“斗志已竭，不加以逼迫，离军不会再回来。中军还是竖起盾墙戒备，”息衍道，“离公鼓中之意，应该是会遵循我和他的约定，退回殇阳关。这次偶遇，一场小战，兵不血刃而各自能够平安退却，已经算是不坏的结局了。”

息衍沉默了一刻，忽问：“姬野呢？姬野在哪里？”

吕归尘和息辕一惊，猛醒过来，自从开战，两人都没见过姬野。

姬野往自己掌心里吐了一点口水，他觉得掌心里热得发烫，像是握着一块红炭。掌心湿润了，再握住失而复得的虎牙，心里便更多一些信心。

他正蹲伏在初秋的长草里，牵着他的战马，这个从野马里驯化的家伙是他从马厩里挑出来的烈性子，像是对于厮杀和战场有着与生俱来的准备，它紧张地竖着耳朵，可是并不出声，一双巨大的眼睛警惕地左右观望。姬野身后的草丛里还伏着四十九个人，四十九匹战马，这是这个先锋将佐手下的所有人马，连人带马，姬野算是一个百夫长。

“头儿，他们人多！”一名军士膝行过来，压低了声音说，他的脸色苍白，神色紧张。

姬野一脚踢在他的腿弯里 ：“多什么？他们的人马和我们差不多！”

“他们是雷骑！”

又是一脚 ：“雷骑就雷骑！你怕啊？”

姬野狠狠地盯着那个军士，军士胆怯地避开了他的目光。

“这肯定是个有身份的人物，抓住他是一件绝大的功劳。”姬野抚摸着枪柄，“胜向险中求，没有听过么？现在上了战场，再说什么怕不怕都晚了，你不怕，敌人杀你！你怕，敌人还是杀你！不想荣荣耀耀地回国么？”

“想是想的……可是……是雷骑啊，”军士的嘴唇哆嗦着，“而且就算军功，都是上面的，分到头儿你就没多少了，哪里还有我们这些小卒子的份？”

“有我的，就有大家的！”姬野冷冷地说，“我不算什么头儿，我也就是个小卒子。”

“头儿你说的，你是息将军的高足，将来怎么都有人保着，在大柳营里是这个。”军士竖起大拇指，他又竖起小拇指来，“我们这样的，死在阵上也没人可惜，就算活着回去，不过是这个。国主赏个羊腿吃，赏几个金铢花，就要谢天谢地了。”

姬野伸手一把抓住了他的领子 ：“废物！你要怕你自己回去好了！我自己去！你听过白胤没有？”

“别抓，别抓，头儿你手上劲大。”军士挣扎，“白胤怎么没听说过，开国大帝呗。街坊里说书的整天说的就是他，没完没了的。”

“白胤是什么出身？还不是个当兵的？跟我们一样！白胤能做的，我们为什么不能做？”姬野恶狠狠的，“现在冲下去，抓了那个穿黑甲的，就是一件奇功。回去我跟将军说，上表给国主，我们五十个人的名字，一个不落下。我说过的，我得赏，大家也得赏，我饿肚子，大家也别想吃饱。我姬野说的话，都算数。你怕你回去好了，算我不认识你！”

“头儿你这是何苦？我们悄悄地回去，也没有人说咱们的不是，你今天一箭救了息将军，已经是大功了。”军士苦着脸。

姬野不再看他，他的目光从草间射出去，看着下方：“我要的是我即便死在阵上，也有人记得我的名字！你刚才说的，我们死在阵上也没人可惜，你就想这么过下去么？”

军士答不上来，沉默着往后缩了回去。

一会儿他又蹲着窜了回来：“那头儿，我们干吧！”

“不怕了？”姬野瞟了他一眼。

“兄弟们不撤，我哪能撤？我们是头儿你手下的人，虽说分到你手下没几天。”军士讪讪笑着，他的手在抖，看得出他心里的紧张。

姬野看着他。

“我觉得跟着头儿挺有面子，这场功劳要是有也算我一个。”军士补充道。

姬野依旧看着他，没有说话，他的掌心更热了，紧紧攥着那杆枪。

草坡下。

这里已经是离军阵后，距离两军相接的地方超过五里，远处战场的厮杀声传到这里不过是隐隐的喧嚣。草原一片开阔，秋风长草漫漫，这里仅有几十骑围绕着一匹白马。那匹白得耀眼的骏马上，端坐着方才跟随嬴无翳的黑甲武士，他摔伤的手腕上缠着生丝的帕子，正与一名统领装束的雷骑并立，眺望着远方烟尘滚滚的沙场。

嬴无翳治军重在气魄，一击必杀，绝不给敌人留喘息一口的机会。所以雷骑军一旦冲锋，经常是倾巢出动，阵后所剩的只有这数十名雷骑，但是这些精骑披挂笼罩全身的黑甲，一色的火红色战马，战刀和弯弓的制式都与普通离军骑兵不同。

周围一片宁静，但是雷骑们阴冷的眼神还是在周围游走，有如狩猎的鹰一般犀利。

“高巍，有什么动静么？”领军的都统转向手下副将。

那名副将正凝神听着周围的动静，脸上满是警觉的神色。但是四周放眼望去，一马平川，一直可以看到十里开外，除了远处两军交接，并无其他敌人逼近的迹象。都统慢慢转动目光，猛然回首，注意到自己避风的草坡。衬着苍白的天幕，似乎有一点乌金色在那里一闪而灭。

“敌人！”都统大喝。

仿佛是回应他的呼声，草坡后一匹雄健的黑马龙一般腾起，在空中夭矫！马嘶声拉开了战局的序幕，那匹黑马四蹄落地，数十骑跟上了它，一场居高临下的冲锋被瞬间发动！这些下唐军人高举着骑枪嘶声大吼，地势加剧了马速，给了他们极大的信心，区区几十人冲下的势头也如雷骑冲锋一般，携着排山倒海的力量，连久经沙场的雷骑也为之震骇。

在前军冲锋的时候被阵后突袭，在雷骑的历史上是绝无仅有的事，雷骑们已经习惯了敌人惊恐地聚集在阵前高举枪杆和盾牌去抗拒他们的赤潮，而不是还能有胆量打开阵后的战场。

“镇静！”都统佩剑出鞘，“弓箭！”

唐军轻骑距离这些雷骑只剩数十丈了。随着都统下令，数十名雷骑整齐地抽出角弓，搭箭上弦。数十枝羽箭指向冲下山坡的唐军，雷骑们面无表情，控弦不发，都统缓缓举起了马鞭。

“杀！杀！杀！杀啊！”下唐军的军士们吼叫着。

已经无人可以退缩回去，即使面对弓箭，即使是带着商人般敏锐和怯懦的南淮人，此时也一样有赴死的胆量。而且，他们的领队就冲在最前面，是那杆乌金色的长枪，还有那个打翻了大柳营里几乎所有年轻将官的少年，给这帮第一次真刀实剑拼杀的小卒子们以信心冲下去。

五十丈、四十丈、三十丈！

已经可以闻见对方战马的腥臊气味，统领猛地挥下马鞭。

箭雨离弦，领先的几匹下唐军战马同时被数支羽箭刺进心口，惨号着高跳起来，把骑兵摔下马。更多的箭则是从下唐军的嘴里和双眼中穿过，直透后脑。雷骑发箭之后立刻收弓，整齐地拔出了腰间的长刀，没有丝毫混乱的迹象，而是像生铁铸成一般立马原地，等着下唐军骑兵自己冲上刀口。

想要抓取这个机会，这一队小小的下唐军太天真了。这支数十人的雷骑，是嬴无翳的随身精锐“雷胆营”。能成为雷胆，这些人无一不是久经战阵杀人无数的好手。嬴无翳身先士卒屡屡冲锋陷阵，却又平安归来，都是因为这一营雷胆的护卫，敢向他们挑衅，几近于自刎。

当先的雷胆策动战马，堪堪擦着下唐军的战马驰过。下唐军的骑枪擦着雷胆们的鳞甲走空，而过马的瞬间，刀光一顿，几颗头颅被血泉冲上半空，坐在马鞍上的下唐军只剩下无头的尸体。能在箭雨中幸存下来的下唐军如今仅剩下一匹黑马，在战友的血幕中直冲过来，不顾一切地杀向数十名精悍的雷胆。

雷胆中爆发了一阵无情的冷笑，都统也并不压制，这些杀人如麻的武士本来就比普通骑兵更多一份倨傲，这支下唐军胆敢挑衅他们掌中的马刀，落到这个下场只是咎由自取。

高巍尖厉地怪叫了一声，策马而出，猛地掷出了手中的长刀。雷胆们的马刀以铁链连在腰间的皮带上，掷出之后，还可以收回。高巍就是要以掷刀之术取最后一个敌人的脑袋，长刀劈破空气，剧烈地旋转着攻向了对手的脖子。

刀光凄然空旋。

都统转过头去并不再看，他对人头落地这种事情，已经看得太多了。

而他忽然觉得后颈一热。他伸手摸去，竟然黏黏的一片鲜血。难道副将一刀断头，鲜血竟可以溅得那么远？都统全身猛地一震，若不是那名下唐军士的鲜血溅出了十丈之远，那么就只有一种可能！

都统骤然回头，看见副将的头颅在脖子上忽然歪了，而后直坠下去。

一道血红的人影鞭策战马腾空跃起，那是仅剩的一名下唐军，他盔甲上尽是同伴的鲜血，手中是一杆沉重的战枪。他掠过副将尸身的时候，长枪横扫，将这名身经百战的武士扫下马背。黑马对着尸身毫不留情地踏了下去，腥浓的血再次从无头的脖腔中喷涌出来。

所有雷胆都不敢相信自己的眼睛。在副将掷出马刀的时候，那名下唐武士以战枪横封，将马刀攻势隔断。而后他劈空夺过长刀反抛回去，副将眼睁睁看着同样的招数对着自己返回，直到马刀带着他的头颅横飞出去，血一直溅上了统领的脖子。

“保护……”都统喊到这里，战枪距离他的喉咙不过两尺。

这个血淋淋有如恶鬼的下唐武士逼近到他面前，他才惊讶地发现那不过是一个十六七岁的年轻人，有一对黑得惊心动魄、仿佛燃烧的瞳子。他心里惊骇，带马后退了一步，他想起某个男人来，也是这样一双烧着似的瞳子，褐色的像是红炭！

两名雷胆并肩冲到统领面前，马刀压下，架成十字格住了战枪，但是强大的压力令两人的马刀随即脱手。枪杆压在统领的肩上，他尚不及抽出佩剑，已经落马。那匹黑马马臀上中了一刀，长嘶着冲过都统的身边。下唐武士单手握枪，将白马背上的黑甲骑士提到了自己的马鞍桥上。

年轻人猛地拉住战马，立在一群雷胆的正中央，几名雷胆张开角弓直指他的头颅，四五柄马刀已经挥向他的后背。

“慢！”落马的都统强忍剧痛，放声大吼。

他已经看见那个年轻人将战枪倒持，枪锋直指黑甲骑士的后颈。

双方静静地对峙，战马们不安地嘶鸣，可是没有一名雷胆敢于上前，对方也没有退路。

“在下谢玄，”都统道，“离国骧将军，雷骑军左都统，领雷胆营。”

“我叫姬野，”下唐武士一振满是鲜血的战枪，“你让他们都让开！”

姬野的目标，就是被他压在马鞍桥上的这名黑甲人。他当时在阵前，清楚地看见雷骑军轰然出动，抢在最先的几名骑兵并非直扑上前，而是由一人在马背上弯腰提起了那名落马的黑甲人，一人牵住他的白马。由几名精悍的骑兵护送，这支小队远离大队去向了北面。

雷骑是因为此人受伤落马才仓猝发起了冲锋。尽管无法猜测那名黑甲人到底是什么身份，但是姬野也明白此人身价非凡。而他要擒的，就是不凡的人物。

“只怕在下不能。”谢玄摇头。

虎牙上淋漓的鲜血沿着姬野的手直流下去。尽管不是第一次杀人，不过强烈的震撼依然令他忍不住要颤抖。他是从地狱里回来的，他刚刚眼睁睁看着战友被羽箭贯穿头颅，摔下马背，又被后面刹不住的战马踏成模糊的血肉。此时如果回头，那些战友的尸首似乎还在微微动弹，而剩下的活人只有他一个。他的脑海里被血光充满，他在心里对自己咆哮。

“抓紧枪！抓紧枪！”他胸腔里这个声音在喊，“他们冲过来，就杀了这个人！”

“你的同伴都已经死了，你也逃不掉，如果爱惜自己的生命，最好还是按照我说的做。”谢玄道。

姬野一把揪住那名黑甲人：“他的命，不要了么？”

谢玄冷笑：“擒住一个使女，就想威胁我等？”

“使女？”姬野神色一变。他猛地提起那个黑甲人的领口，抓下他的头盔。一头如黛的青丝洒到他的手上，头盔的面具下竟然是一张娇嫩的脸蛋。不过是十七八岁的女人，却有远不同于寻常少女的英气。初看这张脸，姬野也不由得怔了一下，是个艳丽的少女。

随即他的虎口猛地传来一阵剧痛，那个少女一从头盔里解放出来，竟然狠狠地咬在姬野的手上。嗑在姬野的熟铁手甲上，她排玉般两行牙齿上一直咬出血来，可是少女竟不停口，小老虎一样越咬越狠。姬野抽出手，一掌扇在她脸上，打得她面颊半边血红。

姬野不曾注意到他这一掌扇过去，一众雷胆的脸上都掠过了惶恐。

“你敢打我？”女孩俏丽的杏眼怒瞪起来看着姬野。

又是一声清脆，姬野面无表情，干净利落地又是一个嘴巴扇在她另一边脸上："不要以为你是嬴无翳的女人我就不敢杀你！"

"我……"女孩瞪大眼睛愣了许久，忽然放开声音大吼，"他是我父王！"

"父王？"姬野眼神一变，冷冷地转向谢玄。

谢玄的脸上透出苦意。他一番苦心，要威吓姬野，可是有了这个不管不顾的玉公主，再多的苦心也是白费。

"你现在放下公主，"谢玄声音低沉，"我就放你一条生路。"

姬野摇头："你们不放我，我就杀了她！"

"我身为雷胆营统率，放你逃逸，公爷面前，我只有以死谢罪，你说我敢不敢放你？"

"你不放我，她还是死，你还是以死谢罪。"

谢玄嘴角浮起一丝笑意，神情中忽然透出一丝阴冷："公主死了，我当真只有以死谢罪？"

姬野大惊，怔怔地看着冷笑的谢玄。方才温润儒雅的将军忽然恶毒得像一条蛇，目光落在姬野的身上，竟有一股更甚于战刀的寒意。

谢玄从弓囊中缓缓抽出长弓，又从箭壶中拈取一枚羽箭，轻轻抚摸。他冷笑着看向姬野："那么就让公主死一次看看！"

瞬间，他张弓搭箭，直射姬野怀中的公主。两人相隔不过数丈，羽箭来势极快，毫不留情。

"谢玄你敢杀……"公主的大呼尚未完结，姬野猛地伸手出去，凭空一把攥住了羽箭。箭杆磨得他掌心一热，他看向掌中的羽箭，背后炸起了麻皮。

羽箭没有箭头！

谢玄在抚摸羽箭的时候，不动声色地拗断了箭镞，那一箭只是虚势，就在他张弓的瞬间，姬野身后两名雷胆已经离镫下马，双手平持长刀，悄无声息地逼上。姬野猛地回头，只看见一道人影起在空中，长刀纵劈而下，一人矮身直斩马蹄。

生死立判的瞬间，姬野没有格挡，他猛地一带马缰。战马腾空跃起，在瞬息间闪过脚下的刀锋，身在半空的雷胆忽然听见沉雄的虎啸，眼前一片劈面而来的乌金色。姬野出枪的瞬间，时间好像中断了，虎牙的枪锋击在雷胆的马刀上，半截马刀直飞上天。攻击上盘的雷胆落下，狠狠地砸在同伴的身上。姬野手起一枪，毒龙般直贯下去。鲜血沿着枪杆喷涌而上，虎牙一次贯穿了两名雷胆的胸膛。

姬野反握枪杆，撤回了虎牙，直视谢玄："不要再玩花样，下一次，我一定杀她！"

少年武士残酷的手法令所有雷胆都觉得心头发麻，他们现在对这个少年所说的话深信不疑，这是亡命之人的觉悟。

"慢！你胁持公主回营，不过一笔赏金。我囊中珠玉，价值不下五千金铢，你放开公主，拿了去逃命。谢玄绝不派人追杀。"

谢玄抛出腰间的小皮囊。囊口的皮带散开，尽是华美的珠玉流淌出来，拇指大小的明珠在草间滚动，金簪玉璧光华夺目。

"谢将军，你回头看看。"姬野并未低眼，直直地看着谢玄。

谢玄扭头看去，触目尽是方才被雷胆们斩杀的下唐军的战马，数十匹战马和数十人的尸首横在地上，鲜血把草地染得一片鲜红。一匹被羽箭射中后腿的雌马拖着断腿，挣扎着上去舔着一匹战马的尸体，低低地哀鸣。

"那些人都是我的属下，我认识他们中大多数人才十几天，我要来劫公主，我说要跟他们分功，可是他们现在都死了。我却还活着。我没有脸拿你的钱回去，我冲下来了，便没有退路，就是死，也要做这一遭，你明白不明白？"姬野带着战马缓缓而退，"你们若是不在乎她的命，尽管上来！"

谢玄盯着这个年轻人那双黑得异样的眸子，心中一凛。

"同是上阵的人，这个道理我明白。"谢玄点头，"我若是你，也不会拿钱走。这是一个武士一生的荣辱信义！我让你一步，再杀你！”

他对着雷胆们挥了挥手。封锁的圈子无可奈何地空出一个缺口，姬野单臂端着虎牙，一手狠狠地掐住公主的脖子。忽然，他掉转战马猛夹马腹，两名雷胆马刀刚刚闪动，姬野的战枪一记平挥将他们惊退。浑身浴血的一骑如同鹰一样脱困而出。

“追！”谢玄大吼。雷胆们驱策战马，带起了滚滚烟尘。

两千轻骑簇拥着息衍和吕归尘冲上一处高地，俯瞰平原，面前一片开阔。

吕归尘指着远处：“将军！那是他！”

黄绿斑驳的草原上，黑马踏着滚滚烟尘疾速奔驰，身后紧跟着数十骑黑甲骑兵。黑马上的人一身下唐军制式鳞甲，马鞍上以重枪押着一名俘虏。雷胆们虽然还在百步之外，但是羽箭已经急追上来，如果不是因为放马狂奔中不易取准，黑马早已中箭。

“是姬野。”息辕目光锐利，已经看清楚了。

息衍不答，紧皱着眉。

姬野已经看见了远处高地上一面墨旗飘动，他知道救兵只在两里之外，心里微微放松，几乎要瘫软下去。他一骑战马载着两人，还要闪避羽箭，走出巨大的弧线，他的黑马是马厩里精选出来的，但是也已经筋疲力尽。他以枪杆敲击马臀，迫使这匹几近崩溃的骏马继续奔驰。如果再没有救援，他和战马都只是向着死路狂奔而已。

黑马狂嘶一声，踏上草坡。此时姬野一骑和息衍的大队立在遥遥相望的两处高地上，相隔只是一片数百步宽的低洼，姬野已经可以看清吕归尘的脸。可是他忽然死死地拉住了战马！那匹黑马双膝跪地滑了出去，哀鸣几声，吐出白沫，躺在地上奄奄一息。

姬野沉默了一刻，紧抿着唇，将公主推在地上，长枪指住她的后颈。

追赶而来的雷胆们驻马在数十步外张弓戒备，姬野低头看着下面的低洼处。浩浩然数千骑赤红色的骑兵排成长达数里的庞大战线，随着战马的骚动、骑兵的动作，仿佛一股红色的海潮被束缚在这片洼地中起伏汹涌。上千骑射手弯弓指向他所在的草坡，一面赤红色的大旗迎风扬起，雷烈之花光芒隐现。

姬野明白了，他冲进了狮子的窝。

他遭遇了雷骑的本队，彻底陷入一片赤红色的草原，这里每一片草叶都是骑兵的马刀和骑枪。这是一片杀人的草原。那股被他压制着的绝望悄悄浮起，面对着五千人浩大的队伍，他感觉到自己的渺小。

谢玄策马赶到，佩剑出鞘指向姬野，声音平静："这一局你还是赌输了。最后一个机会，你放下公主，我放你逃生。"

姬野摇头："不放我，我就杀她。我刚才说的，现在也还算数！"

谢玄也摇头。

这次姬野的话不会再有效果，他所面对的是五千人的大队，而非数十骑的雷胆营。庞大的军队，就像一个带着雄沛大力运转的精密机括，一根试图阻挡它的铁钉只会被碾碎为粉末。即使谢玄想要下令大队挪开，也不是他的威信可以做到的。

赤甲雷骑们依旧如铁墙一样阻挡着姬野的去路，双方一言不发地对峙着。

"真的以为自己能逃走？"仿佛金铁低鸣的声音随风而来。

姬野大惊回头。离军的赤潮忽然裂开，仿佛畏惧什么而自然地分开。火铜铠甲的武士提着斩马刀，从远处缓缓地逼近。风拉开他的褐发火鬣，武士仿佛头顶天空。雷胆们一齐翻身下马，半跪在马前。一种难以抗拒的威严随风一起到来。

威武王。

"谢玄，"嬴无翳第一句话竟是说给自己麾下爱将，"上得山多终遇虎，想不到你也有马失前蹄的一天。"

"王爷恕罪。"谢玄单膝下跪。

“不必自责，也许非你轻敌，而是我们的敌人，太出人意表。”嬴无翳扭头看着姬野。

嬴无翳的目光冰冷，和姬野相对的时候，仿佛是两道刀锋猛地擦过。姬野浑身一颤：“你是嬴无翳？”

“放肆！”张博跟在嬴无翳马后，放声大吼。

“我是嬴无翳，你刚才在阵前不是见了我么？你还一箭伤了我的女儿，我记得你。”嬴无翳挥手制止了张博，冷冷地笑了，“你我分属不同的阵营，本来就是敌人，你称呼我的名字，不算无礼。”

“要救你女儿，就放开阵势！”姬野大吼。

“兵家武士，怎么说出强盗一样的话来？”嬴无翳淡淡而笑，“这和你带着几十名骑兵偷入我雷骑军大阵的胆量，可不相称。”

他似乎饶有兴致地上下打量着姬野，最后目光缓缓地凝聚在姬野手中的长枪上。那支蒙着鲜血的战枪带着浓郁的杀气，血滴缓缓从乌金色的枪锋上坠落。看到这支枪的时候，嬴无翳的瞳孔一亮，仿佛映着一道刀光似的。他握着马缰的手不由自主地收紧，炭火马焦躁地嘶鸣起来。

姬野并不知道对面狮子的心中卷起一场何等猛烈的暴风。二十年前的往事重新浮上嬴无翳的心头，那一幕如在眼前，白须白发的武士持剑跃空而起，仿佛武神天降。那一瞬间，嬴无翳以为自己必死无疑。

“原来是虎牙枪，”嬴无翳低声道，“天驱的传承啊，你们是星星之火，却不会熄灭。”

姬野愣了一下。他隐约知道几十年前对天驱的那场屠戮，他的先辈们死在诸侯的围剿之下，那场屠杀的残酷，乃至于数十年来，再也无人敢在公开的场合提起“天驱”这两个字，更无人知道这个组织的流传。而身为国公的嬴无翳却只需看一眼，看看他的枪，就清楚知道了他的身份。

嬴无翳淡淡地挥手，他身后数百名骑射手一齐发箭，姬野横臂遮挡在自己面前。箭雨过后，姬野周围的草地上都是密密麻麻的羽箭，围成一个巨大的箭圈，只剩姬野押着公主孤零零地立在当中。姬野环顾四周，满身冷汗，刚才的一瞬间，他忍不住要直刺下去。

“不愧是天驱。”嬴无翳点了点头，面无表情。

“公爷，饶他一条性命！”息衍放声大喝。

“饶他？”嬴无翳大笑，“息将军，我的女儿在他手中，你不要他饶我女儿一命，却要我饶他？”

“以命换命，在下相信公爷绝非出言无信的人。”

“他一条命要换我女儿的命？他的命有那么贵重？”嬴无翳笑得更加大声，“久闻息衍如狐，难道会做这样亏本的交易？或者因为你这个学生其实是……”

“息衍！”嬴无翳忽然收起笑容，目光阴冷，放声大吼，“鹰旗七百年荣耀，你们自称不死，难道就是这种贪生怕死的不死么？”

他的吼声发聩振聋，有如轰轰然一阵疾雷在草原上驰过。息衍脸色微微发白，苦棘的戟锋点在地上，他低低地叹了一口气。

吕归尘心中一颤 ：“将军。”

“嬴无翳，是要杀他。”息衍低声道。

吕归尘心里一空，胸口的血仿佛瞬间都流走了。

嬴无翳扬手。上千雷骑射手掉转箭头指向了息衍的所部，下唐军惊慌之下纷纷抽弓搭箭，下马半跪在地上。双方弓弩手力量相当，下唐军下马半跪，不易受箭，还要略占优势。可是雷骑们的硬弓仿佛托在铁臂之中，下唐军的弓却像是要被风吹落似的，不住地摇晃。

“半引弓。”息衍传令，摇头，“兵如羊，就是将如龙，也不能是虎狼之军。”

“息衍，你越不过这些箭，这里的事情便与你无关了。剩下的，就交给我和这个孩子吧。”嬴无翳回头看了息衍一眼。

“年轻人，你的路，终要你自己走。”他转回来面对姬野，“你的老师总不能保你一世。我现在给你两条路，一是现在就杀掉我女儿，然后你不过就是一死，二是你接下我一刀，你可以带着她回去。我看得出你是个胆大包天的人，嬴无翳幼年在九原城里，也是一个放浪亡命的人。但是我们这种人，也并非没有好处，嬴无翳一生，言出必信，你信不信我？”

姬野的目光落到嬴无翳足长九尺的巨刀上，紧抿着嘴唇没有回答。

嬴无翳冷笑一声，斩马刀遥指姬野，忽然怒喝：“你仗恃勇气，胆敢奔袭后军劫我的女儿，难道没有勇气接她父亲的刀么？”

嬴无翳一声狮吼，远在数百步之外的下唐军都心惊胆战。姬野觉得耳边一震，而后是一片空白。他直视嬴无翳，东陆霸主正凛然生威地看他，威临四野。

姬野的一生中，第一次感觉到如此强悍和沉重的帝王威严，自他的头顶沉沉地压下。息衍的话忽然浮起在他耳边：“这个乱世，跟杀了威武王嬴无翳比起来，什么都算不得功业！”

他觉得自己的头顶开了天窗，光芒透入！原来自己以往的所作所为竟是如此的愚蠢，有如一只乱鸣的夏蝉，却永远不知冬雪的萧然。那一吼中，他撞破了一层天幕，忽然看见了掌握天下的人，这才是他的敌人！

“一言为定！”

“很好，”嬴无翳缓缓绽开笑容，“不怕死么？”

“我敢来，就知道自己未必能活着回去。”

“哦？”嬴无翳眉峰一挑，“你，几岁了？”

“十七。”

“如果代代都有你这样的年轻人，那么天驱也许真的不死。”嬴无翳沉吟片刻，赞叹一声。

“阿玉儿，”嬴无翳转向自己的女儿，“他接下我这一刀前，我令你守在他身边不得离开。你是我的女儿，不能败坏我们嬴氏的家风。”

离国公主用力点头，冷冷地看了姬野一眼，就像看一个死人。她不曾看见父亲的霸刀之下有过活口。

“给他一匹马。”

一名雷骑从后面牵上备用的战马，驱赶到姬野身边。确实是百里挑一的好马，马鞍上一应俱全。

嬴无翳策马走到距离姬野两丈处停下，左手从斩马刀上移开，缓缓一比："请！"

这是武士正式对决的起手势，嬴无翳身为公侯，竟然做得一丝不苟。

姬野从马鞍上捞起皮绳，将离国公主双手背后捆绑起来，一把推在草丛中，而后提起了虎牙翻身上马。长枪一横，他的左掌劈斩在右腕上："铁甲依然在！"

风从北方吹来，苍白低郁的天空下，长草不安地起伏。乱世霸主和无名的下唐武士兜着战马缓缓转着圈子，嬴无翳不戴头盔，一头褐色的长发在风中乱舞。他低着头，仿佛沉思着什么，姬野灼热的目光凝聚在他掌中的斩马刀上。

"依然在？"嬴无翳似乎是喃喃自语。

他忽然纵身而起！嬴无翳魁梧的身躯竟然蹲在了炭火马的马鞍上！

"他是要……"吕归尘惊呆了。

"姬野！下马！下马！"息衍大吼。

姬野已经没有机会下马了，他只能不由自主地抬头。嬴无翳双脚一蹬，在马背上借力，再次腾起。巨大的身影在半空中有如巨神降临，嬴无翳雷霆般大吼，斩马刀劈空斩落！

这已经不是武士的搏杀，不是放马冲锋的豪迈，而是市井中年轻人般的搏杀，用一切的手段，只求取胜。嬴无翳借了马背的高度跃起，凌空扑过两丈，将凌空而下的重压合并挥舞长刀的力量，以求一击杀敌。霸道的刀势长天大海一般，令姬野几近窒息，那一刀好像要将姬野和大地一起劈为两半。

姬野亲身站在凛冽的刀锋下，才明白嬴无翳何以胆敢许下放他离开的诺言，因为其实他根本没有机会。吕归尘的惊呼，息衍的大喊，此时的一切都来不及救姬野。等到声音传进他耳中，斩马刀早已将他分成两半。

唯一能救他的是他自己！在连山般压下的刀势中，乌金色光芒逆冲直上，姬野和嬴无翳一样甩脱了马镫。面对嬴无翳连山般的刀势，他逆山而起。

没有人能看清那瞬间的变化。只有一声金铁交响，姬野所乘的战马忽然前驰两步，齐腰断成了两截。血光暴现中，虎牙枪盘旋着飞出数丈之外，斜斜地扎进大地。姬野有如断线的风筝，直坠而下，满口的鲜血直喷在草丛中，将秋草染得鲜红。

嬴无翳落地，长刀一横，默然不语。

“姬野……”吕归尘完全呆住了。他看见了嬴无翳的霸刀之术，以他的眼力，却看不清姬野如何封住刀势，刀上余力又是如何斩断马身的。

他想起老师的话来，这才是真正战场的武术，没有切玉劲一拖一斩一落的优雅和犀利，只是铺天盖地而来的杀气，杀气里狮子怒吼！

姬野努力地睁开眼睛，周围都是一片血红，他向着周围摸索，却找不到与他形影不离的长枪。远处的吕归尘像是在喊什么，可是他听不见，耳边只有一片空白，好像世界上所有声音都被抽走了。

“我死了么？我……”姬野用尽全力要撑起身体，从左臂到腰间的剧痛令他几乎晕厥。

“我……还没有死！”奇迹般的意志又回来了，像是藏在他心里的、不屈的幽灵。它还活着，也没有离去，就像过去那样，再次撑起了这个年轻人。

雷骑们惊讶地看着这个年轻的武士。嬴无翳的一刀虽然被他格挡，但是刀劲透过长枪，他的左臂分明已经断了，虚软无力地垂在一边。但是他依然挣扎着爬了起来，摇摇晃晃地站在那里。他的头在落下的时候擦破了，鲜血染红了他的脸，让那张年轻的脸看起来格外狰狞。那双纯黑的眼睛中似乎是一片空白，可是盯着那双眼睛看过去，却令人心头为之一寒。面对这个奄奄一息的敌人，却没有雷骑敢上去取他的首级。

“让我来！”雷骑中一人策马而出。他腰间铁链一响，马刀被高举过顶。

“慢！”嬴无翳一声断喝。

已经晚了，马刀向着姬野的顶门劈落，那名雷骑忽然看见满面鲜血的少年抬起了头，疯狂的杀气扑面而来。姬野迎着刀锋，全身撞进雷骑的怀中，马刀深深劈入他的肩胛。而雷骑觉得胸口一凉，而后如同火烧，全身顿时失去重量。

姬野用尽全力拔出青鲨，滚烫的血染红了他半边衣甲。他像一只末路穷途的恶虎，用它最后的力量狠狠地瞪视着自己的敌人，却已经无能为力。整个世界仿佛都在旋转，天空是黑色的，一直压到他的头顶，上面有血红的流云飞驰。他趺趺撞撞地退了几步，忽然踩到了什么，一头栽倒。

朦胧中身边有一个温暖的身体，带着些微的香气。姬野擦了擦眼睛，可是看不清，他的眼睛里天和地都在旋转。是羽然么？姬野问自己。应该是羽然，否则还有谁？姬野觉得温暖了一点。他战栗着抱住羽然，把脸贴在她颈边，摩擦着她细腻的肌肤。

“羽然，”他口里的血慢慢地滴下，“我们走，我们快走。他们要……杀我。”

羽然只是在他怀里拼命地挣扎。

姬野茫然了，他又觉得身边的不是羽然，是一个女人温柔地怀抱着他。她身上的气息如此的熟悉，从很久很久以前传来。

“野儿……要好好活下去啊，”似乎有一只手在抚摸他的头，“即使像狗，也要活下去……”

“放肆！”咆哮声震醒了姬野，他的意识忽地回复了几分。

他怀中抱的不是羽然，而是那个英气艳丽的离国公主，此时公主的脸上已经全无人色，只是扭动身子竭力挣扎要避开这个恶鬼般的少年。姬野手一紧，感觉到了掌中的青鲨。

“不要过来！”他用尽全力把青鲨横在公主的脖子上，“不要过来！”

“你已经战败！”嬴无翳勃然大怒，“难道天驱的武士，就是这样的贪生怕死，不知羞耻？”

“羞耻？”姬野的面孔扭曲，“你们那么多人……都要杀我。你们所有人！羞耻……什么叫贪生怕死？每个人都要活下去的！为什么说我贪生怕死？我要活着回去！我要是死了，谁也不会管我，谁也不会管我的！”

鲜血在不断地流逝，刚刚回复的意志又随着血流失。姬野的话最后变成了咆哮，嘶哑的吼叫。

离国君臣哑然无言，雷胆营数十名精锐，失手于一个十七岁的下唐少年，乃是二十年不曾有的耻辱。嬴无翳霸武九州，刀下胜一个无名的武士，也绝说不上荣耀。他们却不明白，姬野其实并非在对他们说话——他也不知道自己在对谁咆哮。

他看着周围的雷骑，觉得那些军士的面孔像是昌夜、像是幽隐、像是雷云正柯，更像是一些他似曾相识的人。所有人都对着他狰狞地笑。他站在无尽的黑暗中，整个世界都在一片茫茫的寒雨里，脚下一片鲜红在流动。

“野儿……要好好活下去啊……妈妈要看着你活下去……像狗一样也好啊……”一个女人的声音在很遥远的地方对他说话，有一双温柔的手就在他身后梳理他的头发。

他用尽力气回头，身后为他梳头的白衣女人缓缓化为空虚。他忽然如此清晰地感觉到，那个为他梳头的女人，已经死了！他提着染血的刀，独自站在黑暗中，这个世界如此的寒冷。

姬野的身体一阵抽紧，青鲨在公主的脖子上划开一道血痕。

“慢！还可以商……”嬴无翳大喝，却不知道怎么接下去。

他十九岁称侯，双刀杀人无数，平生遇强更强，从不曾在敌人的要挟下屈服，自负可以和忠心于自己的武士们共存亡。当着手下将士，“商量”两个字他无法出口。可是敌人手中的，偏偏是他最钟爱的女儿。

五千离军在这场寂静如死的对峙中束手无策，四周只有风声，萧瑟的风拉扯着衰败的野草。一个低低的哭声响起，哭声渐渐亮了起来，跟随风一直远去，悲切又凄凉。

手上微凉的泪水让姬野清醒过来，他用力拧过公主的脸，看见那个蛮横的公主泪流满面。公主一边哭着，一边看着十几步外的父亲，她想喊什么，可是嗓子已经哑了，怎么也喊不出来。姬野再去看嬴无翳，乱世霸主的脸上竟也透出苍凉之色，一只手向着他伸出来，像是要说什么，可是却久久不能出口。

此时手掌万民生杀大权的嬴无翳也不过是个普通的父亲。姬野怔怔地看了许久，嘴角忽然有一丝惨淡的笑容。原先直冲顶门的杀气和血性此时都消退下去，比方才更深却更平静的一种绝望慢慢笼罩了他。乱世霸主又如何呢？掌握了再大的权力和威严，也还是希望自己的女儿能活下去。

可这世上，并非每个人都能活下去。

姬野跌跌撞撞地退了出去，一把丢掉了青鲨，狠狠地一脚蹬在公主的臀部，将她踢了出去。

“你滚！你滚！”姬野干涩地笑着，笑声中满是空虚。

“好！”姬野抹去自己脸上的鲜血，缓缓坐下，“你们谁来杀我？”

“姬野……姬野！”吕归尘大吼，他拉着腰间的影月，他的身体前倾，像是随时要冲出去。

“世子！世子！没用的！”息辕拉着他的手臂。

短暂的犹豫后，两名雷骑兵闪电一样欺近了姬野的身旁，一人以身体翼护公主，另一人猛一咬牙，马刀全力斩落，再无半点疏忽。战刀临头的时候，姬野猛地抬头，看着死神劈顶落下。即便是死，他也要亲眼看着自己如何死去。

一道火影疾闪而过，叮的一声，斩马刀平贴在姬野的头上封住了这一刀，嬴无翳带马停住。

“公爷！”雷骑急忙翻身下马。

嬴无翳面无表情，一刀削断了女儿身上的皮绳，将她抱上炭火马，又回头去凝视端坐在地上的少年武士。姬野正扬起头，此时的东陆雄狮和来日的君王目光相撞，姬野没有回避。

嬴无翳的长刀挂上了马鞍，他一转身，火色的大氅一扬，逆风离去。刀骑武士跟随在他身后按刀戒备，骑射手在最后压阵。远处的吕归尘长舒一口气，正要带马而出，却被息衍按住。下唐轻骑缓缓推进，弩手的队形紧随其后。中间地带一片空旷，只剩下姬野强撑着身体坐在那里。

“父亲。”公主惊恐未定，双手勾着父亲的脖子，面颊贴着他的胸铠。

嬴无翳轻轻抚摩女儿的头：“毕竟是女孩儿啊。”

“真的不杀他？”谢玄策马贴近嬴无翳的身边。

嬴无翳摇头：“等将来吧。”

“只怕会是将来的灾祸吧？”谢玄感喟一声，并不再劝。

“天驱的小孩，你叫什么名字？”嬴无翳忽然拉住战马，回身喝问。

“姬野，荒野的野。”

“荒野的野……好！有朝一日若是成为名将，”嬴无翳大笑，“就来和我争夺天下！”

胤成帝三年，八月十七日，燮羽烈王与离公嬴无翳相遇于殇阳关外五十里的涩梅谷口。

大燮初年，茶坊酒肆里最流行的几段说书之一就有《涩梅谷霸王奋刀》一章。说到这里，先生们无不眉飞色舞唾沫飞溅，仿佛挥袖之间五千雷骑冲锋陷阵，帝王们刀剑纵横。孩子们也喜欢听，喜欢听霸主和皇帝旗鼓相当，惺惺相惜，他们相约于若干年后决胜东陆，而其中一人真的成了东陆的主宰。

可是那场意外的决战在史书中的记载却是极简约的，《燮·河汉书·威武王本纪》说:“成帝三年,八月十七,王出殇阳关,帝出黯岚山涩梅谷口,终相遇。阵前相决,王惜帝之才,收刀北向而去。帝年二十二,初起野尘之军,语项太傅曰,‘我遇王,而知天下偌大’。”

而此时狮子的骨灰已经沉没在越州的流水中,而皇帝高坐在太清宫的帝位上,目光空洞地越过重重云天,去向没有尽头的远方,他的脚下,万臣驯服。

第三章 军之王

成帝三年，八月十八。

紫尾的鸽子扑啦啦振动双翅，掠过澄澈的天空。

鸽哨声清锐地响了起来，鸽子在空中骤然翻折下降，收敛羽翼，轻盈地落在吹哨人的手指上。它鲜红的小爪上，系着手指粗的小竹枝。

远来的琴声枯涩，自有一股冷冽的气息，像是一道极细的冰泉从高处垂落。

金黄的菊花圃里端坐着白衣的少年人，他屈膝跪坐在细竹编织的水晶箪上，面前小桌上摆着一壶淡酒和两只晶莹剔透的薄胎瓷杯。他色如白玉的手指轻叩着桌面，凝神在远处的琴声中。

八月十八，是帝都传统的“霜华菊赏”的日子。

对于天启公卿，除去春节，只有四月的“踏青节”和八月的“霜华菊赏”堪称一年一度的盛事。天启贵族对子女皆门禁森严，怀春仕女、多情公子，也只能借这两个节日的机会眉目传情，暗通款曲。而皇帝不但不加禁止，反而开恩玉成其事。多年来按太清宫的旧俗，这两日皇帝会出宫与士族同乐，公卿们也带着妻女齐聚郊外，把酒赏花。

但是离军占据帝都的六年，堪称无日无天的六年。嬴无翳是雄霸之主，独掌生杀大权，动辄一道军令，就将公卿囚禁，再一道军令，就是明正典刑。公卿大族和豪商世家惶惶然不可终日，完全没有寻欢作乐的心思，帝都上空无时无刻不是阴云密布。

此次嬴无翳忽然撤兵，紧接着战报传来，说诸侯联军来势凶猛，正在殇阳关和嬴无翳对峙，所有人都觉得云雾散去又见了青天。豪门大户在街道两侧结满彩绸，散粮食赈济乞丐，以求诸天神祉保佑，一举铲除嬴无翳这个乱世的凶星。即位三年的成帝一改往日隐于宫中的习惯，上朝第一日就宣布恢复中断三年的“菊赏”风俗，还对公卿贵族开放皇家菊园，以示与民同乐。

贵族们携带织锦的毯子和各色绸缎，在菊园中用绸缎围起一个个“锦障”，亲近的几家一起席地而坐，煮酒赏花。清余池边狭长的皇家菊园中，水青、杏黄、枫红、露紫、月白各色的锦障数百围，乱人眼目，酒香缥缈，闻起来也令人醺醺欲醉。

成帝精通丝竹，虽然远不及喜帝的倾世之才，但也算是风雅之君。他下令不得私自奏乐，只让国手风临晚遥坐在高处弹琴。琴声如水，不染尘埃。

“这个贱人现在没有了嬴无翳撑腰，居然还敢出来弹琴？”小桌对面的女人冷然道。

“风临晚琴技卓绝，并非嬴无翳刻意吹捧，听说陛下也非常喜欢。”听琴的少年人一怔，急忙长身坐起，恭恭敬敬地回答。

“哦？比你如何？”

“世俗的曲子，宁卿还有些自信。不过听她弹奏古曲，枯涩高玄，俯仰天地，是古人旷达境界，宁卿非十年不敢望其项背。”

“难得你也有称赞人的时候，”女人笑了一声，“那她比我如何？”

少年略有惊惧的神色，良久才躬身拜倒下去：“琴技不是长公主所长。”

女人悠悠地叹息一声：“看来我是比不上她了。”

少年趴伏在地上，不敢回答。

啪的一声脆响，女人一掌扇在了少年的脸上，白皙清秀的面颊上顿时多了一个掌印，红得几乎滴出血来。随即女人一手推翻了两人间的小桌，桌上名贵的细瓷酒具落地，滚入草中。

“你胆子越来越大了！”

“长公主恕罪！”少年全身颤抖，在公主的裙下磕头。

“你还知道让我恕你的罪，你眼里还算有我，”女人冷笑，“不错！不错！”

锦障上出现了一个人影，却不敢进来，只是跪在外面：“长公主，殇阳关有信来。”

“怎么说？”女人神色一变。

“前日，嬴无翳率领雷骑突围成功，在涩梅谷口的清平原被下唐国大军劫住，两军交战不分胜败。随后嬴无翳退回殇阳关内。诸侯联军在殇阳关下已有七万人马，楚卫国大将军、舞阳侯白毅领联军主帅之职。北方当阳谷口，淳国华烨未奉宣诏，率领的二万五千风虎骑兵按兵不动，和离国留下的军团对峙。看那个情形，华烨一时不会踏进王域。”

“蠢材！七万大军杀不得一个嬴无翳！”女人勃然大怒，“居然还让他进出自如？要是这一回不遭遇下唐国的军队，保不准现在他已经越过北邙山，取道沧澜道回家了！”

报信的锦衣小奴和锦障中的白衣少年都战战兢兢地跪着，不敢出一丝声音。女人起身疾行几步，怒容才缓缓地消退，她转向少年：“你以为这一战，胜负如何？”

“长公主明鉴。楚卫国白毅乃东陆的第一名将。若说效忠皇室的人中有人可以摘下嬴无翳首级，非他莫属。”

“哼！”女人冷笑一声，“你长在深宫中，见过什么阵仗，就敢说什么第一名将，非他莫属。”

“长公主运筹帷幄，嬴无翳难逃这一劫。”

“你怎么忽然变得会说话了？”女人冷冷地瞟了他一眼，“不过要是七国联军和嬴无翳同归于尽，我还会更开心一些。”

此时琴声止息，余韵犹在耳边回荡，仿佛微风吹过花间悠悠不绝。伴随琴声的是几声低低的咳嗽，风临晚身体不好已经是众所周知的事了。

女人垂下眼帘沉思了片刻："也许你说的不错，琴技，我确实不如她。"

她低眼看了看匍匐在脚边的少年，抚着他白皙如玉的面颊："可打痛了你么？"

少年摇头，鬓角落下一滴冷汗。

"你要听话，乖乖地听我的，将来皇帝的位子都有你坐的，"女人笑着从腰间抽了雪白的手帕给他擦汗，"不过你可要记得，没了我，你可什么也没有哟。"

这一刻的温情脉脉中，却仿佛有妖魔在低笑。再多的脂粉也无法掩盖长公主脸上细密的皱纹，笑起来的时候，这张脸诡异地皱缩着，像一朵枯萎凋零的老菊。

两百四十里外，殇阳关。

两山夹峙间，是一座雄伟浩瀚的接天之城。一人默默立在城外一座破朽的高楼上，背着双手迎风眺望。秋风卷起他一身汰洗旧了的白色战衣，远远看去，整个人像是一只临风剔羽的白鹰。

挎刀军校策马飞驰而来，在楼下滚身下马，单膝跪地："大将军，下唐国军共计两万人来援，先锋三千轻骑已经在五里外的兰亭驿驻扎。"

"来了么？"白衣将军清秀的眉宇一扬，"息衍来了没有？"

"青青建河水，皎皎故人心。"远处传来放声的长吟。

衰草连天的古道尽头，墨甲佩剑的将军乘着一匹漆黑的战马，忽地就出现了。骏马缓缓而来，将军指间夹着烟杆，他击掌、大笑、吟诵，瑟瑟秋风悠然独行，倒像是一个骑驴唱游的说书人。

息衍停马在破朽的钟鼓楼下，拾级而上，直登顶层。白衣将军凭栏远望，并不回头看他。

"一别七年了，别来无恙？"息衍上去和他比肩。

“老了，”白衣将军摇头，“头发也白了。”

息衍看着昔日好友的发鬓，当年满把漆黑，如今已经白了一小半。脸上还留有年轻时候的俊秀之气，但是眼角间的皱纹却是明明白白的有如刀刻。息衍不说话，以烟杆敲了敲朽木栏杆，抖掉烟灰，也默默地眺望着远处的高城。对面城墙顶的箭楼上，绣着雷烈之花的赤旗迎风招展，有如一团火焰。

“听说你一个学生和嬴无翳对阵，竟然全身而退，”白衣将军低声说，“营里都传得神了。”

“断了三根肋骨，折了一条胳膊，被斩了一根琵琶骨，能活下来已经是奇迹，怎么敢说全身而退？”

“不瞒你说，这些日子诸国军队不断地赶来，前前后后集了五万大军，在这里已经死守了数日，和离军接战六次，还从未胜过。嬴无翳霸刀之名，闻者丧胆。能从嬴无翳刀下讨一条命来，不愧是你息衍的学生。士兵听了，军心也算小小地振作了一下。”

“我还亲自上阵与离公拼杀，那才是全身而返，你怎么不说？”

白衣将军冷冷地转过来，看着息衍漫不经心的笑脸，静了一会儿，忽地也笑了：“你这个老狐狸若是也丧在嬴无翳手下，你的墓碑钱便归我出，上面我为你手书‘活该’二字！”

两人不约而同地伸出双手交握，越笑声音越大，在空荡荡的原野上远远地传出去。楼下守卫的楚卫战士惊讶莫名，他们追随大将军白毅已有多年，很少听见白毅这样开怀大笑。

“怎么让嬴无翳杀出了包围？”息衍止住笑声。

白毅摇头：“殇阳关是一条长城，对着南面就有六处城门，堵得住这里漏了那里。莫说八万大军，就是再多八万，也封不住嬴无翳的雷骑。嬴无翳若不是想带着赤旅的步兵一起走，以雷骑的机动，他完全可以横行无忌。前天他轻装减负，率领五千雷骑突围。淳国五千风虎铁骑还未发动，嬴无翳已经踏营而去了。如果不是你在半路遭遇，这一战我们已经败了。”

“单凭下唐两万人的实力，根本挡不住他，幸好随军带了木城楼。不过五千雷骑加上三万赤旅步卒，面对这十里长城，你还是不要指望能够封住嬴无翳。”

白毅不动声色：“那依你所言，我们是必败了？”

“殇阳关一道雄关，对着三百里平原，一面是一夫当关，一面是无险可守。兵法上说，这三百里平原就是一片飞地，别说七万人，就是三十万人，也是枉然，”息衍微笑，“不过，如果是你主持，我赌嬴无翳有一半的机会要葬身在这里。”

白毅静静地看了他一会儿：“你真的希望嬴无翳死？”

“相比起来，我还是希望你能够活得长些。”

两人不再说话，袖手在栏前眺望着远处的殇阳关，目光一直越过关上的红旗去向天尽头的浮云。

此时下唐的中军步卒距离殇阳关还有五十里。数百辆辎重大车居中，军士手持武器徒步跟随，在阴霾的天空下缓缓推进。

吕归尘掀开车帘眺望，大军沿着略微起伏的草原汇成长长的蛇形，去向天地尽头卷云低回的地方。他想起北陆原野上迁徙的羚羊群，秋去冬来的时候，结成漫漫的长队，沿着有水源的古老路线，行程长达两千里，去向南面温暖的草场。那条穿越茫茫荒原的危险之路像是烙印在羊群的血脉中，即使新生的小羊也知道跟随着成年的羚羊，在秋风初起的时候出发。

他很小的时候跟随父亲出猎，遇见了迁徙的羊群，一路都有因为干渴而倒下的羚羊，母羊舔着死去的小羊，说不尽的哀凉。吕归尘问起同行的老猎人，猎人说是因为附近的几口泉水断流了，所以沿着故道迁徙的羊群只有忍受干渴。

“那不能从别的道路找水么？”吕归尘小小的心里不忍。

“羊群就是这样，一年一年，都走一样的路，今年渴死那么多，明年也还在这条路上渴死，不知道回头的。”老猎人说，也不知是不是感慨，放声唱起了古老的牧歌。

此时吕归尘忽然有种感觉，这支奔赴战场的大军就像是循着故道南迁的羚羊，并不真的明白自己为何要选取这条道路。一次一次地上阵，一次一次地倒下，每朝每代的血流成河，可后继的人还是源源不断地奔赴死路。

“阿苏勒，你在想什么？”姬野的声音在他背后响起。

姬野躺在车中，浑身都用白布紧紧地捆扎，左臂套着夹板，吊在脖子上。医官看他的伤势时，忍不住惊叹说从未见人受了这样重的伤还不昏迷，而后他用木枝将姬野的全身固定住，扎上布带封死。姬野此时最多不过能动动手指，即便扭动脖子，伤口也痛入骨髓。

车门开了，息辕一个虎跳蹦了上来，手里端着煎好的汤药，一滴不洒。

“喝药了喝药了。”息辕坐在姬野身边。

“这东西真他妈的苦，你试着喂喂牛，牛没准都被它给苦死了。”姬野挣扎着出声抱怨。

“别抱怨了，跟个没出嫁的姑娘似的。”息辕吹了吹汤药，“牛能跟你比么？牛敢跟威武王动刀么？你这些天可威风了，全军上下，没人不知道你的名字。知道淳国名将华烨么？他外号叫丑虎，部下却叫他虎神，是军神似的人物，据说他出阵，全军都下拜的，以你现在这个名气，再跟威武王决胜一场，也跟华烨差不多了！”

息辕认真地说：“便叫作，嗯，‘野神’！”

“野神……还不如野鬼……”姬野说到这里已经说不下去了。

息辕一手拿着一只漏斗塞在他嘴里，一手把满碗的汤药直灌下去。息辕满意地看着自己的漏斗：“果然是这东西管用，我一路想，说你这样不能抬头，吃药老是洒可怎么办。被我想出了这个法子，看，一滴没漏！”

他看了姬野一眼：“你瞪我干什么？我可是给你吹过的，不烫！”

“是不烫，可是你呛死他了。”吕归尘刚要上来帮忙，息辕已经快手灌完了，他也只能看着姬野被灌得眼睛突出，像是随时就要咽气似的。姬野还未喘过气来，没法对着息辕大吼，就算他想要跟息辕打一架，如今也爬不起来。

息辕看着漏斗笑笑，他发觉自己犯了错误，不过看着这个桀骜得如同猛兽的朋友如今无可奈何地躺在那里，只能听任人折腾，他也觉得蛮有意思。

巨大的器械架在大车上，轰隆隆地从窗外闪过，他们的大车正在超越。

“那是什么？”吕归尘问。

息辕瞥了一眼：“是犀角冲，其实就是攻城椎。先前这东西奇重无比，出动一次要带六十匹驮马拉着，还要几十个军士看护。不过叔叔改了图纸，犀角冲就可以拆装，拆下来最重的椎身也不过四千多斤重，可以架在大车上走了。”

“那后面的呢？”

息辕从窗口探出头去看了看：“那是床弩，用机括张开的大弓，能射一千两百多步远。这还算小的，据说河洛会制一种需要坐在上面发射的巨弩，叫作哈巴尔沁，能射八十斤的铁箭，射两千步远！”

“为什么要做这么大的弩？”吕归尘看着捆在车两侧的铁弩箭，粗细和他的手腕相当，头部有着两尺的长刺。

“那个不是射人的，是射到城墙上，钉进墙里，这样攻城的时候士兵可以踏着往上爬，云梯推不上去的时候，这东西管用的。”

“那要是射在人身上……”

息辕愣了一下：“那怕是要把人打成两段了吧？”

吕归尘点了点头，沉默不语。

“我去后军看看，如今叔叔不在，各营都懒散起来。”息辕在姬野肩上拍了拍，“我下次想个别的办法。”

“别想了，你就这么灌也行，”姬野龇着牙，露出痛苦的神情，“但是少将军你别拍我的肩了，那里的骨头怕是没一块完整的。”

“拍不散你！对你，我可有信心！”息辕一笑，跳下车去了。

大车里又只剩下姬野和吕归尘相对。

“阿苏勒，你在想什么？”姬野又问。

吕归尘吃了一惊，回过神来：“刚才你问过的吧？”

“可是你没有答我啊。”姬野说。

“这你都记得。”

“从涩梅谷过来，你一路上都是这样，像是总在想什么，我想问你好久了。”

“我没事，”吕归尘摇头，“你休息吧，医官说你三个月都未必能恢复，现在强要动弹，只怕骨头会长不好的。”

“阿苏勒……”姬野微微顿了一下，“你是害怕么？”

吕归尘沉默了一会儿，点点头：“想我的表哥。”

“你的表哥？”

“龙格真煌·伯鲁哈·枯萨尔，这是他的名字，不过草原上的人都叫他狮子王，”吕归尘说，“他已经死了……我给你讲过我家里的事情没有？”

“没有。”姬野说。吕归尘有时候会给他和羽然说北陆的事情，从大雁到羚羊，从夸父到龙马，但是自己的父母亲戚，吕归尘从来都很少提起。偶尔说上几句，也立刻收住。

静了一会儿，吕归尘扭头过去看这个好朋友：“不告诉别人，好么？”

“好！”

“我是阿爸的第五个儿子，阿妈却不是青阳部的。她是朔北部的，当年青阳部打败朔北部，守住了北都城，杀了很多人，外公就把阿妈送到青阳部议和……”

吕归尘低下头沉默了一阵子：“老师说东陆的婚礼，要纳雁，要问吉，要传帖，要下聘，少了一步就不成规矩，不过我们北陆，其实都是很简单的。我阿爸其实有很多女人，大部分都是俘虏来的女子，也不要什么礼节名分，谁抢到她们，她们就是谁的。我们青阳部的先祖，叫作吕青阳，他有七个兄弟。那时候他们八个人一起征战，抢到的牛羊和人口按照战功大家分，后来那七个兄弟为了牛羊和草场，都背叛了他。于是我的先祖把七个兄弟都杀了，削下他们七个人的顶骨，嵌在自己的剑上，占了所有的牛羊和人口。他很怕别的部落再抢走他的东西，所以他就娶自己的姐姐和妹妹……我知道这是乱伦，可是据说这样容易生下有狂血的后代。后来真的有了三个有狂血的儿子，所有人都畏惧青阳部，带着礼物来归顺，青阳部才变成了大部落。”

姬野默默地听着，并不出声。

“我有四个哥哥，可是我是世子，”吕归尘接着说道，“你父亲和你弟弟对你不好，可是他们总不会要杀了你。可是有时候我想，也许我哪个哥哥将来真的会杀了我，我这样一个人，不配做大君，没法光耀青阳的武功。我们北陆的规矩就是谁强，谁就能活下去，弱的人死了，也不会有人可怜。哥哥们不杀了我，是愧对青阳的祖宗……”

“姬野，”吕归尘忽地抬起头来，“你知道不知道，认识你和羽然的时候，我真的想我这一生都不要再回北陆了……我不是怕死，我是怕看见我的亲哥哥们拿着刀来杀我！”

两人默默相对，许久都说不出话来。

“我知道我很蠢的……”吕归尘略略有些尴尬。

“那你为什么还要学武？”姬野低声问道。

“有时候也想，也许没有我想的那么糟糕，将来有一天，我要守护青阳，要像我父亲那样建立功勋。这样我就可以保护他们了……”吕归尘忽然摇了摇头，“看见你和离公试手的时候，我才明白我想错了。我做不到的，我四哥说得没错，我再怎么努力，都是个懦夫。如果换了我在离公的刀下面，我根本连刀都拔不出来……”

吕归尘苍白地笑了笑：“姬野，我真佩服你，要是我有你那么大的胆子……”

“我也没有那么大胆子。”姬野打断了吕归尘。

“什么？”吕归尘不解地看着姬野。

“我没有那么大胆子，我也害怕，”姬野说，“那时候我也以为自己是要死了……阿苏勒，我很怕死，比你更怕死，所以我那时觉得自己心里有个人在使劲地喊说不要让他杀了你，不要让他杀了你……只有我能救自己。你是不是觉得我练枪的时候很发疯？因为我有时真的很怕，我想我不是昌夜，没人会管我的，我要想出人头地，只有靠自己，只有练好枪术，我上阵才能不被人杀，才能活下去。”

吕归尘惊讶地看着姬野，看着那双深不见底的纯黑瞳子。

姬野没有看他，而是直直地看着大车的顶篷：“昨晚梦见我妈妈了，醒来的时候觉得很想哭。”

“你妈妈……是怎么死的？”

“记不得了。”

“记不得？”

“小时候我们家是在天启的，后来忽然有一场什么变动，才迁到了南淮。就是那场变动中，我妈妈死了。可是无论我怎么想，都想不清她是怎么死的。其实……我根本记不得我从六岁到八岁间的事情。”

“难道是……失魂症？”吕归尘想起路夫子曾经跟他说起过这种疑难杂症。

“不知道，就是从天启搬到南淮的时候，我和家里人失散了，家里人找到我的时候，我已经什么都不记得了。老爹带我去看过大夫，大夫也说是失魂症，说大概是路上摔跤摔到了脑袋，大概是有点摔傻了，所以以前的事情记不起来了。”姬野扭头看着吕归尘，“你说我像不像摔傻了的样子？”

吕归尘摇摇头：“没觉得，你挺好的啊。”

“也许以前比一般人聪明一点，可是一摔就摔得和一般人一样了……”

姬野像是自言自语，“不过我倒不在乎，我就是很想知道我妈妈是什么样的，可是我每次使劲地想啊想，什么都想不起来。”

“没有她的画像留下来么？”吕归尘好奇起来。

姬野摇摇头：“我没见过，也没听说过有，按说我们家也算大家族的后人，家里人肯定有画像留下来的，可是我问起我老爹，我老爹说都在搬家的时候丢掉了。所以我就想啊想啊，想我妈妈是个什么样的女人，想着想着就会梦到她……”

“那在梦里她是什么样的？”吕归尘嘴里问着，心里想着那个总安安静静哼着歌儿坐在帐篷深处的女人，她怀里抱着一个布娃娃，以为是他，她唱歌是为了给他听，让他乖乖地睡着。

姬野沉默了好一会儿：“很奇怪，总是梦见一个下午，外面的阳光很刺眼，从挂了帘子的窗户里照进来。妈妈和我两个人在屋子里，外面有人敲着什么东西，像是梆子似的。有的时候我睡在床上，妈妈在我旁边坐着缝着什么东西，有的时候妈妈抱着我，给我哼歌。每一次我都想凑过去看看她到底长得什么样，可是我在梦里身体动不了，我拼了命只能扭过头去，可是阳光太刺眼了，我只能看见她的衣服，看不清她的脸。”他的声音变得梦呓般，“门外有人影走来走去……”

吕归尘呆了一会儿，说：“你很想她吧？”

“很久以前的事情了，现在也习惯自己一个人了。”姬野轻声说。

“只是有的时候我会想……”姬野望着大车的顶棚，喃喃自语，“我真是摔傻了么？”

八月二十。

连阴了几日的天忽然放晴，万道阳光刺破云层，在秋季苍苍茫茫的原野上投下了变幻的云影。

下唐军中军的步卒和前锋的骑兵终于在兰亭驿汇集，扎下了营寨。次日息衍传令，息辕率领一千五百骑兵出营列阵。此时殇阳关十余里城墙前，六国大军已经齐汇，各自结阵，封堵了一座城门，而后派出声音洪亮的军士叫骂。六国方言在城下此起彼伏，一浪高过一浪，有如摆下了戏台。而城头却静悄悄的仿佛无人，只是垛堞后偶尔几道冷厉的目光投下，令人心中一寒。

时间过午，阳光渐渐变得毒辣起来，军士们疲惫不堪，脸上满是油汗，殇阳关上还是没有一丝动静。领军的将领也只得下令骑兵下马，允许步卒解开战甲透气，营中传来了裹着肉的干饼和粥。饥饿的军士急切地围着粥桶就食，叫骂的军士也忍不住退回本阵。

“离军会出战么？”在阵后观战的吕归尘带马上前和息辕说话。

“世子小心，还是在阵后远远地看为好，这么近的距离上，只怕还有危险。”息辕有些紧张。自从当阳谷口吕归尘匹马诱敌之后，息辕恨不得把他和姬野一样全身捆绑起来留在辎重营中，免得将青阳世子葬送在战场上，回国无法交代。而息衍却坚持吕归尘应该亲临阵前，所以息辕也只得安排十余名轻骑贴身护着吕归尘留在阵后，生怕他再次冒险出击。

“不妨的，”吕归尘摇头，“我的命，也没那么值钱。”

息辕看他说得淡然，摇头：“我也觉得你的命没那么值钱，可是南淮城里那帮老头子可不那么想。你还是距离阵前远一点，若是开战，我未必有时间顾着你。”

吕归尘笑笑：“离军不出城，我们又该如何呢？”

息辕苦笑：“除了骂几句占点便宜，也没有别的良策。”

说着，下唐军吃饱喝足的两名军士又带马小跑出去，直到距离城下不过两百步的地方，才放声开始大骂。下唐的宛州方言用来骂人，别有一种音韵的美感，不过转眼间，油嘴滑舌的军士就从嬴氏七百年前的祖宗直骂到了嬴无翳还没有的孙子辈。

“嬴无翳你个灰孙子，不敢出城领教爷们的刀枪，别以为缩在城里顶着张蛋壳就冒充乌龟，小心爷们怒起来杀进城里刀枪无眼，教你肚皮朝天龟壳在地，永世不得翻身……”

吕归尘立马在那里听着，不由得就想发笑，忽然一道隐隐的裂风之声惊醒了他。他视觉听觉远比常人敏锐，瞬间已经看见几道黑影从城头直射下来。

“退后！”吕归尘放声大喝。

已经晚了。两名叫骂的军士其一被羽箭贯穿双肩，被箭劲带着摔下了战马。而另一名军士的头颅则被洞穿。那一箭正是射在军士仰头喝水的时候，羽箭贯穿了水葫芦，又钻进他的嘴里，仅仅留了一个箭尾在外。开始还是清水从葫芦的缺口涌出，而后变成了殷红的血泉。

号角声忽然响彻云天，下唐军负责封锁的城门轰然洞开，一队赤红色的骑兵不过百人，红电一样疾驰而出。息辕大惊中提剑上马，可是仓促间竟然没有几个军士能够披甲上马，只有十余人汇集在他身边，剩下的军士慌乱不堪，打翻了滚热的粥桶，瓢勺扔了满地。

“不要轻举妄动！”息辕大喝道，“那是诱敌的人，小心敌人有埋伏！”

他在混乱中不失冷静，敌军一个百人队，并无实力抗衡下唐一千五百轻骑。这支军队不过是要引诱小股唐军去城下，借助城上射手的支援，一举歼灭，这样小小一战就讨回了早晨被辱骂却闭门不出的面子。离军一向以血性著称，绝不可能不还以颜色。

可是他话音未落，却看见一匹紫骝已经疾驰出去，那是吕归尘的骊龙驹。

“尘少主！”息辕大惊失色。

吕归尘却没有时间回应他。他看见那名肩上中箭的军士还未死，正挣扎着要向本阵爬回来。而他背后，正是高举马刀的雷骑。吕归尘知道那是离军故意不杀留下的诱饵，他也明白以息辕的冷静，绝不至于为了一个人冒险出动，但是让他看着那个军士被雷骑砍头，是他所不能忍的。仗着骊龙驹的马速，他决心冒险一试。

“世子！”息辕大吼，却明知吕归尘不会回头。吕归尘的性格，他再清楚不过。

“吕归尘你他妈的！只会找死！”他又大怒起来，在人前也顾不得尊重吕归尘这个世子了。

“也罢！”他猛地拔剑，“江连城压阵，亲兵营跟我上！”

他正要催动战马，却发现身边汇聚的十几个亲兵营军士面带恐惧，竟然一个也没有提刀。下唐军松懈怯懦的名声早已传遍东陆，可是息辕却未想到这些人懦弱得不敢冲锋，却敢于抗命不尊。一阵怒气涌了上来，他狠狠一鞭将一名军士抽下战马，转身就要独自上前。

可是此时，一匹斜插而至的白马忽然闯进了他的视线。那匹白马马速极快，不在吕归尘的骊龙驹之下，马背上的武士身形矫健，没有披甲，只着一件紫色的战衣。他身后遥遥跟着数十骑白马，来自东侧的晋北军阵营。

“退后！等我上去！”那名紫衣的武士放声大喝。

吕归尘此时和他相距不过十丈之遥，听见他呼喊，心里一惊，猛地一拉马缰，兜转了骊龙驹。对方的声音清亮震耳，带着一股自然而然的将帅威严。瞬间，白马甩下吕归尘直冲到了那名中箭军士的身边，紫衣的武士跃下战马，麻利地将那名军士托起扔在自己的马背上，狠狠地加上一鞭，白马长嘶着奔回本阵，他却留在了原地，面对着疾风般扑近的雷骑，仅仅提着一柄黑鞘的狭长腰刀。

“将军！”吕归尘大喝。

他看见那柄黑鞘腰刀上的金花装饰，明白紫衣武士绝非一个小卒，相反，却是军阶高得惊人的将官。

紫衣武士面对狂吼着扑近的雷骑百人队，却没有一丝退后的意思。他用力将长刀带着刀鞘插入土中，双手按住刀柄，面对着滚滚烟尘，背影有如山岳般岿然不动。强烈的气势凝聚起来，令逼近的雷骑不敢掉以轻心，当先的骑兵冲到他面前忽然分为左右两支，雷骑们一弯腰，马刀从左右交击而下。

紫衣武士脚下一扫刀鞘，长刀已经在手。他整个人由静而动，快得不可思议，身影因为极快的突进而模糊起来，左右两道雪亮刀光扬起，仿佛蝴蝶的双翼。两道鲜红飘飞出去，最先的两名雷骑已经栽下了战马！

紫衣武士随即旋身，刀势尽情展开，凌厉可怖。他自己在刀光中，鬼魅一样进退自如。他以步战应对骑兵，却凭借身形的闪动完全压住了雷骑的快马快刀，刀光中连续几骑落马，都是当胸一刀，快得无与伦比。人们甚至看不清他的动作，只看见他和雷骑擦过，雷骑胸口的皮甲就忽然裂开，鲜血横流。

随后的雷骑不敢再随意出击，带着战马避开他的锋芒，十几骑聚在一起，调整马步准备再次发起冲锋。短暂的空隙中，紫衣武士转身疾步奔向本阵。但是他退得再快，却无法和雷骑的战马相比，他身后十几骑汇成一列，高举马刀直扑上去。

身后的马蹄声越来越近，狂奔中的紫衣武士忽然举刀高呼："玄！"

他猛地站住："盈！"

转身："破！"

停留在那里的数十骑白马一起抽出角弓，随着玄、盈、破的号令，不慌不乱地举弓、推弓、放箭。箭如飞蝗，将雷骑纷纷射落在马下，竟没有一支误伤到那名紫衣武士，也没有一支落空。奔驰的健马身上插满羽箭，翻滚着栽倒，顿时压死了马背上的骑兵。最后只剩下正对着紫衣武士的雷骑，大吼着举刀挥下，已经完全不顾身上的空门，是两败俱伤的攻势。

紫衣武士忽地跃起，在空中旋身，一道刀光平展。飞血溅出一丈，雷骑的战马狂奔出去，马背上武士的头颅却忽然落下，血泉冲起数尺高！此时那个紫衣武士才落地，冷冷地回望一眼。

紫衣轻振，翩然如雁。

静了片刻，六国联军中爆发了潮水般的喝彩，一时间金鼓齐鸣，震耳欲聋。此时紫衣武士已经接近本阵，剩下的雷骑知道无利可图，只能扔下尸体，掉头退回了殇阳关中。紫衣武士并无喜色，从怀中抽出一块方巾，擦去了长刀上的血迹，缓步走近了立马在一旁的吕归尘。

“想不到下唐还有蛮族的武士，”紫衣武士笑意淡淡，“晋北，古月衣。”

“青阳，吕归尘，”吕归尘跃下战马，“多谢古将军。”

名叫古月衣的武士点了点头：“幸会。”

他不再多说，转身走向了那数十骑白马。一名骑兵下马将坐骑让给他，他翻身上马举刀一呼，全队退向了晋北国的大阵。等到息辕纵马赶到的时候，紫衣武士已经融进了晋北出云骑兵的大队中，再也看不见身影。

“这是什么人？”息辕赞叹不已。

吕归尘摇了摇头：“只知道是晋北国人，名叫古月衣。”

“古月衣！”息辕瞪大了眼睛。

“怎么？”

“古月衣是此次会战，晋北军的主帅！”

联军中军大帐。

“休国天策军大都督，冈无畏冈将军。”

年过五旬的宿将起身向着周围行礼，须发皆白，依旧目光如刀。

“淳国风虎骑军都统领，程奎程将军。”

浑身铁铠的魁梧将军站了起来，他仿佛一座黑塔，强壮的胸肌似乎能撑破胸甲一般。

“陈国护国上将军领锦潭城城尹，费安费将军。”

陈国名将费安一身鱼鳞细甲，墨绿色的华贵大氅直拖到脚面，缓缓起身。

“这位是御殿羽将军，下唐国武殿都指挥，息衍息将军。”

次座的将军站了起来，他黑色宽袍、白色阔带，像是个闲散的读书人，只在腰带上扣了一柄森严的古剑。

“在下楚卫国，白毅。”一领白衫的白毅介绍完诸国名将之后，轻描淡写地提到了自己。

此次会战之前，在座不少名将都只听过白毅的名字，却从来没有亲眼见过这位名震东陆的“舞阳侯”、“御殿月将军”、“龙将”和“东陆第一名将”。如此多的名号之下，白毅本人却一贯是深居简出。虽然拿着皇室“御殿月将军”的巨额俸禄，可他连新春都不入朝拜见皇帝，一般人想要见他一面，更是难比登天。不过长达十年以来，非但皇室从无收回封号的打算，整个东陆军界，也并无人出言质疑白毅“东陆第一名将”的地位。

白毅平生参战不多，可是每一战的结果都逆转了东陆时局。

现在看着这位清秀白皙的中年人，诸国名将都很难将面前的人和传说中的白毅联系在一起。白毅给人的感觉是绝对的安静，安静得有些苍老。

“各位除了息将军晚来，都已经到了五日不止。既然已经熟悉，也不必再多客套。国家安危，是武士的职责，能否击溃逆贼克定叛乱，有赖诸位将军一同努力！”白毅起身掀开军帐壁上的葛布，露出巨大的殇阳关总图。城墙的长宽厚薄，垛堞多少，机关配置如何，小处一直精确到寸，大可涵盖整个殇阳关的地势高低。

“诸位将军有什么打算？”

帐中立刻安静下来。在息衍抵达殇阳关之前，最初赶到的诸侯军就开始和嬴无翳对峙，到如今不下二十日，但是屡次接战都是徒劳无功，不必说攻城，连野战都没有占到任何便宜。离国的强兵悍将，已经杀寒了联军的胆。

程奎行伍出身，靠的是战场上的蛮勇。他看着周围的人都不说话，忍不住，狠狠地拍了拍座椅扶手：“不用什么打算！我们如今七万对三万五千人，兵力上大占优势，以二对一，硬攻也拿下来了！白大将军定下方略，程奎愿意带三千步卒充作敢死队，捉到嬴无翳，车裂枭首，平我们淳国的一口恶气！”

淳国风虎铁骑是少有的速攻铁骑，攻守俱强，可是速度上终究慢了离国雷骑一筹。嬴无翳似乎是看准了淳国这个破绽，所以前日带着雷骑突围的时候，选中程奎把守的防线，趁着黎明前的黑夜闪电般突破。风虎骑兵有一半不曾上马，离军已经烧杀一个回合如飞般突围去了。偏偏半途被息衍封锁后，嬴无翳撤回殇阳关，老马识途一般又选择了淳国的防线。垂头丧气的程奎正下令军士修补防线，雷骑军已经从阵后浩浩荡荡杀了回来，又是狂风暴雨马不停蹄一阵烧杀。雷骑军把马屁股对着风虎骑兵，施施然回城了。一出一入，仿佛在自家猎场里打兔子一样，程奎辗转难眠，恨不得一口咬死嬴无翳这个目中无人的逆贼。

各国名将都有愁容，听见这番豪气倾世的话，面面相觑，哭笑不得。静了一会儿，倒是息衍轻轻笑出声来。

“息将军有什么话说么？”程奎有了怒色。

“没有，”息衍摇头，神色严肃，“在下只是觉得敢死队程将军万万不可亲自领队，九州豪气，都归在程将军一人的身上，若是万一有什么闪失，帝朝男儿的志气，就无以为继了。”

息衍这些吹捧不着边际，不过是逗他，不过程奎粗鲁，听不出来，心里倒是觉得窘迫。他在风虎骑军中，地位远不及“丑虎”华烨，名声更无法和白毅、息衍相比。起初听见息衍笑，以为息衍自负声望而蔑视他，此时又一时飘上了青天，急忙拱着手谦让：“息将军过奖，息将军过奖，只是程某的一点浅见，请诸位将军斧正。”

“殇阳关城墙，高九丈六尺，厚一丈四尺，里外双层。瓮城里备有火眼和灌水的机关。所有城门都暴露在弓箭下，根本没有死角，”白毅淡淡地道，“三千人没有冲到城门口，已经成了箭垛子。”

“就算损失三千人，我再加五千步卒，只要拿下一座城门，我不信嬴无翳还撑得住！”

“程将军准备怎么登城？”白毅瞟了程奎一眼。

“云梯啊。”程奎茫然不解。登城的器械，当然是以云梯最为实用。

“程将军，”冈无畏摇头，“九丈六尺，世上哪来那么高的树，谁能造出那么高的云梯？”

程奎瞪着大眼，愣了许久，这才想起殇阳关高不可攀的城墙来。

“难道……树就长不到九丈六尺高？”程奎摘下头盔挠着脑袋，“不是说羽人的年木足可长上二三十丈么？”

“那是羽族的神木，”冈无畏摇头，“难道程将军要砍了人家的神木来做一架云梯？”

“殇阳关重建的时候，曾经为高度争议不下，最后工匠挑选销金河密林中最高的雪松，想造一架世上最高的云梯，可是无论什么样的手段，也不过造到八丈上下，云梯再长就软了，升不到城头自己先折了。所以殇阳关最后建到九丈六尺。”白毅静静地叙说下来，不带分毫的感情。

程奎丧气地坐回椅子里，魁梧沉重的身子压得坚实的木椅咿呀作响。

“那么火攻？”冈无畏道，“记得高皇帝当年血战阳关，是用火攻，现在秋高气爽柴木易燃，正是火攻的时机。”

“若是还在七百年前，火攻不失为绝妙的计策，但是，”沉默已久的费安冷冷道，“不过今日的殇阳关不是当年的阳关。这座城的建筑，几乎可以说一块木材都没有，是一座真正的石城！”

“水攻？掘开建水，把河水灌进殇阳关里，就算水势不足以逼出嬴无翳，可是城中进水，粮食发霉，士卒疲惫，嬴无翳势必难以坚守。”

白毅缓缓摇头：“来的路上，我测过建河水位，比殇阳关的地势还低了十尺。只怕这些，都在当初设计的人心中了，那人诚然是个绝世之才。”

“七百年前建河的水位呢？”息衍忽然问道。

“刚好漫到殇阳关脚下，一滴水都进不去！”

“真绝世了。”息衍赞叹。

“既然地势高，为何不让他无水可用？”一个清朗的男声自帐外远远传来，随后一阵沉稳的脚步声。

息衍忽地抬了抬眉，笑了起来：“人终于齐了。”

他亲自起身拉开帐门，恭恭敬敬地站在下首：“月衣夜会，三箭夺魂，莫非是古月衣？”

大步进帐的紫衣将军惊了一下，旋即打量了息衍一眼：“墨羽飞天，神剑定岳，莫非是羽将军？”

两人对拜，一齐笑了起来。

同为东陆名将，息衍和小他一辈的古月衣并不相识，不过初见时候一拜一笑，两个人却像是多年的朋友一样。古月衣所说的是息衍的名号与武器，息衍提到的却是古月衣成名的“月衣三箭”一战。

古月衣十九岁成名，成名前只是晋北国出云骑军的一名骑射手，月俸不过一个半金铢。而出云骑军中，足足有三千名骑射手。晋北国和休国交界，是一片巨大的湖泽，名叫夜泽。夜泽荒凉，地形复杂，两国兵力又对它都鞭长莫及，于是变成了盗贼长年累月盘踞的所在。古月衣所在的一部出云骑军，就镇守在夜泽以北二十里的贞莲镇，以防夜泽的盗贼北上骚扰。

可是无人想到数十年的经营，夜泽的盗贼居然编成了数千人的浩然大军。在匪首李长根的野心之下强行北上，意欲占据晋北唯一的粮食重镇博亘城。而贞莲镇，就是通往博亘城最近的道路，贞莲镇上仅有五十名骑兵。为首的骑将惊恐起来，抛下居民不顾，率领亲兵向博亘城求援，下令剩余的军士监守。

那一夜夜泽盗贼黑压压地接近贞莲镇，镇上的男女对坐哭号，女人们把孩子交给丈夫，身上带着剪刀。男人带着孩子逃亡，女人只要在胸口一扎，就可以不必受辱。这是仅剩的一条路，谁都清楚几十名骑兵守不住镇子，而夜泽的匪首李长根，是个喜欢把玩弄过的女人割下乳胸做菜的狂徒。

默默无闻的古月衣单骑出城，白衣映月，仅仅带着一张角弓。浩浩荡荡的夜泽大军不知所措地停在这个狂妄的骑射手面前，李长根被惊动了，亲自从阵后上前观看。这时古月衣尚在他四百步外，古月衣忽然带动战马，有如没有看见五千盗贼，直取李长根。夜泽盗贼阵中箭雨大作，古月衣三百步上开一箭，走空，两百步上再开一箭，还是走空。

当他距离李长根只剩下一百五十步的时候，战马已经中箭而死，古月衣肩上、臂上、腿上各中一箭。李长根大怒，纵马出来要亲自取下古月衣的人头。这时候古月衣已经不能站立，他坐在地上，缓缓拉开长弓，指向了李长根，月下白翎一闪，箭啸仿佛龙吟。

最后一枚羽箭击碎李长根战盔上的额铁，洞穿他的眉心。此情此景下，剩余的几十名出云骑兵如被烈火烧灼，不顾一切地从贞莲镇里面抢出来杀向盗贼。虽然最后死伤惨重，几十名出云骑军只剩下不能行动的古月衣幸存，但是这场冲锋杀寒了盗贼的胆，五千人的大队为之崩溃，贞莲镇也终得保全。

“你居然只带三支箭？”古月衣觐见晋侯雷千叶的时候，雷千叶冷若冰霜地看着这个年轻人。

“属下不以为自己有射出第四支箭的机会。”

“那你倒是有赴死之心？”

“属下镇守贞莲镇，纵然赴死，不能看着盗贼横行无忌。”

雷千叶冷冷地笑了一声，指着那名赴博亘城求援的骑将道：“狂妄！镇守贞莲镇的是你么？是你的将军！既然有军令说你们要坚守待援，你就该死于职守，自以为弓术过人，就可以不尊军令？”

那名骑将大松了一口气，磕头不言。

雷千叶当场下令赐给古月衣一百金铢，却要削去他的膝盖，永远逐出出云骑军，也不得再出仕晋北。满朝大臣都有不忍之心，可是违反军令，惩处就是如此的，也无人敢为这个小小的骑射手违逆君侯。古月衣也没有为自己辩解，转身随着行刑的军士离去。

“你若要恨我，也不妨，”雷千叶忽然在他背后道，“你错在过于张扬，忘记你自己纵然才华绝世，不过是个小卒。谁敢用一个心比天高的小卒？”

“谁又甘心永远只是一个小卒？”殿上回荡着古月衣的大吼。

古月衣的大吼中，雷千叶大笑起来。他拔剑上步，一剑斩下那名骑将的头颅，将他的尸身踢在一边。雷千叶大步走回座上抛下早已写好的军令，对古月衣冷冷地一笑。那道军令上写着古月衣即日升为偏将，领八百出云骑军，赐甲赐剑。

不过三年，古月衣已经掌握整个出云骑军，堪称晋北第一名将。

古月衣年轻，资历浅薄，于是坐在最下首。息衍也归座。

“方才阵前督战，来晚了一步，看见下唐国一名很是骁勇的蛮族少年，有仁者的心胸。”古月衣赞赏。

“大概是我国的贵客尘少主又耐不住性子匹马出阵了吧，那是我的学生，能得古将军夸奖，真是荣幸。”息衍笑笑，“刚才古将军说令其无水可用，是要断离军的水道？”

“是，既然殇阳关的地势高于周围，必然不会是流水汇集的地方。我们只要截断它的水源，不怕离军不出城死战。”

“这一计行不通，”费安面色冷峻，“我已经探过周围，没有任何河流进入殇阳关。关内水源的供应，只怕是有两山泉水压入地下，关内凿井取水，可是要想找到山泉出口，难于登天。”

“东不行，西也不行，难道费将军有什么妙计么？”程奎忍不住站了起来。费安气度森严，少言少笑，程奎本来就不喜欢。此时他一再否决，令求战的程奎大为不满。

“尸毒之术，诸位可曾听过？”

“尸毒？”

“我们几次接战，尸体充足。将那些死了十日以上的死尸从土里起出来，以投石炮抛进殇阳关里，不但震慑敌军，而且这些死尸上的瘟病和尸毒蔓延开来，尤其是进入水井里，不要一个月，殇阳关就变成一座死城。”

费安不动声色地说完，忽然一抬头，环顾四周，看见程奎、冈无畏和古月衣都有惊诧的神色，而白毅背对诸人，倒是息衍吟吟浅笑，帐中一时安静下去。

“这不成这不成，”程奎想了半天，挥着大手摇头，“这样满地都是腐尸，我们拿下殇阳关，却也进不去。”

“程将军以为嬴无翳会有这般蠢么？”费安不屑道，“只要有一批军士中毒，嬴无翳必然急着突围，正是加以劫杀的良机！”

“帝国勤王之军，用计能如此阴毒么？对于陛下的政德，也是个影响。”冈无畏摇头。

“冈老将军，”费安冷笑，“久闻冈老将军十四岁上阵，刀下无数的亡魂。用刀杀人，用毒杀人，有什么区别？陛下为嬴无翳胁迫多年，我们若是真能毒死嬴无翳，陛下高兴还来不及，又哪里会在乎政德这种虚物？”

“也许是我老朽了，”冈无畏摇头，“可是战士死则死了，何能挖掘尸骨，令亡魂不安？”

“死都死了，说什么亡魂不安？冈老将军不管活人的性命，却去管死人的安稳？”

冈无畏皱了皱眉，却没有再说什么。

“在下忽然想起，费将军当年围困五河城的时候，不费一兵一卒，尽歼对手，莫非也是用这条妙计？”息衍忽然笑道。

“不错。一个月后，城里遍地都是尸首，用了几千斤硫黄和石灰去毒。”

息衍大笑起来：“好。大家各有话说，不过最后还是请白大将军裁决。”

息衍的话音刚落，白毅缓缓转身，右手虚握拳头稳稳击在案上：“既然由白毅定夺，那么费将军不必再议，尸毒攻城，非军法之道。”

“何谓军法之道？”费安按下了怒气喝问。

“有所不为！”

费安全身忽然一寒。白毅这么说的时候，缓缓抬眼看了他一下。两人目光对接，费安清楚地感到自己锋锐的目光被推了回来。白毅没有杀气也不带威仪，但是那种静静的压力，却令人无从抗拒。这个平静得有些苍老的名将，一抬眼间忽然就变了一般。

诸人静了片刻，白毅道：“既然尚未有良策，那么大家今日先散去吧。离国胁持皇帝不是一日，我们重振帝朝，也不是一日。”

诸国名将也没有多话，分别起身告辞。息衍落在最后，出帐时候稍微停了一步，轻笑一声也不回头：“我若是想得不错，你已经有了破城之策。”

“只在十日之间。”白毅也不看他，淡淡地说。

“还是当年那份让人讨厌的傲气，在你眼里，我们都不过是陪你玩的人而已吧？臭脾气！”息衍大笑着出帐而去。古月衣已经约了他去晋北国大营奉茶。

青衣文士掀开侧面的帘子，悄无声息地走进军帐。

“你的事情已经办完了么？”

“三千斤狼毒、一千斤乌头、三千斤大戟都已经煮炼完毕，一共得了粗药一千零五十斤。我已经派遣心腹军士五十人出去，只等大将军传令。”

白毅微微点头：“不错，你随时等我命令。还有，你在旁边看了那么久，以为诸国大将如何？”

文士沉吟了片刻：“程奎一介武夫，能够成为风虎骑军大将，都是借了丑虎华烨的光辉，不值一提。冈无畏一代名将，不过锋芒退了，没有杀气，也不足惧。倒是费安不但洞悉局面，而且用计歹毒，堪称不择手段，如果与我军为敌，只怕是个强劲的对手。”

白毅淡淡地笑笑：“只对了一半，冈无畏有些话，只怕是懒得说出来而已，而费安锋芒太露，只怕不是好事。你没有听说长锋易折这句话么？薄刃的刀固然锋利，却最容易豁口。说剩下的两个。”

“晋北古月衣锋芒内敛，有大将之风，不过还需要假以时日。而下唐息将军……”文士犹豫起来。

“直说。”

“属下知道息将军是大将军的旧友，不过息将军……并无名将风骨。”

白毅悄无声息地笑了笑：“不过像个懒散的世家公子，是不是？”

“大将军恕属下无知妄言。”文士躬腰拜了下去。

白毅摇头：“子侯，我知道你精于相人，但是天下总有些人，会在你意料之外。息衍不是凭双眼可相的人，倾世名将四字，他当之无愧。如果有朝一日你独自领兵和息衍对阵，从速撤退，不要有一分一毫的犹豫。这个人，你一生也未必能超越……也是我最棘手的敌人！”

“敌人？”文士大惊，“息衍难道不是大将军的朋友么？”

白毅沉默良久，悠然长叹一声：“就因为他当年是我最好的朋友，我太了解他的性格了。今时今日的息衍，即便不是我的敌人，也再不是我的朋友了！”

夜深，殇阳关的离军营寨中，一座大帐依然灯火通明。谢玄和嬴无翳纹枰对弈。

“今日城下对了一阵，我们出动了一个百人队，死伤二十五人。”谢玄正在长考，随口说道。

“死伤二十五名雷骑？”嬴无翳吃了一惊，“这可不是小损失，敌军损伤如何？”

“死了一个，伤了一个。”

“怎么会这样？”

“遇上了晋北的将星，古月衣。”

“听过这个名字，看来盛名之下无虚士。”嬴无翳点头。

“王爷好像对于敌人阵营中强手辈出深感欣喜啊，就像在涩梅谷口遇见的那个孩子。”谢玄笑。

“就像下棋，对手棋力太弱，便不好玩。但是对手棋力太强，也不好玩，便如我现在跟你下棋，觉得越来越不好玩了。”

“我以前让王爷，现在不让了而已，并非我棋力长进。”

“被你骗了那么些年，一直觉得我只要再进一步便可以在棋盘上战胜你，谁知不过是你的圈套。若你是白毅，下一步，会走在哪里？”嬴无翳也不生气，他委实输在谢玄手下太多了，也知道这个属下的脾气性格。

“关隘险峻，以白毅手中的兵力，他不会强攻。若是我，无非是截断水道、放火烧城和下毒这三条毒计，再就是引王爷出城决战，利用楚卫国重铠枪兵和息衍那个木盾机关加以围困，若是能够杀掉王爷，那么我军军心涣散，必败无疑。”

似乎是早已习惯了这样说话，谢玄盯着棋盘侃侃而谈，并无臣子该有的谨慎。嬴无翳点头，拈着一枚棋子敲了敲棋盘：“你说息衍那个木盾的机关，真的封得住我军？”

“军阵之术，白毅冠盖东陆，没有对手。息衍却和他并称，是依仗杂学的广博。他设计的机关，要想正面突破，只怕绝无可能，不过，”谢玄笑笑，“就算下唐军的木盾墙全部展开，又能有多长？绕行过去，息衍封不住雷骑。”

“那说说你那三条毒计。”

“开拔之前，我已经查阅了有关殇阳关的卷宗。这座关隘结构极其巧妙，水源是地底的泉水，凿井三十尺才能取到，白毅如果想挖断泉脉，那么少说也要在周围一带花上一年半载勘探地形。放火烧城，是当年蔷薇皇帝硬攻的手法，那场血战过后，殇阳关里屋舍都不用木料，易燃的辎重，我也都下令藏在地下，至于下毒，一般都是下在水里，”谢玄布下一子，手法轻描淡写，“要想用毒取胜，白毅还是得先找到泉脉。”

“照你所说，我军安若大山，不必担心了？”嬴无翳跟着下了一手。

“不过那三条计，都是我所想的。白毅既然号称天下第一名将，定有我不能及的一招！”谢玄忽然拈起一枚棋子稳稳砸在棋盘上，砰然有声，“王爷输了！”

嬴无翳一惊，急忙看向棋盘中。

谢玄笑着一推棋盘：“中盘缠斗单兵破围是王爷的长项，可惜此时四面八方是刀枪纵横，就算王爷是条狂龙，我就不信千军万马还困不死你！”

“别动别动！我再看！”嬴无翳无暇理睬他的狂言，急忙护住被他推动的棋盘，生怕落下的棋子挪动，再也不能复盘。他直愣愣地瞪着残局冥思苦想，而那边谢玄悠然笑笑，满脸轻松。

良久，嬴无翳手指一弹，棋子落回了木盒中。

“又输了。”一代霸主也微有沮丧的神情，他最喜欢下棋。

“以王爷的棋力，早三步就应该看出这盘棋走投无路，王爷最后的几步，可谓是困兽犹斗。”谢玄冷笑，所下的断语毫不留情。

嬴无翳也不发怒：“你的棋力远高于我。如果上阵，十个你都不在我眼里，不过在棋盘上，你是苍鹰而我只是野兔。不过苍鹰搏兔，野兔也有蹬鹰的一搏。”

“生死关头当然不妨赌一赌，不过不到最后关头，却没有必要斗得如此惨烈。”

嬴无翳双眼一翻，目光忽地犀利起来：“你有话说。”

谢玄点头：“今天早晨接到斥候的飞鸽，华烨的风虎骑兵三万人马整装待发，随时可以开拔进入天启。现在正在当阳谷口和柳相所带的两万赤旅军团对抗，柳相不发动，华烨也不会发动。柳相冲锋陷阵不行，排兵布阵上却是罕见的兵法家，但是要挡住华烨，只怕力所不能及。若是被击溃，只有向着西面溃退，尝试着从雷眼山脉尽头的小路盘绕回国，损失将极其惨重。”

嬴无翳点头：“丑虎确实是强劲的对手。”

“不错。东陆四大名将，一龙一虎，一豹一狐，堪称各擅胜场。丑虎华烨现在不动，他的赌注，就下在‘龙将’白毅能够击败王爷上。到时候他再发动攻势，可以把柳相的军团和王爷的残兵一起绞杀。”

“那剩下的诸方各是在何人身上下注呢？”

“这次盟军的诸侯中，真正下了血本的只有下唐国、淳国和楚卫国三家。下唐赌的是和楚卫攻守同盟的合约，楚卫赌的是驱逐王爷进而掌握天启城，剩下的几家不过是赌楚卫军与我军两败俱伤。他们才有趁乱而起的机会。”

“看来我们的对手，也非一块铁板。”

“不过王爷要清楚，”谢玄笑道，“他们中虽然各有矛盾，却没有一人想轻易放我们离开殇阳关！当年锁河山会盟，诸侯之所以同意王爷以天启守护使的身份占据帝都，就是因为他们可以借机把王爷困在帝都中。这一天他们已经等了许久，七万大军，压城欲摧啊。”

“你继续说。”嬴无翳忽然笑道。

“就像这局棋，”谢玄指点残局，“王爷的棋力并不弱，中盘的杀力还在属下之上。但是王爷的布局则是一塌糊涂，虽然凭借中盘恶战夺回一点优势，却无法弥补大局上的损失。王爷用兵也一贯如此，当年仅以五千雷骑兵就占领天启城，用兵险到了极点。那一战虽然大胜，可是我军就此被困，反而失去大势。现在国中内乱，王爷又不得不放弃帝都杀回离国。原先那一着险棋就白走了。六年来风云变幻，虽然王爷霸主之名得以确立，但是并没有占据半分实地。就算王爷的后着可以奏效……”谢玄收住了话头，“总之此时遭遇东陆六国，对手营中名将如云，我们的棋可不好下。”

“当年我们密议要进攻天启的时候，你可未曾说那么多话来反对我。”

“当年为臣年少无知，以为王爷说的都是对的。”谢玄坦然道。

“都是废话，”嬴无翳冷笑，“从你认识我的那一天起，我就没觉得你那么信服我。”

“不过总之王爷做事，凭着血性而行的时候还是太多了。我所要信服王爷的是王爷的血性，我所要劝说王爷的，也是收敛一下血性。”谢玄微微躬身，表示他的慎重和诚恳。

沉思片刻，嬴无翳点头：“你说的我也曾想过。不过当初占领帝都的时候，没料到国内的局势会失去控制。真儿治国的才能实在太让我失望了，可惜老师不在了。”

嬴无翳说的是自己的老师，离国老臣李桐。嬴无翳以往出征，国内有李桐监国，所以后方稳固，李桐去世之后，嬴无翳丧失强助，不得已委长子嬴真以重任。然而嬴真终究还是不能让狮子般的父亲满意。

“其实不能都责怪公子。即使还有李相监国，王爷离开那么久，下面有野心的臣子依然会有所动作，不过不像现在那么嚣张而已，”谢玄面色凝重，“王爷有没有想过，为什么王爷在离国的时候，群臣俯首，而王爷一旦离开，国中的臣子们都放肆起来？”

“说下去！”

“因为臣子们对王爷更多的是畏惧。治国的手段，以王道为最上，怀柔，致远。不过王爷的手段，”谢玄冷冷地道，“只是霸道！”

“霸道？”嬴无翳凝视谢玄，眼里有说不出的寒冷，像是含怒不发。

“霸道！”谢玄并未有丝毫退缩。

忽然间，嬴无翳展颜一笑，起身缓步走到帐门处，掀起帘子看向外面。此时已经是午夜时分，离军武士们手持长戟静静地站立在街道屋舍的阴影中，每隔十步一支火把，延伸到远处变成数条长而细的火线，纵横割开漆黑的关隘。远处城墙上的大旗在半空中哗啦啦地震动，骑兵敲打梆子，高呼着驰过城墙，将命令带给守城的步卒。一阵夜风吹得急，重锦的大袍似乎都被吹透了。

“我们离国，当年不过是一个南荒小国，世人都称我们是南蛮。天下最不得势的诸侯就是我们嬴家，那时候每年给天启城公卿的供奉，宫中都出不起，非要启用国库。连年借钱，连年还不上，每到春荒还有饥民饿死。我的曾祖春节朝觐皇帝的时候，皇帝抛洒宫中特制的金钱，他竟然被争抢的人群踩死了，”嬴无翳低低笑了起来，“但是我即位二十年，我国横空出世，称霸东陆！若不是最奇的兵，最险的路，谁能想象我们南蛮也有如此的一天？”

“小心经营？”嬴无翳忽地大笑，“谢玄，你以为我会做一个富家翁老死么？”

谢玄面色微变，离开座席站起。

“男儿生在世间，就当策马纵横，长锋所指，四海宾服！”嬴无翳低喝道，“人难免一死，或者死在床头，或者死于刀下。我今年已经四十二岁，我能看见天下都是离国的一天么？”

嬴无翳和谢玄目光相对，一时间帐中静得骇人。

许久，谢玄忽地满面严肃，掀起战衣半跪于地：“王爷坦诚相待，谢玄感恩至深。谢玄有不情之请，望王爷有朝一日端坐太清阁上，赐谢玄以柳林书院。”

嬴无翳微微一怔。柳林书院是天启城国学馆之外最富盛名的书院，即使他占据天启城的时候，也不敢辱没斯文，所以严令军士不得入内骚扰。对于赏赐，谢玄素来洒脱，今夜忽然求赐柳林书院，嬴无翳一时茫然起来。

“如果王爷战败，谢玄也追随王爷死于刀下。”谢玄笑了起来。

“柳林书院？只要那个地方么？”嬴无翳略有些奇怪，“那个地方不值几个钱，我大可以赐你些别的。”

“是个让人怀念的地方，”谢玄笑了笑，“别的赏赐，都由主上。”

两人各自归座。

“说起来，白毅这两天在做什么？”嬴无翳忽地问。

“夜夜在城外的空地上吹箫，据说吹得很不错，我们的军士不少都等着夜来听他的箫声。”

“吹箫？”嬴无翳愣了一下，笑了起来，“我若是没有想错，现在是我们被十万大军围堵在殇阳关里，难道不该是我夜夜吹箫以示从容么？”

“也许白毅是想说他还不急着破城，被围的吹箫是示敌以镇定，围城的吹箫是示敌以从容，各有各的弦歌，各听各的雅意，”谢玄说到这里一笑，“不过王爷可不会吹箫。”

“箫，听总是会的。有点意思，明夜跟我去听听白毅吹箫。”

八月二十一，夜深。

殇阳关苍灰色的城墙被火焰映红。面对着这道雄关的平原上，相距两百五十步就是联军的拒马和栅栏，栅栏前每隔十步一堆篝火，照得周围一片通明。联军的军士们就背对着火堆靠在栅栏上取暖打盹，六色旗帜在风中偶尔起伏。

离军的弓箭手结队在城上经过，对峙了半月之久，离军的步卒也顶不住困倦，三三两两地缩在垛堞阴影里睡觉。率领弓箭手的千夫长并不说话，只是大步上去，用力拍打那些步卒的头盔。步卒们纷纷醒来，不敢和怒目的千夫长对视，老老实实地低着头，回到各自的位置上去了。他们都熟悉这个脾气暴躁的千夫长，也是雷骑右都统的张博，知道在他面前抱怨什么都是没有用的。何况张博也并不轻松，接连半个月，张博每夜都带刀在城上巡视，长长的城墙走一圈足有五里，张博前半夜走一圈，后半夜再走一圈。

“睡！梦里被人把头砍了！”张博低声吼。

他巨大的身体后面闪出了披挂黑色骑甲的年轻人，年轻人对他摆了摆手：“发怒无用，这么些人都那么困，想必是有原因。你们是几班轮值？”

军士们不敢怠慢，他们也认得出谢玄，虽然这名将领执掌雷胆营，很少下到营寨里和普通士卒谈心，不过他和张博齐名，是嬴无翳左右双手。

“说起来三班轮值，可是夜里经常被拉起来上城，也不知道怎么排的，一天倒要值两班，乱七八糟的。”军士年纪不小了，仰起脖子灌了一口淡酒，用袖子擦了擦嘴。离军多半是南蛮边地招募来的战士，两样东西，一是酒二是刀，必然要带在身边，掉脑袋也不能掉这两件东西，所以军中只禁烈酒，淡酒对于这些士兵而言，就像是清水。

“这样啊。”谢玄点了点头。

“怎么？”重铠重盔的人影忽地站在了谢玄背后。

“王爷！”城头的士兵们惊立起来，一起跪拜。

嬴无翳摆了摆手，令他们起身，看着谢玄：“怎样？”

“各营之间的联络不畅，到底谁上城值守，看来没有人能搞清楚。”谢玄挥手一招，身后一名雷胆闪出。

“你带马，在城头上跑一圈，算算大概今夜哪几营在值守，多少人，回去之后，报给我知道。”谢玄道。

“是！”雷胆拉过一匹战马，马蹄声远去了。

“他能算清？”嬴无翳笑。

“我的人，我有信心，”谢玄也笑，“他从军前，是个贩水果的，一箱大概多少果子，他随手翻翻便知道，要说数数，雷骑里大概没有胜过他的。”

“白毅一般什么时候来？”嬴无翳踱到垛堞边。

“说来也就来了。”谢玄指着远处。

嬴无翳放眼望去，城下远处是楚卫国的步卒列阵防御，阵地前布满鹿角栅栏，阵上一列火把，照着火焰蔷薇的大旗。而此时，阵后火把照不到的地方，一个缥缈的白色影子极快地接近。那是一匹极优雅的白马，奔跑时马鬃和马尾散开，如同野马奔跑在荒原上。马背上的人一袭白衣，衣袂飞扬。

整齐的楚卫军阵列忽地从中断开，像是被一刀斩断，从人群的缝隙中，白马翩然而过，进而绕过鹿角和栅栏，很快，它就逼近到距离殇阳关城墙不过四百步的地方。马上骑士抖衣下马，不持枪也不佩剑，隐隐约约腰间横着一管长箫。

“他这一马独行的风度，要是放在天启城里，那些贵胄名媛们想必要尖叫了吧？”嬴无翳笑笑。

“是，他若是踏入天启城，想必民众焚香箪浆相迎，贵族家的娇俏女儿们排着队投怀送抱也是有的。不若我们进城，家家闭户，若不是王爷你手里握刀兵强马壮，估计就人人喊打了。”谢玄笑。

嬴无翳摊了摊手：“没办法，你说的，我是乡下诸侯，要用乡下人肮脏的屁股玷污皇帝的宝殿，还想有什么待遇？”

此时白毅放马在后面吃草，他抽出了腰间的箫抚摸着，独自一人踱步，步子轻缓。

白毅停下了脚步，箫声漫漫而起，仿佛水波溢了出来，从极低的地方缓缓地升起，一直升到殇阳关的城墙那么高。八月的夜里本来不冷，可是白毅的箫声一起，周围的温度像是忽然降了许多。

嬴无翳一皱眉：“谢玄……他吹的是什么曲子？我怎么不曾听过？”

谢玄压低了声音：“王爷说会听箫，那是听惯了夫人的箫声。夫人的九节箫冠绝一时，可是本地都是晋北的谱子，清涩孤寒，不是英雄平涉杀场的雍容。丝竹六大家，倒有四家是在帝都，风临晚的‘柳上莺’王爷是知道的，莫子虚的排管、左骖龙的‘洒手箫’、八声蝉的‘碎箜篌’王爷就不知道了吧？”

嬴无翳摇头。

“这四位中除了风临晚年轻，其余都是二十年国手。夫人的九节箫师承袁函先生，而袁函先生和帝都的四位并称。喜皇帝要说做皇帝，是二流的，要说文采丝竹，却是一流中的一流，莫说皇族，大胤满朝敢在喜皇帝面前谈曲乐的也不过三两人。而喜皇帝曾说天下乐章帝都得其大半，就是说六大家中四大家都在帝都。”

“他曲艺上有绝世之才，这也是最初我不愿杀他的原因之一，这个傻子却往刀口上撞来。”嬴无翳摇头。

“白毅毕竟也是皇族旁支，奉着勤王的旗帜而来。此时两军阵前，他自然要标榜自己的身份，他吹的是帝都的曲子，雍容刚正，有卿相的风骨。”谢玄在掌心无声地叩着拍子。

“又要说我是南蛮的乡下诸侯么？”嬴无翳斜觑着这个仿佛沉浸在音乐中的部下，“以你听来他吹得怎么样？”

“要说国手必然是不如的，不过也是国手的弟子，听来有左骖龙的清刚之气，大概有所传承吧？这首曲子叫作《慢吹红》，本来是酒席中乐师奏来助兴的曲子，闲适慵懒得很，不过在他手中，把多余的变化都略去了，孤寒高远，隐隐的有些悲意。”

“悲意？”张博斜了斜眼睛，“他东陆第一名将，带着七万大军把我们围在里面，牛皮烘烘，他悲什么悲？”

“有的人，给他一壶酒他就不愁了，而有的人，就算拥有天下也是要悲的。”谢玄笑，“其实所谓悲愁，无非是过去之人不可追、现在之心不可安、将来之事不可知，这是万古之愁，不会变的。可白毅的箫，好在悲愁之外有一股寒气，仿佛刀剑在鞘中，不外露，却自有清刚！”

箫声忽然断绝！

嬴无翳愣了一下，遥遥地看见俯首吹箫的白毅抬起头来。

“灭灯！白毅以弓箭成名！”谢玄根本没有等待军士动手，一掌拍掉了旁边最后一盏灯笼。

周围军士被惊动了，几乎是同一刻拔刀，冷光烁月。

“这里距离他至少足有二百五十步，就算是白天也未必能命中，咋呼什么？”张博低声吼道。

嬴无翳站在黑暗里，纹丝不动。

谢玄用力调整自己的呼吸。他也不知是为什么，触到白毅目光的瞬间，他觉得一根冰冷的芒刺从背脊上扎了进去，仿佛那就是一道箭，已经洞穿了他。他就着星月的微光，瞥了一眼身边的离公，嬴无翳神情不变，饶有兴趣地看向城外。

“是白毅有幸么？城楼上听箫的是离公殿下吧？”白毅忽然扬声呼喊。

一片寂静中，嬴无翳低低笑了几声：“白大将军吹得很好，我的部下谢玄说，《慢吹红》中听出金铁的清刚之音，不愧是东陆第一名将。”

他的声音并不很高，可是低沉凝重，带着笑意在微凉的夜里传得很远。

“东陆第一名将，并非靠箫吹得好，”白毅顿了顿，“七日之内，引兵破城！”

所有人都在发愣的时候，白毅已经翻身上马，驰向了楚卫军团的营寨，而他的高呼声还留在空气中回荡。众人面面相觑。

“谢玄，今天是八月二十一日吧？”嬴无翳若有所思，转头看着自己最亲信的助手。

“王爷记得不错。”

“七日内决战，就是八月二十八日……”嬴无翳以马鞭敲着掌心，自言自语着走向了上下城楼的阶梯，“快马回九原，或许还赶得上夫人的生日。”

谢玄愣了一下，微笑：“我倒是忘了。”

“我夫人的生辰，你记着干什么？”嬴无翳也不回头，随口说着。

张博茫然地上前几步，看看离公的背影，又看看嘴角含笑的谢玄：“你和公爷还有心情那么多废话，有什么用？白毅说了七日破城，可到底要怎么破城？难道等着白毅的刀砍在我们脖子上？”

谢玄苦笑摇头：“对手是东陆第一名将，我们哪里知道他的方略。若是我的军阵智计还高过他，岂不我是第一名将了？”

“那……那你说什么废话？”张博瞪大了眼睛。

“既然不知道，只好谈谈风月喽。”谢玄摊了摊手。

“谈谈风月，免得我有个部下，老说我是个乡下诸侯。”离公的声音传来。

张博愣在那里，“你们讲话我不懂！就是不干不脆！”

谢玄看着他的背影，脸上一抹笑容不褪。

马蹄声由远而近，刚才那个出去转城的雷胆已经回返。他下马半跪：“统计完毕，此时城内值守的共计一百二十五营军士，约计一万三千人。本该值守的人仅为九千人。”

“果然是过于紧张，恨不得把全部人都赶上城了。传我的令，重新划定值守的次序，赤旅每旅分四队轮值，两队防御，一队休息，一队营中候命！不该值守的，统统待在营里，该睡觉的睡觉，该候命的候命，不要都上城来转悠。要注意水火，严查来路不明的人靠近军营，城上箭支石炮的守卫加派人手。你们至少还要支持七日……如果到那时我们还没有死……”

“是！”

“八月二十一……东陆第一名将……真有这样的信心么？”谢玄回头扬首，看见漆黑的夜空里一钩下弦月凄冷地悬着，锋利如狼牙。

八月二十二。

中州，王域的北方，当阳谷口。

临时搭建的一间小屋中铺着竹席，黑盔黑甲的将军盘膝端坐在竹席上，面前横着一柄古朴的直刀，一炉薰香悠悠然升起来，香烟极细而直，直到升至一个高度才忽地散开。这是因为安静,秋日的早晨,没有一丝风，冥思的将军也没有任何呼吸，如同一尊雕塑。

这是当阳谷一带天气最好的季节了，天高清远，旭日温暖。小屋全是用不去皮的松木搭建的，异常简陋，甚至没有开窗，但是松木间多有缝隙，透入了带着水气的新鲜空气，令人精神为之一振。

香烟忽地散乱了，同一时刻，将军睁开了眼睛。他的脸完全遮蔽在面甲下，只有一双瞳子暴露出来。

脚步声越来越近了，而后跑来的人急刹脚步，跪在了门外。

“这么早，是有特别的事么？”将军问。

“禀报华将军，殇阳关前有急报，白毅白大将军已经约战离国公殿下，战期是六日之后！”

“拔城之战，一攻一守，攻的要乘其不备，守的要四时提防，怎么还有约战的？白毅倒也真想得出来。那么离国公殿下是如何回复的呢？”

“据说昨夜两人口头相约，离国公殿下已经应约了。”

“倒是也干脆。是霸主和名将之战啊，所以不但斗阵上的输赢，也斗胆略、威仪和气魄。可惜不能去殇阳关前亲眼看这场战斗，”将军似乎是惋惜，叹了一口气，“还有别的事么？”

“有的，离军统帅柳闻止又有礼物来。”

“哦？是什么礼物？”

“这一次是几卷大晁时的旧书，送来的人说是柳相最喜欢的几卷书，所以不能馈赠给将军，将军若是喜欢，还请看过之后归还。”

“哦，”将军淡淡地道，“是哪几卷啊？”

“是《韶溪通隐》、《海苍志异录》和《冼山知闻笔记》三种。”

“真是知道我喜好的人。晁版的古书，如今也是价值连城的珍物了，柳闻止先生不能小看。”将军道，“书收下，传令前军列阵，日上三竿的时候，我们如前几日的规矩，和柳闻止先生在阵前说话。”

“是！”

“请为我传笔墨进来，我要写表给皇帝陛下。”

第四章 神之使

日上三竿。

一万名风虎铁骑列作一字长阵，隔着五百步面对一万赤旅部族红色的防线，防线前列着栅栏，弓箭手默立在栅栏后，遥望着两军阵地间烟尘滚过。

风虎骑军的阵线忽地裂开，一骑紫骝长嘶出阵，缓跑着去向阵地中央。与此同时，赤旅步兵搬开了栅栏，一匹青白色的战马也踏出了防线，向着对面过来的紫骝接近。

两匹战马在阵中相遇，隔着一丈站定。马背上的人各自躬身行礼。

“我派人送去的东西，华烨将军已经收到了吧？”青白色的战马背上，是一个宽袍的老人，须发已经花白，虽然是达官贵人的装束，却不能掩盖他在边地常年日晒的古铜色干裂皮肤。他没有佩剑，也不披甲胄，坦然前来有如故人。

“谢谢柳闻止先生，三卷古书都已经收到。这次的礼物确实太过贵重，无以回报，请贵军的来使带了一块我珍藏的薰香回去，是很有名的龙息香。”

“淳国的龙息香，听说很久了，可惜还无缘见到，也要多谢将军。”

淳国风虎的名将华烨就这么和离国左相柳闻止在阵前平静地对话，而此时他们各自的身后，两军战士刀枪并举，随时等待着一声号令就呼吼着大步齐出。但是战士们已经等待了六日了，华烨和柳闻止的对话延续了六日，每天早晨他们在这里说话，然后各自散去，还要行礼道别。

时间长了急行军而来的风虎铁骑们都有种错觉，这一战只怕是要十年二十年才能打完了，一直打到对面敌军领兵的那个老人老死为止。

“白毅将军和离国公约战的消息，柳先生也应该知道了吧？”华烨忽地问道。

“今天凌晨消息送到的，可惜不能亲身在场，看不到绝世的一战。”柳闻止答得淡然。

“我也惋惜。”

“白毅将军和我国主上这一战，白大将军手中七万大军，势可摧城，我国却有三万赤旅五千雷骑，仗恃殇阳关的险峻，可以说胜负的机会各半。如果我国主上取胜，就可以借势突围，如果白大将军取胜，主上或者选择向着天启城后退。对于华烨将军而言，此时若能击溃我部，得以穿越王域紧逼殇阳关的背后，一则可以威胁我军主力，二则若是两侧夹击，我主无处可走，可能就要战死殇阳关下。”柳闻止道，“我想将军接到消息，第一个行动一定是进表皇帝，要求淳国大军通过王域吧？”

“如柳先生所言，我的书信今早已经发了出去。”华烨毫不隐瞒。

“那么直到皇帝恩准将军的大军通过王域，我们两人是不必一战的了？”

“此时我们两人作战，不过多造杀孽，令战士们流血，华烨看不出有什么用处。”

“将军有‘虎神’的称号，果然是守护士兵的军神般人物，在下钦佩。”柳闻止赞叹道。

“我以前听说柳先生和李桐李先生并称为离国左相右相，皆是传国之臣，而非攻杀之将，想不到这一次对阵，居然是柳先生领兵，而且结阵整齐号令威严。若不是这样，华烨早就出兵一战了。”

柳闻止笑笑：“我确实是个文人，而且老迈。以将军的刀剑之术，我们现在相隔一丈，将军要取我颈上人头，根本就是轻而易举。不过将军所以不杀我，是因为即便杀了我，也没有什么用，我死了，我手下的将官士佐还是将按照我留下的方略死死防守，直到我主杀出殇阳关归国。”

“那到时候这支赤旅将何去何从呢？会投降我军么？”

柳闻止摇头：“两万人的大军，哪里有投降的道理？当时定下的方略，一旦战败，全军将会分散，绕过雷眼山西麓，长途跋涉向着故国回归。也许会死很多的人，不过还是有一些将回到家乡。”

“离国公真是霸主，定下方略，不惜把两万人的命押在赌局上么？”华烨感慨。

“但是我们都将追随这位霸主，即便要我们翻山越岭才能追上他的战马。这就是为什么我们离国的兵少将寡，出产也及不上诸强国，我国却得以称霸诸侯的原因。”

“是，若论斗志，我们都比不上柳先生身后的军队。”

两人沉默了一会儿。

“那么今日就这样吧，我们各自回营休息。我们在这里说话，身后的将士却紧张不安。现在太阳就要升高，热得逼人，不必让将士陪着我们吃苦。”华烨道。

柳闻止点了点头：“将军的提议也合我心意。不过我想提醒将军，穿越王域的许可不是轻易可以拿到的，对于帝都的皇室大臣们来说，无论离国还是淳国或者楚卫国，都是诸侯。我想将军明白我的意思。”

“我明白，如今的皇帝，再也不想看见任何一个诸侯的士兵出现在天启城里。不过，我除了试试，也别无办法。”

“那么如果将军得不到许可，将军会如何处置呢？”

“要看形势变化而定，因为我知道白毅如果取胜，他是一定会进军帝都的。他不但是忠臣，更是权臣。在白毅的眼里，他守护的只是大胤朝，却不是朝堂上的皇帝。皇帝不准，他也会照旧进军。如果是那样，我也会配合他。”华烨道。

“将军是忠臣，也是信义极重的人，不能对抗皇室。所以将军的三万铁骑可以纵横天下，却在王域面前和我两万赤旅对敌久久不能开战。但是为了白毅，将军会违逆皇帝的旨意么？”柳闻止问道。

“我虽然不愿对抗皇室，但是我知道如果天下还有人能够克制嬴无翳，那便只有白毅。所以白毅不能死，为了白毅，华烨可以随时听他的将令行动！”华烨声音不高，但是仿佛金属般落地有声。

柳闻止叹息一声：“这是名将之间的信任和情谊了。那么，我等待我们之间开战的那一天好了。”

“先生所赠的古书珍贵，先生说要归还，我必将在开战前争取看完，而后派人还给先生。”华烨低声道，“希望我还有足够的时间。”

“好！”柳闻止掉转马头就要离去。

“柳先生，我还有句话问。”华烨在他背后忽然道。

柳闻止勒马回头。

“柳先生为什么会送那三本古书给我？其实这三本都是华烨找了很多年而不得的晁版古书，当时听见，心里惊跳了几下，觉得被柳先生看穿了心思。”华烨低声道。

柳闻止一笑：“我听说将军隐居的时候每日焚香冥想，希望能够澄澈内心，想明白人世的真谛。”

“是。”

“我比将军年长，我如将军那么大的时候，也曾苦恼困扰，看世人在大地上生活，仿佛在一炉铁水中煎熬，诸多痛苦诸多无奈，却无能为力不得解脱。后来有幸读过一本长门教的经典《长门经》，一时间思绪飞扬，觉得洞开了另一片天地，眼前的一人一物不再只是一人一物，我自问到底什么是人，什么是物，什么是善恶，什么又是得失。那时候我常常走在九原城中的街道上，九原阳光锐烈，我只觉得周围一片白亮朦胧，仿佛诸种幻境缥缈不真，夜来我就在灯下读一些稀奇古怪的书，畅想海天尽头，想此一世界之前此一世界之后的事情。这些古书都是那时候倾尽身家买来的，我想将军或者也会喜欢。”

华烨行礼："确实如柳先生所言，华烨所以冥想，正是觉得天地很大，自己懂得很少。"

柳闻止笑："便是一个老人，对于一个年轻人的馈赠吧。将军把所知所闻传给比将军更年轻的人，便可以对得起我了。我曾遇见的一个长门僧便是这么对我说的。"

"如果是在别的地方相遇，我们或者会成为朋友吧？"华烨沉默了一刻，"或者我们会是两个同行在荒野上的长门僧。"

柳闻止还是笑，笑容耐人玩味："那是以前了，如今我不再困惑。"

"不再困惑？"

"将军难道还不明白我为什么不困惑？"

"因为柳先生遇见了离国公么？"

"是，"柳闻止眺望远方，仿佛出神，"因为我看见那个孩子的眼睛。"

"孩子……"华烨叹息了一声，"东陆的霸主也曾是个孩子么，在柳先生的眼里？"

"每个人都是孩子，譬如现在站在我面前的将军，将军不是也说了么，忽然发现天地很大，自己懂得很少。不懂事的，难道不是孩子么？"

华烨犹豫了一刻："那么柳先生可以教给一个孩子如何破困惑么？"

"这个天地间每个人都有自己的家，都要回自己的家去。你的困惑是你没有找到你的家，你要找到那里，便不困惑了。"柳闻止笑笑，"我的家和将军的家不在一处。"

他策马而去："但是虽则我和将军不会是两个同行的长门僧，但是我们确实可以变成朋友的，如果不是在这里相遇。"

望着他马后飞扬的尘土，华烨摇了摇头，仰望天空。

帝都天启，太清宫，政和大殿。

"这个华烨，到底是什么人啊？怎么没有听过此人的名字？难道淳国派来勤王的竟然是个无名小卒？就这样的人还敢上表要求大军越过王域？”皇帝明显压抑着愤怒，在帷幕后不轻不重地拍了拍案子。

“陛下！”少府副使出列，“华烨是淳国当之无愧的第一名将，淳国三军都指挥使。陛下没有听过他的名字是因为此人隐居了已经有四年，不得重用，这一次淳国重新起用他，大概也是为了勤王所需。”

“淳国三军都指挥使？”皇帝的语气和缓了一下，“那么程奎呢？以前你们不都是说程奎的么？程奎不是风虎骑军都统领么？”

“禀陛下，程奎只是副职，华烨即便在隐居中，依然兼领风虎骑军都统领衔，程奎不过代他掌兵。当年程奎是华烨的副将而已，两人之间，不啻天壤之别。”

“哦，这么说此人真是有些来头了。”皇帝点头，挥手。

帷幕外的禁卫下阶把刚才被掷下去的表文拾起，恭恭敬敬再次送了进去。

少府副使退了下去，大理寺大正卿迈出队列：“华烨确有威严，而且他如今部下三万风虎铁骑，是我朝最大的铁骑兵军团，此时如果他可以越过王域直击嬴无翳背后，几乎可保必胜。”

“那么允他跨越？”皇帝迟疑。

大理寺大正卿微微犹豫：“但是当阳谷口还有离国留下的两万赤旅防守，即便准他跨越，他也必须先和离军决战。即使他一战成功，仗着风虎骑兵马快，要赶到殇阳关背后，差不多也是白毅和嬴无翳约战的日子了。”

“那就是说没准等他赶到，仗都已经打完了，我们还要这个倾世名将赶去有什么用？”皇帝不耐烦起来，“难道是派三万大军去给嬴无翳收尸？”

他顾盼群臣，“太傅怎么想的？”

太傅谢奇微出列：“臣以为陛下的顾虑有理。”

臣子们中发出了几声低低冷冷的嘲笑，空隙里投来的眼神满是鄙夷，而太傅巍然直立，毫不介意，看来极有名臣的风度。

皇帝也冷笑：“太傅太傅，果然有理啊。”

皇帝对于这个太傅也早有不满。谢奇微是个墙头草，嬴无翳占据天启城的时候，有气节的皇室重臣都居家称病，谢奇微却奔前跑后帮助嬴无翳施政，算是天启大臣中最得嬴无翳重用的人。但是他也不忘讨好皇室，派出心腹三天两头入宫供奉各种用品，向皇室保证依旧忠心，皇帝和嬴无翳之间的斡旋也往往由他出面。所以新帝虽然不喜欢他，却也仰仗他，嬴无翳大军离开天启城，谢奇微立刻又变成了靖难的大功臣。

谢奇微不是豪族出身，从下层升上来，办事极有章法。不过他年纪已经大了，又没有骨气，关键时刻要他决断什么，他立刻四面讨好，无论说什么都称有理。所以群臣和皇帝嘲笑他。

“不过臣下倒是有些顾虑。”谢奇微又道。

“哦？”

“祖宗训示，寻常时候，诸侯兵马不得踏入王域半步。即便遭遇大事不得不如此，也要诸侯具表连续三请，三道表章皆在太庙前焚烧，再加三牲礼敬，占卜观星得吉兆方可。而后还要人下马，刀封鞘，由皇室派遣羽林天军护卫过境。这道祖训，风炎皇帝在位时候多有违背，那时候为了北征蛮族，帝都城内大股小股的诸侯兵马出入，喧闹纷扰，太清宫前也是遍地马粪。士兵又偶有偷盗抢掠奸淫的，公卿家无不闭户。”谢奇微叹了口气，“这次华烨也要过境，虽则未必如此，但是他急行军来去，帝都的威严安宁，只怕是荡然无存了。”

“嗯……这个确有道理。”皇帝沉吟。

“陛下！”少府副使再次出列，他新晋不久，锋头正锐，一张英挺的方脸上因为振奋而微微发红，“臣下以为谢太傅的顾虑不妥。”

“你有什么说法？”

“如今殇阳关下，白毅将军领七万联军人马，嬴无翳仅有三万五千军马，可是陛下不可认为嬴无翳将死于殇阳关下，相反，臣下以为现在占劣势的其实是白毅将军！”

“七万人敌不过三万五千人，舞阳侯号称东陆第一名将，输了有何颜面立足世上？”皇帝冷笑，“还不如自裁以谢天下，免得蛀虫一样食我皇室的俸禄！”

“陛下！”副使跪下，“军法有言，‘十则围之’，己方兵力十倍于敌军，方可围杀。白毅将军在殇阳关下封堵，便是半个围城战术，以围歼而论，他的兵力还远不能说充足。而且离国赤旅雷骑，天下之雄兵，当年在锁河山下，诸侯兵势连云，照样也是被雷骑的冲锋击溃。此次嬴无翳志在归国，陛下试想，千军万马的围杀之中，难保没有漏网之鱼，单骑突围又是何等容易！而嬴无翳一旦归国，离国还有五万赤旅整装待发，以嬴无翳的威名，不几年又是十万大军！”

朝堂上下，臣子们均是微微抽了一口冷气。这些皇室大臣都是贵胄名门的后人，出身军旅世家的极少，听说白毅七万大军，本来觉得勤王之军已经必胜，不过这时候听说“十则围之”，心中忽又惴惴不安起来。

皇帝也沉默了，帷幕后传来叩击桌面的咚咚声。

“所以若是两军接战的时候，风虎骑兵三万人从殇阳关后发动攻击，对嬴无翳无疑是重创！如果嬴无翳不是忌惮这一点，也不会留下两万赤旅在当阳谷口把守。这两万人，几乎是注定要牺牲掉的啊！陛下请三思！三思！三思！”副使大声道，“如今的时间，是一刻也拖延不得了，请陛下即刻准奏！华烨将军将立刻发动攻势！”

“可是宗室重地……是再经不起蹂躏了……”皇帝低声道。

帷幕后皇帝隐隐约约的影子站了起来，踱步思考，顷刻，传来悠然的长叹。

“陛下有没有兴趣听听女流的看法？”有个低低的女声道。

“长公主有良策么？”皇帝的声音忽地透出惊喜来。

皇帝的帷幕下，另有一个纱笼，金黄色的轻纱中笼着一张案子，缥缈的香气从纱里透出来，幽幽地在满朝臣子鼻尖上扫过。声音便来自纱笼中。

“你叫程重晋是吧？出任少府副使才不过三个月。果真是熟悉兵法的人，放在少府用，委屈了，改日转配羽林天军为上。”长公主的声音里带着笑意。

臣子中立刻传来低低的冷笑，那是和副使有仇的人。转任羽林天军对于一个只读过几卷兵书的人而言有个什么样的未来，众人心里都清楚。这道敕令是奖励还是惩罚，也就不言而喻了。

少府副使涨红着脸，事已至此他不能退缩，扬着脖子大声道："谢长公主开恩。"

女人冷冷地笑："少府，是个管账算钱的地方，容不得俊杰的。以前有个叫姬谦正的副使，也是上得马也拿得笔的，于是便不安分了，喜皇帝即位的时候，居然和逆党结盟，便被举家逐出帝都，永不准入。我也是出于历练你的苦心。那么程副使，我问你，你可知道帝王家以什么统领天下？"

"仁政！"

"仁政？"长公主还是冷笑，"那是腐儒说的话，你是个兵家，怎么也这么迂腐？治人心用仁政，是不错的，但是人心里面总有些鬼祟的东西，就算一万人中九千九百九十九个都服你的仁政，还是会有一个逆贼跳出来挑唆众人。嬴无翳就是这样的逆贼！"

她说到这里声音忽地提高，尖厉地穿过整个朝堂，臣子们心惊胆战，一齐跪下聆听。

长公主咳了两声，声音回复了低沉："统领一方，诸侯靠刀剑。统领天下，帝王靠威仪。帝威赫赫，有犯则斩！先皇帝开国的时候，分封诸侯，在这个王域里，只给自己留下三万人。三万羽林天军，不要说诸侯联手作乱，便是淳国三万风虎，只怕也攻陷了天启城。可是这么些年来，真的敢进天启城作乱的，还不过只有一个嬴无翳。这么些年来我们又是靠什么守卫的？就是帝王家的威仪。只要威仪不倒，我们号令一起，诸侯还是会齐心戮力，起兵勤王。你们要有信心，也要有皇室大人们的气度，你们就是我大胤朝的体面尊严，天下可死千万人，但是如果太清宫倒了，皇帝不在了，就是没有天日了，那时候便是四野战乱，人如野兽！"

"长公主所言极有道理！"谢奇微首先呼应，他不说含混的"有理"，而用“极有道理”四字拥护，已经是难得罕见。

群臣齐声响应：“长公主所言极有道理！”

“程副使，你明白了吧？”长公主的声音变得循循善诱，温婉可亲，“我们白氏，不是一两个嬴无翳就可以推倒的，也不是几个诸侯可以颠覆的。我朝应天受命，根基稳固，便和诸位脚下的大地一体。白毅天下名将，嬴无翳就算能够逃脱，也必然遭受重创。此后楚卫国下唐国等忠心的诸侯，大可以再起兵讨伐，嬴无翳区区一个边地的武夫，有什么值得畏惧？而华烨要超越礼法，率领骑军通过王域，谁能保证他不借机作乱？而且此禁一开，将来诸侯军马都要求借道天启城，帝王家的威严又在何处？”

她修长的影子在纱笼中站起，对着帷幕后的皇帝盈盈下拜：“臣请陛下，斥退华烨，令其严守本分，不要再拖延战机，尽快和当阳谷口的离军决战！”

“长公主所言也是朕的心意！”皇帝振奋起来，却又微微踌躇，“不过殇阳关的战局，缺了华烨……可没事么？”

“臣是一个女流，对于行军作战是不懂的，不过淳国监国大臣梁秋颂的信，陛下还未来得及读到。正是这位忠心的臣子，坚持劝说淳国公敖之润，派出最强的大军勤王，陛下可相信他的判断么？”长公主声音温柔含笑。

“梁秋颂的信？呈上来！”皇帝更加惊喜。

纱笼中一名使女缓步走出，捧着木盘登上台阶，把信呈在了禁卫的手中。皇帝接过信展开，快速地扫过整封信，直到看到最后一句，微微点头。

“如长公主所奏，令华烨从速杀敌，若要穿越王域，必先三表三请！否则，他看不见嬴无翳，羽林天军才是他的敌人！”皇帝的话掷地有声。

“是！”群臣齐声呼应。

皇帝又瞟了一眼那封信函，最后一句简单扼要：“华烨，猛虎也，可驱之吃人，不可养之护院！”

入夜，华烨盘膝静坐在灯前，门外传来了急促的脚步声。

来人嚓的一声跪下定住，一言不发。

“我所上要求穿越王域的表，被驳回了吧？”华烨睁开眼睛，低声道。

“回复已经来了，陛下驳回了将军的请求，还说请将军务守本分，尽快和离军开战，不要再耽误战机了。”传令的亲兵低声道。

“这个结果，我已经估计到。”华烨低低地叹了一口气，“你下去吧。”

“梁秋颂也有信来。”亲兵道，“将军要读么？”

“不必了，我可以猜到他说的是什么，你简单转述一下便好了。”

“梁秋颂说，‘将军此行，与帝都遥望，当守礼自重，不可肆意。帝都者，社稷之基石，天地之轴枢，犯之则有叛国逼君之罪，与嬴逆何异？强雄者，如临深渊，行险道，稍有疏忽，则万劫不复。将军威名素著，世之奇才，望自珍重，勿谓言之不预。’”亲兵道，“这是原话，一字不改，其他的也都是差不多的东西，没什么新鲜的。”

“梁秋颂远在千里之外就知道我想在此刻跨越王域直击殇阳关后背么？明昌县侯或者是世之小人，不过也是行军的奇才啊，帷幕之中运筹千里，我的心思皆被他掌握了。”华烨摇头，“这是一个权力场中的赌徒，不过他要拿来赌的，到底是淳国的将来，还是他自己的命呢？”

“将军……我跟了将军十一年，有一句话想对将军说。”门外的亲兵道。

“我知道你们心里所想，也知道你要说什么，可否不再提这件事？”

“请将军给属下们一个一吐胸中浊气的机会！”亲兵沉声道。

“那么，说吧。”华烨无声地叹息，仰头望着屋顶，他的目光从铁面的两只眼孔中看出去，仿佛透过屋顶的缝隙望着澄澈如洗的夜空，又仿佛什么都没有看。

“嬴无翳有五千轻骑，将军手下却有三万铁骑，只要将军骑在马上举刀一挥，三万个人每个人都听将军的号令。若有不听的，我们也会砍下他的头来！可是嬴无翳是世之霸主，纵横无忌，我们淳国风虎，却像皇帝脚下一条拴着链子的狗，只能看家护院，连踏进帝都的机会都没有。

是我们风虎没有勇气，还是将军没有勇气呢？”亲兵大声问。

“老国主死后，你们的心已经冷了很久吧？”华烨低声道。

“是！将军，兄弟们的心已经冷了很久了。兄弟们多少年来，都在等着帝都能够再出一个风炎皇帝那样的皇帝，再来一次北征，开疆扩土，作为一个武人，一生等的不就是这样的光荣么？可是老国主死后，新国主根本就是梁秋颂手里的一颗棋子，而天启城里的皇帝，将军觉得那个皇帝真的跟风炎皇帝是一脉相承的皇帝么？为什么雄鹰一样的祖先会生下绵羊似的后代呢？”亲兵深深吸了一口气，“将军，我们风虎，如今到底在守护什么呢？”

“一件东西，如果已经不堪守护了，不如摧毁它，重新来过。你们的心里，都是这么想的么？”

“我们流血牺牲，难道只是为了‘忠君’两字的虚名么？将军有什么可以教我们这些迷惘无路的人？”亲兵叩头有声。

“你从军十一年了，你想没想过为什么要从军？”华烨问。

“属下不知道别人，属下知道的是属下那时候看见将军得胜荣归，将军登上城楼说，我们佩刀持剑，为了故国安宁和兄弟们一起的光荣！”亲兵恨声道，“可是如今我们还有故国的安宁么？我们看着嬴无翳的铁蹄踩过，没有办法制止，我们的兄弟战死，没有人可惜。皇帝对我们说的是什么？只是去战斗去战斗去战斗，我们为什么去战斗啊？兄弟们不明白！兄弟们希望将军给我们一条路！”

“你们不是不明白！你们明白的！”华烨的声音忽然变得高亢严厉，“你们根本就已经想好了。你们欢心鼓舞地等着我出征，因为这样我手握三万大军，军临帝都城下。这时候白毅还在殇阳关外，我们面前只有赤旅的两万步兵，还有王域里面羊羔似的两万羽林天军。这个世上再也没有什么力量可以阻止我华烨挥军击破帝都的城墙，这是千载一瞬的良机！是不是？你们已经准备好了马刀，要跟我一起杀上帝都的城墙！是不是？”

“是！”亲兵毫不隐瞒，“将军就是杀了我，我也说一句实话，兄弟们的命，是卖给将军的！不是卖给皇帝的！天启城换多少皇帝，兄弟们懒得管。兄弟们不认王旗！兄弟们是跟着将军的战旗而来的！”

华烨沉默着，久久不发一言。

他终于叹了一口气：“如果是我年轻的时候，你对我说这句话，或者我已经提着刀，跟你们一起跨上战马。任他梁秋颂，任他嬴无翳，任他皇帝，都挡不住我的战马。可是，我已经太老了。”

“将军没有老！”亲兵大惊，“将军不可以说出丧气的话，将军正值壮年啊！”

“我已经老啦，”华烨自嘲般地笑笑，“老得不愿意再看见血，老得总是想着太多太多跟自己无关的事情，老得没有喝了酒一笑上马挥刀杀人的冲动了。”

“原鹤，其实你跟我十一年，终究没有明白你自己为什么踏上战场啊！”他叹息道。

“我……”亲兵哑然。

“其实每个男人的血管里，无不涌动着对这苍茫天下的渴望。与兄弟们一起，跟着一个英雄取得天下，这个念头驱使多少年轻人踏上战场，永远不能回到故乡。可是，原鹤，你真的明白什么是天下么？天下不是一个空虚的荣耀啊，天下是许许多多的人，如果你有机会和他们每个人谈话聊天，你或者会喜欢他们之中的一些人，而讨厌另外一些。而你要取得天下，你就要首先摧毁它，那么我问你，原鹤，你真的忍心杀死一个你喜欢的人么？你上阵那么多年，应该已经杀了很多人，可是你没有过这个感觉，因为你还没有机会与被你杀死的人说话。在你看来，你杀死的是敌人，可是你们原来可以不必是敌人。”

“天下，其实是一个活生生的东西！”华烨低声道，“它不仅仅是一个荣耀、一个筹码啊！”

亲兵沉默了，久久说不出话来。

“梁秋颂或许是一个小人，不过他很聪明，他的话说得很清楚。我们手中握着刀骑在马上，有获得天下的机会，这是你的权力，也是你的危险，你稍微走错一步，就将万劫不复！不要让杀气冲昏你的头脑，否则你可以离开我，去投奔嬴无翳。”华烨叹息，“其实你们中很多人都有嬴无翳一样的心，他能给你们的希望和雄心壮志，我不能给你们。这是我不及嬴无翳的地方，我不是他那样的狮子，即便我是一只老虎，也已经被太久的征战磨掉了爪牙。我现在坚持着要做的努力，只是赎回我曾经犯下的罪孽。”

隔了很久，亲兵跪下叩头：“兄弟们是将军的属下，将军教给我们的已经太多，有如父母。别人的父母很好，终究不是离弃自己父母的理由。”

“那你退下吧，这些话，不要再在营里传，免得有杀身之祸。”

“属下知道了。”亲兵道，“但是今早将军说，如果白毅将军和嬴无翳决战，还是可能冒险违抗皇命穿越王域？”

“是，我已经做好了这个准备，但是我要他们逼我逼到走投无路。我不能让白毅死，这是我的底线！”华烨的声音低而锐利。

八月二十四。

楚卫军的营寨外，细犬孤零零地望向黑暗里，警觉地竖着耳朵。细犬在蛮族被看作肉狗，因为它们不善奔驰撕咬，无法看护羊群。但是楚卫军营里的细犬却不同，它们都有军犬的血统，嗅觉和耳力极其敏锐，一只细犬黑暗里能做到的事情是一个营的斥候也做不到的。

这个时候，夜色就像一张巨大的棉被，掩住了一切。

值守的士兵们围绕在火堆旁烤着手，这几天忽然就入秋了，夜里渐渐地有些冷，他们出征很急，身上只有单衣。

“青头今晚怎么老是看着那边？”什长看了一眼那条狗，“不会是有……”

“大哥放松点，嬴无翳在殇阳关里呢。我们守阵后，他还能绕到阵后来打我们？放我们在这里，不过是个摆设。”一名军士宽慰道。

他们所守卫的是楚卫军的阵后，这里距离前军足有十一里的距离，是辎重营驻扎的所在，放在这里镇守的是马夫和一些老弱军士。嬴无翳不可能袭击这里，殇阳关前已经被封成了铁桶。士兵们也明白，所以松懈得很，远不是前军枕戈待旦的阵势。

“反正青头有点怪，鬼鬼祟祟的，一直看着那边。”什长嘟哝了一句。

“嗨！嗨！”他站起来，大声呵斥那条细犬。

声音被夜风远远地送了出去，平原上没有回声，像是被黑暗吞噬了。那条名叫青头的细犬却没有理睬主人，像条守候猎物的豺狗那样一动不动地向着南方蹲着，只留一个背影。

“死狗还真邪了！”什长有点动怒，“给它点颜色！”

“大哥别跟一条狗急，”一个军士拉住他，“大概是思春了，想母狗。”

“他妈的这东西自己就是条母狗。”什长瞪了瞪眼睛。

军士一愣，笑了：“那就是想公狗，反正总是有个想头。”

所有人都愣了一下，一齐笑了起来。什长也大笑起来，心里那点阴影散了，又坐下来靠近火堆搓手：“要是公狗倒是好了，阉了一了百了。”

“杀了炖个锅子才……”刚才那个军士笑着说。

他的笑声忽然刹住了，像是被生生堵死在喉咙里。什长诧异地看向他，发现他的脸色忽地大变，像是看见了什么不可思议的东西。

“那边！那边！”军士颤抖着伸手，指向了什长背后。

所有人顺着他所指的方向看过去，所有人都屏住了呼吸，战战兢兢去摸自己腰间的刀柄。黑暗里，几个影子蹑着步子轻飘飘而来，完全不发出一点声息。就着一点点微光，隐约可以看见它们粗大下垂的尾巴。那是狼，竟是一群狼无声地出现了。这里狼本不多，这么看去却有十几只狼。它们聚集成一队而来，军士们带着佩刀和弓箭，不过对付起来也不容易。

青头却没有发出任何警报，它保持静坐的姿势望向南方。

“见鬼了！”什长压低了声音。他是老兵，熟悉军犬，再蠢的军犬也不会是这个样子的。

那些狼却也没有注意相隔不远的人，它们缓步接近那只细犬，而后一只接着一只蹲坐下来，最后排作一排，都呆呆地望向黑暗里。它们的尾巴僵硬地竖着，被后面的篝火照亮。

“这什么意思？这东西还要跟狼一窝了？”一名军士战战兢兢的。他觉得心头一阵恶寒，不知怎么的觉得这诡异的场面里有种让人想要抱头逃窜的危险。

“妈的，别自己吓自己，几头狼而已！”什长骂了一句。他是领头的，这时候不能乱自己的军心。

“几箭了结它们，扒狼皮吃狼肉！算我们走运了！”他从腰间抽出角弓。

“大哥，别伤了青头。”一名军士道。

“看它自己的造化，这条狗今天真他妈的邪乎！”什长恨恨地骂。

他张弓搭箭，就在这个时候他看见青头把头拧了过来。他的手猛地一抖，因为他觉得青头是在盯着他看，而那双狗眼看起来说不出的诡异。

而后所有的狼也一齐回过头来，它们的眼睛莹莹地在黑夜里发亮，可是看着就像人的眼睛！

楚卫大帐。

息衍喝干了最后一口茶，饶有兴趣地看着白毅。这是白毅的军帐，整个楚卫军团乃至联军都被这座大帐里传出的军令调动，不过此时大帐里空荡荡的，只有白毅和息衍两个人。白毅在烛光下摆弄着什么，息衍手中抛玩着温热的茶杯。

“你在干什么？”息衍问。

“这种秋莲子皮厚，不把尖端磨薄些不便发芽。”白毅对他亮出了手里的东西，那是一铜盘莲子。

息衍笑：“你这个法子是从我那里学的，不过你粗手笨脚，要说莳花，这一辈子成就有限。秋莲子未必总要这样磨，你用小刀轻轻划一道，控制深浅，也可以帮它发芽。”

“莳花是天分，也看用不用心。你有十二分的才华，可是只有八分的耐心，出来也只有八分的成就。”白毅也不抬头，“我只有八分的才华，但是我有十二分的耐心，未必就没有你种得好。”

“这是骂我，”息衍也不以为意，还是笑，“你许了离公七日破城，今天已经三天过去了。你最近一不调动军马，二不找诸位将军议事，诸国营寨里对你的冷漠颇有议论，最不满的，怕是程奎了。我想你已经有攻城的方略了吧？”

“不错。”

“既然有方略，何不说出来听听？”

白毅停下手中的活儿，微微摇头：“行军不是唱戏，不是说书，能不说则不说。等我发动的那一日，你自然知道。”

“算你狠，我不逼你。不过，”息衍斜眼瞥着他，“破不了怎么办？”

白毅摇头，淡淡地道：“不会破不了。我领军迄今十六年，我的将旗所在，士兵无不冒死冲锋。因为迄今为止我对他们的许诺和我定的战略，没有不能实现的，一次都没有。”

“别人说这个，是自负，你说这个，是名将的威严。我们两个相识那么多年，我最不及你的就是我没有你的威仪，可你最大的缺点也就是这个将帅之威，把你弄得人味淡了许多。”

“你最大的优点就是滑头，最大的缺点也还是滑头。”白毅转头，面无表情地看着息衍。

息衍耸了耸肩：“你对我的评价，还是我们两个都不名分文的时候说的那些话。其实，费安提议尸毒之术，不失为一个良策，用心虽然是卑下了一些，不过比起自己的属下横尸几万总是好了许多，你不该是这种小节上看不开的人。”

“你知道我为什么吹了六夜的箫么？”白毅问。

“说来听听？”

“我吹了六个晚上的箫，借机也观望城头离军士兵的动静。他们有的会听我吹箫，但是绝不离开自己值守的位置，也没有丝毫慌乱，真是一支可怕的军队。”白毅叹了一口气，“嬴无翳治军如此严谨，部属又忠勇尚武，尸毒之法不会奏效。尸毒投进城里，只有敌人势弱，不敢出城决战才有用。以嬴无翳的胆略，我敢用尸毒的办法，他就敢大开城门，硬对硬一仗见输赢。那样也算用计？”

“而且，”白毅缓缓地摇头，声音低沉，“我确实就是那种小节上看不开的人！”

“我和你齐名，也有名将之称，爵位功勋也都相当，怎么一到了你面前，总是你威风凌世，我倒像猥琐起来了，”息衍笑笑，递上一个小小的油纸包，“南淮城有名的秋玫瑰花籽，下唐百里霜红就是这一种，我知道你喜欢和我比种花，我就助你一臂之力，临行时候特意在集市上挑了一包。”

白毅掂了掂纸包，摇头：“多谢你。”

“居然也说谢？显得太过生疏了吧。在天启的时候你掏尽我口袋里的钱去买那匹白马，弄得我连房租都交不出来，生生在酒肆的硬板上睡了一个多月，如今送你包花籽你也谢？”息衍皱了皱眉。

“不比当年了，你我各为其主，私下相见还是越少越好。”白毅漠然道。

两人沉默了一会儿。

“多少年故人，猜到你会这么说，真的亲耳听到，却还是觉得难过。”息衍装了一锅烟草含在嘴边，摇了摇头，转身而去。

他走到帐门，一名楚卫亲兵急匆匆地冲进来跪下：“大将军，营里出事了！”

“什么事？慢慢说。”白毅停下手里的活儿。

“辎重营养的狗咬死了十个人！”

“狗咬死了人？十个？”白毅吃了一惊，“怎么会有这种事？”

白毅知道军中所用的细犬，并非什么凶猛的动物。而且这些细犬的命都不太好，三天两头的被军士偷了宰来吃。白毅也知道自己部下那些军士何等粗悍，每一个都久经磨炼，不是什么良善温柔的人，如今居然一次有十个人被狗咬死，是营中从来没有发生过的事。

“传来的消息是说一条细犬和野狼一起咬死了值守的军士，被一个回营的斥候发现的，他到的时候军士们已经被咬得面目模糊了！”

“和野狼一起？”白毅沉吟了一会儿，忽地起身，“走！去看看！”

“我也去看看。”息衍道。他的神色也不轻松，营里有怪异的事情，难保不是危险的征兆，不过他也想不通，只觉得隐隐的不安。

白毅点了点头。

两人踏出大帐，看见息衍拴在辕门边的那匹黑马“墨雪”忽地立起来发出凄厉的嘶鸣！像是听了它的呼唤，整个军营里所有战马同时长嘶起来，巨大的声音汇集如潮，横贯夜空！

“他妈的！出了什么事？出了什么事？嬴无翳又来踩营？”程奎冲出自己的军帐，身上只披了一件里衣。

他是从睡梦中被吵醒的，满耳都是马嘶声，仿佛有数千匹之多。他几乎怀疑自己还在做梦，他一辈子都是骑兵，可即使在冲锋时候也不曾听过这样震耳欲聋的万马嘶鸣。而他一步踏出军帐，心里更寒了几分，这一切都不是梦，淳国营里数千匹战马同声长嘶，它们像是处于极大的惊恐中，不断地有战马立起来，在半空弹动马蹄，尝试挣脱束缚。

士兵们也都惊醒了，高举着火把去安抚自己的战马。可是用处不大，战马们已经不受那些相伴的主人们的控制，巨大的马眼中闪着受惊的光，战士们都不敢解开自己的马，生怕它们会疯狂地奔跑起来。

不，不是奔跑，是奔逃！程奎熟悉马性，他知道这些马是要逃走，避开某个巨大的危险！

“离军来踩营了么？离军来踩营了么？”他抓过一个军士来对着他大吼。

“没……没……没敌人，一切都好好的，就是马都疯了！”军士结结巴巴的。

“没敌人疯什么疯？就算是雷骑来了，难道我们淳国风虎就怕了他们？”程奎大吼着，一把推开那名军士。

他也明白这次雷骑再要踏营也没有那么简单了，他传令在营寨正面设置栅栏鹿角，洒下了十万枚三棱的刺马锥，任它什么骑军，也会葬身在这些锥子下，这些两寸长的锥子轻轻松松就可以毁掉马蹄。

程奎冲上去，抓过鞭子，恶狠狠地抽打自己的战马。可是这匹被程奎亲自驯服的烈马此刻却像是认不出他来，嘴里喷着白沫，立起来，两只前蹄对着程奎的头顶踩下。

“畜生！背主么？”程奎怒喝，拔了马刀出来。

他不忍杀自己的战马，却不能制止它就要挣脱出来，空提着刀，无可奈何。

一道白色的影子电一样直入辕门，闪到他身边。那是一匹高大的白马，马上骑着人。

“程将军！塞住马耳，塞住马耳就能让它们安静下来！”古月衣大喝。

程奎愣了一下，用力点头。他挥刀在自己的里衣上裁下两块布料捏在手心里，当他的战马再次立起来的时候，程奎上前双拳合击，重重地击打在马脖子的两侧。程奎膂力极强，即使一匹蛮族血统的战马，也经不起他如此击打，那匹马嘶叫了一声，退后一步。程奎趁机上前，翻上马背，不由分说地把布团塞进马耳孔里。

“塞紧！用力塞紧！”古月衣大声提醒。

程奎的战马恶狠狠地狂跳了几次，试图把程奎甩下去，不过它渐渐地安静下来。它依旧惊恐地转动眼睛，喘着粗气，不过已经不是刚才那副发疯的样子。程奎仿佛重新找回了自己的爱马，上去拍了拍马脖子，这时候才感觉到马皮肤下的血管剧烈地跳动，这匹马的心脏如同不休息地跑过数百里那样剧烈地跳动着，像是随时会炸开。

“塞住马耳朵！传我的令！塞住马耳朵！”程奎高声呼喝。

他转向古月衣，他如今深深信服这个年轻的晋北将领：“古将军，到底出了什么事？有敌人夜袭？”

古月衣神色凝重，摇了摇头：“还不知道，楚卫营里狗发疯，咬死了人，各营的战马如今都惊恐不安，只有堵住耳朵它们才能稍微安静。不过我仔细听了，其实一点声音都没有，离军也没有出战的迹象。”

程奎努力要从马嘶声里分辨一些其他的声音，不过很快他就放弃了。他听不到什么异样的声音，但是他觉得他的马能听到，而且是极可怕的某种声音。

“下唐、晋北、淳三家战马最多，闹得也最凶，如今白大将军已经紧急把休国紫荆长射和下唐的木城楼、楚卫的重甲枪士调到前军列阵，以防离军趁我军大乱出击。程将军带能上马的人，和我从速去楚卫军主帐，白大将军息将军他们都在那里等我们！”

“好！”程奎应一声，也不披甲，把里衣两角在胸前死死打了一个结子。

这是预备轻装砍杀，他久经沙场，心里的感觉告诉他有什么东西来了。

兰亭驿，下唐军辎重营中。

吕归尘从梦中惊醒，外面不知多少脚步声，不知多少人在奔跑。这里是辎重营囤积马草的所在，只有区区百余名军士守卫，本来白天也是人影稀疏，更不要说半夜。

“阿苏勒！怎么了？出了什么事？我们被偷袭了么？”姬野也醒来了，他们两个共用一间帐篷，姬野身上的伤还没好，那些固定骨骼的木枝没有拆除，只能瞪大了眼睛问吕归尘。

“还不知道！你别起来，别担心，没事的！”吕归尘在他朋友的肩上按了按，说了些无意义的安慰话。

他从自己的军铺边拾起了影月，用力握了握刀柄，冲着姬野点点头，揭开了帐篷的门帘。周围都是巨大的马草堆，几十个火把的光点远去，方山正带着盔甲不整的一队军士大步狂奔着要离开营地。周围已经没有别的人了，方山所带只怕是最后一队。

吕归尘上前拉住方山的胳膊："方都尉，出了什么事？"

"尘少主啊！"方山看见吕归尘，愣了一下，忽地松了一口气，"差点忘了尘少主，您没事就太好了。主营吹了铜号，我得带着这些人赶快去将军阵前报到。我还不知道出了什么大事，不过好像也不是离军来袭，大概是操演也说不定。"

他脸色白了一下："希望别是白大将军今夜要带兵攻城就好……"

"方都尉不必担心，即便是开始攻城，辎重营也不会轻易被派到前锋去的。"吕归尘安慰他，他知道方山胆子小。

"是是！我可不是上阵的人呐！"方山连连点头，"那尘少主便留在这里，息将军再三吩咐过的，若有紧急军情，尘少主銮驾不动，除非是敌人来踏营，那就要保护尘少主先走。"

"我……"吕归尘本想跟着他去看看。

"尘少主啊，就别给我们这些跑腿的人添麻烦了，"方山苦着脸，"您要是有个闪失，国主杀了我，我全家都没为官奴啊！何况姬小将军这个身体移动不得，尘少主就屈尊照看他一下吧。"

想到不能动弹的姬野，吕归尘点了点头："那么，方都尉自己小心。"

"能托尘少主吉言，不必当先锋去上城夺旗就是万幸了！"方山应着，已经带着自己麾下的军士急急忙忙地离开了。

所有人一瞬间撤空，吕归尘看着远去的星星点点的火光，忽然觉得周围冷清得令人发怵。他环顾周围，只觉得今夜的夜空厚重如盖，沉沉地压在自己的头顶，看不见一颗星星。

他按了按腰间的影月，心里略略吃惊，他只出帐一刻，刀柄上已经凝满了露水。他怔怔地看着自己一手的水珠，再一抬头，看见西南方向，缥缈的夜雾涌入兵营。他是瀚州生人，在北陆的草原上也曾看见浓密的雾气仿佛一张贴地卷来的席子，殇阳关前六百里都是平坦的原野，正像是瀚州一望无际的草原。

吕归尘不由自主地向前走了几步，想出营去看看这场大雾。

雾气越来越重。

轻微的金属嘶鸣声围绕在他的身边，像是有人用一根钢弦缓缓地拉扯铁锯。吕归尘的步伐有点黏滞，但是前面像是有什么东西牵引着他，他继续走了几步，才呆呆地站住。

他悚然一惊！那鸣声出自他腰间的影月，这柄他很少敢于拔出鞘来的古刀此时像是从沉睡中苏醒过来，不安而兴奋地嘶叫着，刀鞘已经快要不能制约它。吕归尘觉得后脊发麻，他想起那个地宫中的夜晚，想起那柄妖魔般的剑，他觉得那刀活了，连带着周围的一切，都活了过来。令他更加惊惶的是，他已经在不知不觉中离开了军帐很远，此时他再回头，背后只有一片大雾，浓得像是米浆。

他往回急奔了几步，又忽地站住，他依然看不见军帐。他也看不见任何人任何东西，没有什么可以指引他方向，这片雾遮挡了一切，或者把一切都吞噬了。吕归尘愣了一会儿，用力咬了自己的手，手上传来的疼痛是真实的，他不是在梦里。可是他觉得自己被封在了一个难以描述的地方，在这里一切都是静止的，连他的声音也传不出去。

影月依旧震动，吕归尘强迫自己镇静下来。他按着刀柄，全身的肌肉绷紧，闭上了眼睛。他看不见东西，与其这样不如把精神击中在听力上，如果这周围埋伏着敌人，敌人一定等待着他的轻举妄动而发起进攻，他如果不动，也就不会产生更多的漏洞。

这是来自他老师的教导，那个隐身在帘子里的老人。他淡淡说来的对阵经验此刻在吕归尘心里回响，缓慢地交织融会。

“总有一天，你会遇见这样的事。那时候能救你的只有你的心和刀，心如山静，刀若虎踞，二者皆不可轻动。”老师曾经这么说，“一动则分生死。”

吕归尘此时诧异着这些似乎都逃不过老师的预料，冥冥中那个老人已经看见了吕归尘的未来。

“琴声。”吕归尘在心里说。

他确实听见了琴声，细软缠绵地围绕着他。吕归尘分不清那琴声的方向，他知道只有一张琴在奏响，但是琴声却从四面八方每一处传来。他不敢动，他咬着舌尖强迫自己清醒，这也是老师的教导。

“间或有琴歌飘忽，不知来路。此时你依旧不可轻动，琴声歌声，都是魅惑之音，而不是杀人之器。你若听见琴歌，敌人的进攻还未真正开始。可自咬舌尖，助你安定。”老师如此说。

琴歌像是飘在细风里的一条线，时而低迷，时而飞扬，全然没有章法和节奏可循，奏琴的人像是在大醉中。吕归尘觉得自己的神思渐渐开始迷茫，浑身轻飘飘的没有重量，若干次他已经忘记了咬着舌尖不放开，可是又被影月长鸣的声音惊破了脑海里的混沌。

他不知道自己还能支撑多久，也记不得时间的流逝，他想这是一个“境”，老师曾经提到过。

“那是秘仪之境，空虚之阵，无上下左右前后，也感觉不到时间变化。这样的境，对于飞翔的羽人，他无论如何翻飞都触不到地面，对于钻地的河洛，他向着四方掘到的都是黏湿的泥土，对于鲛人而言，就像水涨高一直高到天际，和天顶相接，所以他无法浮出水面，而对于人类，此时大地一望无际，再怎么奔跑也没有边缘。”老师低声断喝，“然而秘仪之境是虚妄！只要它不侵入你的心，便杀不死你！”

吕归尘想要放声大吼。

“无法突破的时候，可大喝，可怒吼。武神咆哮，震惊四野。”老师也曾这么说。

马蹄声远远而来，击碎了空气中缥缈混沌的寂静。琴声还在，却变得凝重端静，带着一股威仪。吕归尘可以分清琴声的来处了，他转头看向那边，许久，他看见一骑骏马的影子。即便在北陆也难得见这样高大威武的骏马，宽阔的胸膛像是一堵墙，它是纯黑色的，长鬃飘摆，自雾气中踏出的时候，雾沿着它周身肌肉的每一道曲线流走。它顾盼自雄，仿佛一位君王。

马上端坐着一个高大瘦削的人，他的全身笼罩在一件黑色的斗篷里，风帽遮掩了他的面容。他手操着一张精致典雅的箜篌，却不是南淮城里常见的那种横置膝上弹奏的式样。那箜篌是一根弯曲如弓的木材，两端包裹着黑得发亮的牛角雕头，琴弦像是弓弦那样拉紧在木材的两端，并排的十余根。那是竖箜篌，吕归尘知道那是羽人的乐器，羽然有时候高兴了也会在月下弹奏，她坐在树枝上，裙角垂下，压得树枝一起一伏。

四名魁伟得令人惊异的从者跟随着那匹黑马，围绕在它前后左右四个方位。居前的两人一人手持火把，一人高举漆黑的长幡，幡上用纯色的银绣出藤蔓似的花纹，飘飞中晃着吕归尘的眼睛，长幡两侧垂下了银色链子叮叮当当敲打在幡杆上，音色清亮悦耳。从者也皆穿着黑色的大袍，全身笼得看不见一丝皮肤，脚步迅捷，和骏马前行的速度丝毫不差。

他们飞奔而来，速度极快，却又飘逸得像是不费半点力气。没有人转头去关注吕归尘，他们就要擦过吕归尘的身边而去。马上的人忽然拉住了缰绳，骏马无声无息地刹住，从者也跟着停下。他们就站在吕归尘的面前，马上的人扭头，俯首看着这个大孩子。

影月的鸣响尖锐得近乎刺耳了，其中蕴含着仿佛巨兽呼吸的沉重声音。马上的人依旧轻轻地抚着箜篌的弦。

“这是你的刀么？”马上的人问，他的声音低沉。

“是。”吕归尘回答。这是他唯一能做的事，他不能动，他感觉到强烈的力量来自对面的人身上，拔刀是枉然的。

“刀中影月，看到了多年前的老朋友。”马上的人说。他摘去了风帽，火光照着他的脸，那是一个老人。他确实很老了，却没有一丝皱纹，岁月从他身上带走了很多东西，可不是精神和力量，那张白皙隽秀的脸看起来竟有种二十多岁年轻人的错觉。

老人弯腰下去抚摸影月的刀鞘。刀鸣声停止了，他手指触到的瞬间，影月失去了躁动不安的力量。

老人和吕归尘四目相对，老人先是沉默，而后略略有惊诧的神情，最后他笑了："荒芜的武神啊，你流着珍贵的血，我曾听人说起你的名字，却没有料到会在这里相见。"

吕归尘无法回答。

"我在很远的地方听见了影月的声音，就在猜测谁在这里，没有想到是这样的一个孩子。你确实是有资格站在我马前的人，能在这里偶遇，也许是神的指引，命运的轮转。"老人枯瘦的手轻轻地在吕归尘头顶拍了拍，"很高兴相遇，可惜我不能留很长的时间来说话。当你血里的力量更加浓郁一些，我们也许会再相逢，那个时候，我们之间或许会有一场精彩的战斗。"

他策马而去，从者们如飞翔般追逐着他。

一望无际的大雾里，吕归尘觉得膝盖酸软，无力地跪坐在地上，大口地喘息。

古月衣和程奎两骑飞驰而来，直至楚卫军主阵火焰蔷薇的大旗下，白毅、息衍、冈无畏和费安都已经带着亲随的人马汇聚到了这里。更多的人马一营一营地结队完毕，向着大旗下聚拢，诸国已经有三万余人的大军收整起来，排列为四向防御的方圆之阵，外排是矛手，其后是弓箭手，再后面是随时准备肉搏出击的步卒，骑兵被围绕起来保护在正中央。

"这么大的雾？"程奎喘息未定，瞪大眼睛看着周围一片白茫茫，"地震了么？莫不是闹鬼？"

"息将军，"古月衣躬身在马上向息衍行礼，"贵军营中可也是战马受惊？"

"不是受惊，是所有的马都疯了，亏得古将军传来消息，塞上马耳可以让它们安静，否则现在我们的防御已经分崩离析，离公若是轻骑出阵，就只有任其砍杀。"息衍还礼，神情镇定，"古将军，淳国晋北两军此次都以骑军出战，战马最多，营中还在骚乱么？"

"要安抚几千匹战马，只怕不是短瞬间能做完的，不过已经汇聚了三四千人，全都带过来助白大将军防守。”古月衣挑着剑眉看向雾气里，“不过这么大的雾气，嬴无翳只怕也不敢轻易出动吧。”

“有理。”息衍点头。

此时楚卫的军士们穿出矛手和弓箭手的阵列，在方圆之阵的周围一圈每隔三十步便设一柴堆，在柴堆上浇了厨下带着用来做菜的牛油，点燃了。熊熊大火立即冲天而起，把周围照得一片通明，雾气看似也稀薄起来，只是隔着十几步，依旧只能看见朦朦胧胧的人影，看不清面目。

“有火就好多了，”古月衣道，“仓促间哪里得来的木材？”

息衍笑笑，无可奈何地摇摇头，看向不远处的白毅：“白大将军说，此时必先点火，镇静军心。所以我好不容易从营中带来几辆木城楼，全部被他劈来烧火了。”

古月衣愣了一下，随即点头：“不过几辆木城楼不足以防御，用来点火却是上选。对于寻常军士，看不见便无法辨认旗号徽记，无法调配，我们收整出来的几万人便是一盘散沙。白大将军所言不错。”

息衍还是笑：“他当好人，烧我家的柴，他倒是已经习惯了。”

白毅像是没有听见两人的话，只是静静地凝视着阵外光芒灼目的火堆，似乎在想着什么。

程奎提着双马刀，刀尖看似无力地在两侧拖下，环顾周围，眉间紧蹙。他是个粗鲁的人，还很少这么神情凝重，看起来都有点古怪了。

“程将军是我们中最熟悉战马的人，淳国的马场也是闻名东陆的最好的马场，不知道以程将军的经验，到底什么样的事情会惊动马群呢？”古月衣问道。

程奎想了一会儿：“天灾。”

“天灾？”

“地震、地陷、火山喷发，还有海啸都会让马群惊恐。有一年夏天，沿海几个马场的战马都惊疯了，咬伤了马夫，跳出围栏纷纷逃到附近的山上。我们当时费了很大的力气才把马群搜罗回来。也就是那一年，滁潦海大雨，自西而东的洋流水势高涨，穿过天拓海峡的时候，声音像是打雷一样，海水涌上来，远远看见的人说，水墙有十丈之高，是罕见的事情，周围的渔场和附近的农田都被冲毁，海水还从河口倒灌，附近的几个镇子都遭灾了。又说是闽中的鲛人设下法阵驱动洪水，我国损失惨重。我是那时候派去收马的人之一，站在山坡上看着脚下被冲毁的马场，心惊胆战，觉得是马救了我。”说到马，程奎侃侃而谈，神色认真。

古月衣赞叹：“程将军是骑兵，也是爱马的人。”

“我追随将军以前，是个马夫。”程奎说得诚恳。他所说的将军是淳国的名将华烨，也是华烨把他从一名马夫提拔为风虎骑军的都统领。

“这里不会有海啸，更不会有火山，难道是地震？”古月衣转向息衍。

“殇阳关建关以来，历经数百年不倒也不损坏，是因为这里的地块坚实，史书上从未见有地震的记载。”息衍摇头，“我有种感觉，是什么东西要来了。”

程奎浑身一颤，转头看着息衍：“我也感觉……是什么东西要来了，可是那感觉，说不清。”

古月衣微微打了一个寒战，他没有说，但是心底那种隐隐约约的不安和息衍程奎没有半点的区别，而那种不安在马群平静下来之后，依然萦绕不去，而且越来越强烈。

“是什么呢？”他低声自问。

“是天灾一样的东西吧。”息衍低声道。

古月衣看了他一眼，看见这个洒脱放旷的息衍正看着西南方，目光冷漠威严。

他吃了一惊，这时候，所有人同时听见了琴声伴着马蹄而来。

此时的殇阳关内，离军主帐之中，嬴无翳和谢玄相对，一言不发地着棋。

两人落子如飞，走的是快棋，一人棋子落定另一人必须立即跟上，否则便算是推盘认输。嬴无翳慢棋上和谢玄的功力相差太远，快棋上偶尔能以乱取胜，所以喜欢快棋。不过谢玄是五原世家出身，下棋从来都是讲究运筹帷幄，不愿意陪嬴无翳下快棋。不过白毅七日之约后，谢玄几乎是从不解甲地巡视各营，防备联军的进攻，两人除了下盘快棋，也是别无娱乐了。

嬴无翳知道机会难得，所以棋力比平时更添凶悍，一步步紧逼过去，眼看这一局中盘就能奠定胜局，是他和谢玄下棋以来从不曾有过的胜局，忍不住大喜。谢玄无奈，以他所想，快棋不是正道，不过他也知道主上好胜，便也只有硬着头皮苦战。

“谢玄，想不到你也有今日！”嬴无翳大笑。

“王爷欺我没有急智而已，若是一杯清茶走慢棋，我就不会连续犯下两手大错，这时候王爷的中盘早被我横破，一点实地都不剩下了。”谢玄道。

“慢棋胜也是胜，快棋胜也是胜，你这个智将，脑子却比别人慢上半拍，遇事都是先想一想，也算你的弱点吧？”嬴无翳还是喜气洋洋。

“不错，脑子慢也是弱点，不过，”谢玄话语一转，“王爷的脑子比谢玄慢才是对的。”

“怎么说？”嬴无翳不解。

“武人争胜在刀剑一挥间，想都来不及，只能凭着平日苦练的敏锐。将军决胜在一阵间，一个令旗挥下，是对是错，立刻就见分晓。诸侯决胜在十年间，十年时间，十次秋收，一代兵勇长成，就可以改变一个国家的国力。而皇帝决胜一生不过一个决策，错了便难以挽回。”谢玄缓缓道。

“一生一个决策？”嬴无翳皱眉，“怎么说？”

“譬如风炎皇帝，是罕见的英雄皇帝。他两次北征，行军布阵的方略流传下来，便是今日的名将看了也要拍手叫好，蛮族七部被他打得节节败退，不愿意支持北征的诸侯也不得不捐助钱粮，堪称是谋略的高手。不过他一生犯了一个大错，所以风炎铁旅两次北征，不但没有富国强民，而且搞得国库空虚。”

“什么大错？”嬴无翳略有些不悦，他是征战之主，对于白氏皇族虽然蔑视，对于蔷薇和风炎两位强横帝君却颇有敬佩之心。

“根本不该北征。以大胤的国力，那时即便雪嵩河一阵获胜，也不代表可以一举攻占北都城世代统一南北。那时候蛮族七部中，还有一半的男丁可以上战场，而北方朔北部的狼兵还未能抛开和青阳部的敌意。假设这些力量都涌到风炎皇帝面前，即便以他绝世的雄霸，大胤的诸侯倾家荡产，也不过是和蛮族拼到两败俱伤，最后若是获得草原，怕是不得不把蛮族赶尽杀绝，那样得来的土地又有什么用？得来的土地也不适合耕种，而我东陆子民能够去放牧么？”谢玄摇头，在棋盘上缓缓落了一子，“一生征战，不过得一个霸王的虚名而已。”

嬴无翳听得入神，不禁叩着棋盘思索：“那么说，在你看来北征不对？可若不北征，以当时蛮族青阳部兵势强横，仗恃虎豹骑和铁浮屠之威，怀柔也未必能奏效啊。”

“当风炎皇帝之世，统一天下根本便是一个梦罢了，不必征战也不必怀柔，任北陆自立好了，留待子孙将来征讨。以风炎皇帝的才具，当一个太平皇帝，国力由此强盛，不是问题。风炎皇帝错在他起初便要一统天下，后面的手段再精妙，目标还是错了，又有什么用？所以所谓皇帝，一生只要一个谋略，是做太平皇帝，是做霸主皇帝，还是缩头做乌龟皇帝，大可以想清楚了慢慢选，脑子慢不是错，动手快也没有用。”谢玄一笑。

“好不容易当上皇帝，却要当太平皇帝，还说做乌龟皇帝也是谋略，叫人怎么能甘心？”嬴无翳摇头。

“可若历代皇帝都是蔷薇皇帝，谁供给他粮草兵勇来打一场又一场的阳关血战？”谢玄比了一个手势，“该王爷走了。”

嬴无翳一看棋盘，愣了一下，手里本已捏好一粒棋子想清楚了应招，此时却怎么也下不去了。谢玄一子，不偏不倚地卡在他两块地盘间的要冲所在，他开始没有留意这个位置，一下子被打得手忙脚乱。

谢玄一声不吭地看着他，看他搓手搓了良久，终于不甘心地把棋子重新攥回了手心。

“你是个狐狸变的，”嬴无翳指着谢玄的鼻子，“我可看出来了，你引我说话，就是要慢慢想这步棋。我被你骗了，我也要慢慢想来，这一盘输赢不算，你耍了诈术。”

谢玄哈哈大笑：“王爷看出来了，不过谢玄怎么也只是个智将而已，耍点诈术不伤大雅。而谢玄希望王爷有帝王之智，慢慢想，谢玄有耐心等。”

“这盘输了我不服，你刚才说的风炎皇帝典故，我有五分服你。”嬴无翳说到这里，继续低下头去瞪着棋盘思索。

一名雷胆悄无声息地入帐，半跪下：“王爷，城外起了大雾。”

“大雾？”谢玄微微思索，“仲秋时节，起雾不稀罕，而且十万大军围城，每日每夜燃烧木柴，飞灰扬尘，逢着多水的天气更加容易起雾。”

“是！”雷胆起身要离去，却有些犹豫，“可是……”

“好大的雾！好大的雾！”帐帘被人掀起，张博大步而入，一迭声都是抱怨，“真是见鬼的天气！”

“真是那么大的雾？”谢玄愣了一下，他刚从城上回来不久，本以为雾气不可能太浓，而他听张博的话意，是极为罕见的天气。

“城门那边对面不见人，下城的时候我差点撞在井栏上。”

“真有大雾？”嬴无翳浓眉一挑，“棋盘按着别动，我们出去看看。”

三人并肩出帐。一出帐，谢玄就愣住了，大帐周围还只是淡淡的雾气飘浮着，而当他望向殇阳关面南的城墙时，他看见浓密的雾气像是一道水帘，正从高耸入云的城墙上方下降，仿佛一道无比宽阔的瀑布。城墙上近万人的守军完全看不见身影，只有他们手里的火把还能看见，周围笼着一圈温暖的光晕。

“什么时候来的这雾？”嬴无翳皱着眉眺望。

“刚才，一瞬息的工夫，就被吹到城墙边了。”张博道。

“好重的雾气。”谢玄低声说。

“当然重，用得着你说，长着眼的都能看出来。”张博不屑。

“我是说沉重的重，”谢玄深深吸了一口气，“一般的雾气轻而上扬，张博，你几曾看见雾气这样水帘一样往下挂的？”

他转向嬴无翳：“倒是闻不见什么特殊的味道，不像是敌军在用秘道的毒瘴。不过怎么看都不是寻常的天气。”

“王爷，大雾弥漫，不如出城突袭！”张博道，他把雾气为何那么重的话题抛在了脑后，跃跃欲试。

“白毅在干什么？”嬴无翳问。

“从城上看，似乎有很多火堆点燃，大概也是被雾气困住了，正好暴露了他们的位置！”张博道。

“那是白毅在说他已经有了准备，”嬴无翳微微点头，“确实是名将之材，张博，我要是给你五千雷骑，现在让你出城一阵好杀，你愿意不愿意？”

“属下定当不负王爷的期待！”张博大喜。

“那你打不打火把？”

张博一愣：“火把？”

嬴无翳在他膝盖弯里踢了一脚，冷笑：“你打火把，敌军一阵箭雨就射得你阵形溃乱。你不打火把，骑兵奔驰，难保后面的不撞上前面的，还没冲到白毅面前，就溃不成军了。谢玄说我是个武夫，我还得多谢你，有了你这不动脑子的，我才不是离国最不动脑子的武夫。”

张博腿劲极为扎实，一顿就站住了，抓了抓头：“王爷又消遣我……”

嬴无翳背手准备回帐，随手点着谢玄：“本想在棋盘上消遣他，结果被他消遣了，如今不消遣你，就只有生闷气的份儿了。”

此时嬴无翳听见身后传来骏马雄浑的嘶吼，他吃了一惊，猛地转身。看见帐前的拴马桩上，他的那匹炭火马抖动长鬃对空嘶鸣，而后它强挣着缰绳，面向西南方，两只前蹄踏地，狮子般雄踞，分明是极为警觉也极为不安的样子。几乎就在同时，殇阳关各处均有战马的长嘶传来，还间杂着狂躁的狗吠，只是远不及炭火马的高亢。

谢玄也听见了，浑身微微发冷。

“这样……”嬴无翳沉吟，“那就不是普通的雾了，大概是那个人来了吧？”

张博紧蹙着眉头，不说话。

“谢玄，你带雷胆营，备马，准备开城迎接！”嬴无翳低声道。

“是！”

“慢！”嬴无翳一挥手止住谢玄，“张博去，谢玄，你留下来继续和我下棋。”

他依然说着下棋，脸上却已经没有了游戏的轻松，像是被冰封起来那样冷森森的。

“是！”张博应了。

“要礼敬！不可轻慢！”嬴无翳补了一句。

“是！”张博按着刀，疾步离去。

嬴无翳转身和谢玄回帐，谢玄谨慎地跟在他身后。

嬴无翳忽地站住，转头冷冷地和谢玄对视：“我们还要下一盘棋，要下得足够雍容，等那个人进帐来看。我要让那个人看看，我嬴无翳不会因为他来帮我便喜形于色，我不拒绝他，但是若是他指望我为了天下向他俯首帖耳，未免小看了嬴无翳。我凭着刀，一样可以取得天下！”

马蹄声越来越近了，程奎双手握刀，手心尽是冷汗。他出战多年，冲锋无数次，还很少犯这种新兵的毛病。他瞥了一眼身边的息衍，看着这个人竟然悠悠然地掏出烟杆叼上，正擦着火镰引燃火绒去点烟。而息衍的双眼映着周围的火光，亮得有些吓人。

那马蹄声是对着方圆之阵的正中而来的，听起来只有一匹马，如果来的真是敌人，那么在这个敌人眼里，这里结阵的三四万大军全都是通明的。他取了一条最直的路，就是穿越方圆大阵的阵心，一直去向殇阳关的城下。

“不是来归队的友军么？”程奎低声问。

“什么样的友军会在这个时候弹着琴？”古月衣声音冷涩，紧握刀柄。

“弹得还不错，是越州的南吕之风，像是故意要说明自己是从越州来的。”息衎低低地笑，“离国的援军么？人大概少了一些。”

白毅立马在那个马蹄声前来的方向上，默默地，凝视着凝重的雾气。

“弓箭手！”他忽地低声道。

“在！”箭营的百夫长出列。

“只管把全部的箭都射过去！”

“是！”

雾中现出了一骑黑影，白毅忽地放声大喝：“火把！”

居前的一排军士原本都隐蔽在盾牌后，此时数百人闪出盾牌，把手中的火把投掷出去。那些燃烧的火把在空中划出明亮的弧线，准确地落向了来人的方位。那里，一骑黑马和四名从者被照亮了，他们继续飞奔而来，仿佛御风而行，快得不可想象，马上的人拨着箜篌。

琴声悠扬。

“射！”百夫长大喝，数百支羽箭离弦，瞄准了同一个目标。

高大的从者闪到了黑马的前方，他们双臂上都套有铜盾。从者们挥舞双臂，羽箭射在盾上溅起点点的火花，向四面八方弹射出去。

百夫长靠着一张弓生活了三十年，第一次看见这样挡箭的人，他们之间距离很近，箭速极高，以一般人的眼力，看清楚箭路都很困难，别说挡开箭支了。

他脸色一变：“射……”

这一声没有完全出口，尾音变得虚弱无力，几近呻吟。最前方掷出火把的军士们像是傻在了那里，他们身体摇晃了几下，纷纷跪倒在地，向着西南方叩拜下去。随后是箭营的弓箭手们，他们有的已经拉开了弓，可是绷紧的弓弦却松不开，最终他们失去了对身体的控制，羽箭歪歪斜斜地射出去，有的射进泥土里，有的射飞，还有的射伤了自己的同伴。

可是没有人哀号，所有人都跪了下去。

固若金汤的方圆大阵如大海被分开似的，自然而然地让出了一条路，供那骑黑马通过，那条路的两侧皆是跪下膜拜的军士，连战马也扑倒在地，驯服地低着头。后面的军士想要越过他们去阻挡那匹黑马，可是冲上去的人仿佛都在忽然间丧失了意志，脸上凶狠的表情消失，软软地跪倒在地。后面的军士再不敢拥上，只能呆呆地站在那里看着这不可思议的一幕。

程奎也感觉到那一骑到来时的威仪了，仿佛君临天下的皇帝。即使在太清宫，程奎也没有感到这样的惶恐不安。

然而他毕竟是领兵的人，反手以刀柄打在自己的腰眼，借着疼痛恶狠狠地一咬牙，放声大吼："他妈的都给我滚起来！他妈的你们在跪什么猪狗？"

息衍挽了他的胳膊一把："程将军勇武可嘉，不过还是避开那个人的锋芒为好。"

他带马前行一步挡在程奎的面前，挡在了那个骑黑马的人和程奎之间。遥遥地，那个黑马上的老人抬头向这边递过了一缕目光，古月衣在息衍的身边，只是被那缕目光扫到，就觉得浑身被冰水淋过似的一阵战栗。

那一骑正在通过方圆大阵，从者们踏着尘土飞驰，浑身铁甲铮然作响，马上的人飘忽得像是一个影子。

古月衣看着远处的白毅，白毅正默默地望着那骑黑马的背影。程奎、费安和冈无畏彼此对视，都不甘心，却又没有人敢于对抗那人的威仪。如果领军的人冲到那人的面前，也控制不住地跪下，那么在全军将士面前，将再也没有威严可言。

古月衣再看向他身边的息衍。他忽然发现息衍已经不在马背上了。他急忙看向阵中，看见一袭黑色儒袍正在呆若木鸡的军士中急速穿行。整个方圆大阵只有息衍一个人在动，他脚下无声，快得像是一道黑电，只有他擦着经过的那些军士才能勉强看清他的面容。

“叔叔！”息辕急忙喊他，息衍却没有回头，息辕看见他一手紧握剑柄，一手扣紧剑鞘，剑在鞘中，含而不发。

古月衣沉默了短短的一瞬，猛地一拉战马。战马长嘶，古月衣昂然出阵，他的战马穿过人群，一直跃到那条宽阔的通道上，直追即将离去的黑马。黑马上的老人和四名从者被惊动了，在飞奔中回头。

“破！”古月衣张弓搭箭，飞射如电。

他的箭远不同于箭营普通士兵，箭上有空腔，离弦就带着一股令人心惊胆战的尖啸。箭劲雄浑，箭路笔直，直射黑袍老人的背心。从者已经来不及挥舞沉重的铜盾，最后一人忽地刹住，笔直地站住，迎着古月衣的箭伸手，套着铁笼手的五指张开。

箭准确地射进了他的掌心，透穿了铁笼手的防御，直到足足半支箭穿透了他的手心，才耗尽了力量。

从者定定地站着，纹丝不动，仿佛完全感觉不到受伤的疼痛。片刻，他缩回手，以另外一只手折断箭杆，扔掉箭头，把连着箭尾的半支断箭也从伤口中拔出，默默地扔在泥土里。

此时，黑马和其他三名从者也都停下了。

老人和古月衣遥望，微微点头：“不错，作为一个普通人，你算是很强的了。”

“还没完！”拉住战马的古月衣冷冷地说。

他说完这句，胯下的战马全身酸软，整个地趴倒在地。老人似乎微微吃了一惊，随即黑色的影子从距离他极近的地方飞跃而起，空中剑鸣如叩铜钟，接近老人的时候，偷袭者腰间的古剑也无法再保持平静。剑出鞘的时候，青色的铁光挥洒出半弧，速度、时机、位置，都精确得难以防御，古月衣的一箭引开了从者的注意，息衍抓住了这个刹那。

老人的琴声止息，黑马立起来奋力踢动前蹄，似乎是通人性地想要击退息衍。

还是那名受伤的从者，他和息衍一同跃起，他从老人的马背上拔了剑。

他的剑长度是古剑静都的两倍，剑脊厚如砧板，宽阔的剑身超过成年人一只手掌的宽度，看光泽是纯粹的青铜铸造，它的重量看起来根本不是一个人所能挥舞的，更像北辰庙里祭祀武神的祭器。可是那名从者身形巨大，和息衍比起来，根本就是一个魁梧的战神，他挥着这样一把森严的巨剑，速度也并不亚于息衍，两柄剑在空中撞击，嚓的一声。

息衍借势翻身，在从者沉重的身体上一蹬，反射出去。人一落地，剑尖点地，黑色的血沿着剑脊慢慢融进土里。

从者挥舞巨剑的手臂和那柄可怕的青铜剑落在了他的脚下，一泼小小的血雾从伤口里喷涌出来。从者依然没有任何疼痛的反应，他以另外一只手用力掐住断臂的臂弯处，防止失血过多，然后低头退回了黑马的旁边。

“你比他强，”老人威严地问，“你是谁？”

“不要再问这种愚蠢的问题，你们这些目中无人的东西，还以为自己只是小小地受挫，而依旧稳操着胜算么？看看你前方吧！”息衍起身横剑，声音冷冷的，息辕从未听过叔叔用这样杀意毕露的语气说话。

老人抬头看向前方，火把围绕中，白毅立于白马背上，手中银灰色的长弓张满，箭指老人的眉心。白毅的脸上没有表情，双臂纹丝不动，有如铁铸。

老人和他的从者们似乎都被震慑了，方才古月衣发箭，距离老人更近，可是从者依旧能靠损伤一只手轻易地挡下，而这时的白毅却让他们站在那里不敢挪动，似乎那箭镞上的银灰色寒光抽走了他们的魂魄和胆量。周围的空气沉凝而寒冷，死寂中只有火焰燃烧的噼啪声。

老人低头看了一眼横剑的息衍，微微点头：“古剑静都，那么是御殿羽将军息衍阁下。”

他又转向白毅：“长弓追翼，那么远处的必然是御殿月将军白毅阁下了。”

息衍和白毅都不说话。

“真是巧妙的战术配合，我听说过被长弓追翼锁住的结果，那是一张无从防御、也无从躲闪的弓。”老人说，“息将军以尊贵之身，冒着绝大的危险和我的从者搏杀，为了引开我身后的从者，换取白大将军瞄准我的机会，真是难得的战术。”

他身后的从者们缓缓地彼此对视，似乎以眼神传递着什么信息。

“不要在长薪箭下冒险。”老人轻声说，制止了他们的图谋。

“不过白大将军，你确实是可以威胁我的人，然而在这种雾气之下，你这一箭有自信可以杀死我么？”他问，“如果没有，何不把这场战斗留到将来呢？”

息衍也掉转头，看着立在马鞍上的白袍将军。依旧是死寂，白毅拉弓瞄准的动作完成之后，仿佛一块石头，连呼吸也没有。

“我没有绝对的把握。”白毅终于开口。

“那么这次谢谢白毅将军，如果白大将军的运气好，我们很快还会再见。”老人点了点头，“一天之内，看见了三个让我期待已久的人，真是幸事。”

“如果再见，你我可能都没有那么好的运气了。”白毅缓缓收弓，“你可以走了。”

“以这作为小礼留赠给白大将军。”老人淡淡地说。他猛地挥手震动全部琴弦，他弹琴的时候慢而悠扬，此时却是雷霆般的诸弦齐鸣。清厉的琴声在夜空中仿佛刀子一样飞扬出去，不可思议的是，他琴声所到，浓郁的雾气立刻变得稀薄起来，失神跪倒的军士们纷纷清醒过来，茫然地看着周围，握刀的人不约而同地感觉到刀柄上尽是湿漉漉的，披着棉甲的士兵则感觉到浑身甲胄黏在身上，沉重不堪，仿佛刚刚在一场微雨中行军。而沉闷的空气却变得清润，让人脑海里的混沌忽然消散，茫然地以为刚刚做了一场大梦。

老人立马在万军阵中，遥遥地向着白毅躬身行礼，复而环顾诸军，拍马离去。

没有人敢于阻拦他，他的目光圣洁威严，不可侵犯。

殇阳关的城门洞开，数百名雷骑放马出城，老人的队伍和雷骑的队伍相遇，雷骑围绕了黑马，把他保护在中央，向着城门疾速退却。那名失去手臂的从者跟随在黑马之后，步伐依旧是流星一般。

嬴无翳的棋子落在棋盘中央，铿然有声。谢玄拈着棋子，久久也不跟上。

“不要像满怀心事的样子，国师来之前，我们还来得及再下半盘棋。”嬴无翳低声道，然而语气严厉，似乎为属下的分神不满。

“来的是敌还是友？”谢玄低声问。

“要想一统天下，需得千万人助力，他今天是我的朋友，明日也许是我的对手。然而此刻彼此在一条船上，则用人不疑。”嬴无翳道。

“怎么判断彼此在一条船上？有人看起来在微笑，暗中握刀，别有所图。”谢玄忽地一扬眉。

“要做天下的主人，便不能疑心太重。”嬴无翳微微摇头，“因为你分不得神，便如我从未怀疑过你，虽然你的聪明十倍于我。这个道理，将来你会懂。”

张博进帐，半跪于地：“国师雷碧城先生在帐外求见。”

“我离国的贵客远道而来，却那么拘谨？”嬴无翳将棋子投回盒子里，“有请。”

张博转身掀开军帐的羊裘帘子，穿着黑袍的老者轻飘飘地踏入，他的黑袍长至足下，高至颌下，领口以生铁片保护，只能看见一张似乎苍老又似乎年轻的脸。他缓行至嬴无翳和谢玄的棋盘前，恭谨地半跪行礼。

“看见我的战马惊惧，就知道是国师来了。”嬴无翳推开棋盘，“国师每次驾临都有异相，这次是不是也惊动了白毅？”

他这么说的时候微笑抚摸着下颌褐色的微髯，目光却是冷冷的。

“当日国主见我不惊，如今白毅也不惊。”雷碧城回答，“本来准备横穿敌阵，代国主示敌以威仪。可惜我低估了白毅，险些身陷在他的大阵中。”

“看来白毅又和我平分了这一局的秋色。”嬴无翳示意谢玄起身，对雷碧城比了一个手势，“国师上座。”

“国主是人王，白毅是军王。”雷碧城坦然入座。

“军王？”嬴无翳默然片刻，冷冷一笑，“白毅确实是军王，我却未必是人王。要谢玄说起来，是霸王吧？国师不辞千里，忽然驾临，是前来助我的军威么？以国师的秘术，对我军是极有裨益的。”

“国主恕臣下擅离职守之罪。”雷碧城起身拜伏，“此次不奉召见离开九原迎接国主军驾，确实有不得已的苦衷。”

“嗯？”嬴无翳一挑眉，却不请他起身。

“墨离县侯的反意已经明朗，如今的九原城里动荡不安，听说国主军驾被白毅阻挡在殇阳关下，人心更加变动。长公子已经不能弹压诸大臣的势力，大臣中有人已经准备开城迎接墨离县侯。而墨离县侯部下虽然不多，要击溃九原城的守军却不难，这些兵力的一部分已经混在请愿的民众中驻扎在九原城下，形势一触即发。我本应守护长公子，但是情况紧迫，不得不来这里告知国主。”雷碧城再次下拜，“国主请饶恕我的妄为。”

嬴无翳沉默了片刻：“我的侄儿已经敢于动用兵力了？看来这小东西没有让我太失望，比他那个卑鄙却懦弱的父亲要强。”

“如今的形势，只有国主军驾亲临九原城，那便是雷霆天降，任何人都不敢在国主的军威下作乱！”雷碧城断然道。

嬴无翳斜觑着他，良久，淡淡地一笑：“可是我听说我的侄儿敬你若神明，曾经连续几个月在九墟神宫外，沐浴斋戒，请求你赐他以神启。国师对我忠诚，却没有考虑过如果我的侄儿登位，他对国师的礼敬只怕还胜过我么？”

“天地间只有一个神，神把启示给予他所钟爱的人。怎么是我这样的人能够赐予的？神俯视着离国，这是离国即将强盛的时代，而神已经把启示给了国主，就不会再赐予其他人。所以墨离县侯要求，是求不到的，我是侍奉神的仆从，不敢为了俗世的礼敬而背弃他的意志。”雷碧城低声道。

嬴无翳沉默了一会儿，一挥手：“国师请起，国师对我国帮助极大，是我嬴无翳尊贵的朋友，在这个内乱外敌皆有的时候，国师如此忠诚果敢，显得更加难得。”

雷碧城摇了摇头：“恕我直言，我并非忠诚于国主，我的生命已经奉献给了神。我是他的使者，是他要把胜利赐予离公，任谁都无法阻止。我们这些匍匐在神脚下的人，不过是惊恐不安地奉他的召唤，实现他的意志。”

“那么这一次国师又带来了神的旨意么？”

“不！是神的警告！”雷碧城神色肃然，“国主有一场危难就在眼前。”

“我有很多危难，每时每刻都在眼前。”嬴无翳不动声色。

“那么我想问国主，这一次即便国主可以从殇阳关脱出，是否也必须冒着巨大的损失？城外白毅七万联军，纵然国主麾下军士悍勇，也难保不被群狼所困。而北方柳相所带的赤旅军团防御华烨的风虎铁骑，到时候若不肯投降，也是注定要损失掉的。国主带了残余的兵马，还要沿着北邙山迂回，取道沧澜道回国，到时候也许墨离县侯已经以兵变拿下了九原城。国主到时城门不开，而白毅大可以领兵在后面追杀，离国其他城市还未来得及响应国主，国主已经被前后夹击。”雷碧城直视嬴无翳，“这些国主想过么？”

嬴无翳沉吟片刻，微微点头：“这个危险我离开天启之前就已经想到。”

“那么在国主的计划中，该当如何应对这种困境呢？”

“这是赌博。”嬴无翳深吸一口气，低声道，“因为帝都对于我们，已经没有多大的意义。进出的资货都被诸侯封锁，我们无法壮大自己，手中空持有皇帝，却无法用他来威胁敌人。必要时，这些诸侯大可放弃皇帝让我一剑杀了他，再杀进天启来勤王。而我如果失去赖以起家的南蛮诸部，就会被活活困死在天启，再无可以呼应的力量。所以这一次我本来准备急速行军，在诸侯还没来得及反应的时候冲出殇阳关，最多是旷野相遇，即便是一战，还可以绕过敌阵的封锁回国，不至于损失巨大。却没有料到白毅的防御这么坚实，我没能及时冲出殇阳关，现在心里也后悔。”

“国主所想，是如果急行军回到九原，趁着墨离县侯还未来得及起事，便大军入城。那时候以国主的军威，动摇不定的臣子势必立刻归顺在国主的军旗下，墨离县侯的谋反自然而然烟消云散。这就是国主所谓的赌博吧？”

嬴无翳点头：“国师知我。”

“可是国主难道没有想到，墨离县侯的反叛，也许根本就是一个圈套，引得国主离开天启。所以白毅早已在殇阳关前设下了重重大军，以国主‘岳峙雷行’的战术，却不能脱出殇阳关。而墨离县侯只是暗中蓄积兵力，并不急于和长公子在九原城下开战，这可能也是另有目的。”雷碧城缓缓说道。

嬴无翳恍然大悟：“这是引我回国的诱饵！我担心嬴真不能守国，就会急于破围，那样正中了他们的圈套！”

“不错，所以墨离县侯是在等待，国主不动，他也不动，而诸侯亦然。我来的路上已经听说白毅约了国主七日破城，这未必不是一个逼国主尽快突围的计策。”雷碧城一挥袖子拂过棋盘，“所以这一阵若是一盘棋，还有无数的后招没有显露出来。国主在边角地上所见的厮杀，只是敌人为了在中盘绞杀我们所放的烟幕！”

满盘棋子落在榻上，啪啪作响。

谢玄站在旁边，听到这里，微微心惊。这些他不是没有想到过，可是他也知道诸侯间素来不和谐，八鹿原一战，诸国联军如果不是各自为阵，本不会被离军冲得分崩离析。而如今若真的要实施这样庞大的计划，势必要有一个首脑在幕后运筹帷幄，以谢玄所知，东陆朝野却根本没有这样一个掌握绝大的权力却又深藏不露的人。即便白毅，想要协调诸军和墨离县侯配合他，也是有心无力，所以谢玄敢于劝嬴无翳冒险归国。而雷碧城带来的消息却令他推翻了原先的推测。恰恰在这个时候，墨离县侯引兵不发围困着九原城，使得这个局面越来越像一个巨大的诱饵。

而隐藏在幕后操纵的那人，谢玄心里觉得隐隐约约看见了影子，却摸不准那种感觉。

他不喜欢雷碧城，却被他的分析说服了。

嬴无翳也不说话，看着如今空荡荡的棋盘，沉思良久，微微地点头：“那么如今的选择，我们可以退回天启城固守。要么，就是率先引兵突围。如果我们行军足够快，我的侄儿未必敢于谋反，因为在他还未在九原城站稳脚跟，我们便已经兵临城下。而诸侯若是来不及追上我们，他就只有死路一条！”

“前者是下策，后者是中策。”雷碧城断然道，“然而都不是帝王之策！”

嬴无翳猛一抬头，目光灼热：“什么是帝王之策？”

“帝王之策，是尽诛白毅的大军！”雷碧城低喝。

嬴无翳、谢玄和张博都是悚然一惊：“尽诛白毅的大军？”

他们面前是两倍于自己的大军，山阵、风虎、出云、紫荆，均是东陆顶尖的强兵。而领军之人无不是声威赫然的人物，当先的更是被雷碧城自己也推许为“军王”的白毅，即便以他们的傲气，也不敢抱战胜的想法，平安突围已经不是容易的事。

“国主曾经冒千古的奇险夺下帝都，成就功业，那么殇阳关为什么不可以成为第二个奇迹？”雷碧城几乎是在质问，“或者国主已经失去了年轻时候的勇气？”

嬴无翳眼睛忽然瞪大，直视雷碧城，目光中隐隐一股怒意。稍顷，他忽地鼓掌大笑：“很好！那么国师来这里，就是要教给我尽诛白毅的方法吧？”

“如果不是准备充分，我有什么面目在最危急的时候私自离开九原城来面见国主？”雷碧城反问。

“你有那么大的信心？”嬴无翳喝问。

“神所庇佑的人，他不可阻挡。神授予他武神般的力量，狮子般的雄心，火焰般的渴望，钢铁般的意志。一切的敌人都将在他的面前化为齑粉，仿佛遭到雷霆的惩罚！神的眼睛在天空里俯视他，奇迹跟随他而行。神曾为了拯救河洛一族而劈开大山，也会为了他所选中的人把殇阳关变成白毅的修罗地狱！即便是军王，也不足以抗衡神的意志！”雷碧城声音高亢，仿佛唱颂，“而国主，便是神选中的人！”

他猛地低头：“请国主屏退其他人，我将把神的旨意传授给国主！”

嬴无翳点头，扬手一挥。谢玄和张博半跪行礼，一齐退出军帐。

两人默默地站在夜空下，微风吹拂。方才浓重的雾气此时已经消散得一点不剩，嬴无翳的战马平静地站在远处打盹，似乎没有任何特别的事情发生过。四名魁梧如巨神的从者默默地站在帐外，不发出一点声音，甚至感觉不到他们在呼吸。沉重的铁甲笼罩了他们全身，没有半点皮肤暴露在外，其中一人的右臂没有了，袖子空荡荡地飘着。谢玄和张博一出帐，恰好站在这四个人之间，从者们却没有一个扭头去看他们。这些从者根本就像是铁铸的人偶，本应该立在坟墓前守护墓主的安宁。

张博瞥了他们一眼，扭头去看谢玄。谢玄微微摇头，示意他不要多说。

两个人走出一段距离，张博才压低了声音：“国师带来的方略……尽诛白毅的大军……可能么？”

“自从他来到离国，每一次他提出的方略都切实可行，这一次只怕也不会例外。”谢玄道，“我想公爷已经被他说服了，现在不必再多说什么。”

两人又走了一段，周围静静的看不见一个人，只有微微的风声。谢玄忽然站住了，张博愣了一下，也站住了，看着谢玄沉默地回头，去眺望远方的军帐。

“怎么？”张博问。

“不知道怎的，每次见到这个人，我都有种冲动，”谢玄压低了声音，“想要一剑杀了他。”

“我也一样！”沉默良久，张博道。他和谢玄对视，目光中不无忧虑。

第五章 殇阳血

八月二十七，刚刚入夜。

当阳谷口，木屋中，华烨在袅袅的香烟中冥想。

敲门声传来，原鹤在门外低声道："将军，毢阳城有客人来访。"

"毢阳？"华烨睁开了眼睛，沉默良久，低低地叹了一口气，"我不想见他，让他回去吧。"

原鹤领命离去了。

片刻，原鹤再次转回："将军，那人跪在辕门外不肯离去。"

木屋中，华烨凝视着面前古朴的直刀："告诉他，这是战场，不是修行的地方，如果他还不想被血涂污了心，就早早地离开吧。"

"将军，这些话，对那个人只怕是没有用的。"原鹤低声道。

他等候在门外，屋里却久久地没有传出声音。原鹤无奈，转身要离去，门却忽然打开了。一身铁甲的华烨手持一盏小油灯走了出来，那是屋里唯一的一盏灯，他走出来，屋里就漆黑一片了。

华烨端着油灯，缓步走向辕门口，精锐的风虎骑兵们在亲兵的示意下远远避开了，周围一片空荡荡的，暮色里一个人影跪在辕门之外，他的背后背着一人高的阔刃重刀，刀柄便有两尺之长，远远看去那柄刀极厚极重，古奥森严，简直不像是人所能挥动的，倒令人想起殇州土地上那些夸父巨人的武器。

原鹤也停下了脚步，只剩下华烨独自走向跪在辕门口的年轻人。年轻人抬起头，看着笼罩在铠甲里的将军，将军默默地把小灯放在他和年轻人之间，不避灰尘坐下了。

两人相对，久久地没有一人出声。而后忽然，华烨低低地笑了一声，摘下了自己的头盔放在一边。他的脸终于暴露在灯光下，闻名于东陆的虎神却并没有刚毅勇猛的面相，相反，乍一看华烨的脸令人心里一紧一寒，皮下像是有蚂蚁爬过一般难受。那是一个很丑的人，原本不起眼的相貌，天生的巨大胎记几乎遍布了他半张面孔，把他的脸沿着鼻梁正中分为黑白分明的两半，又有一道刀疤横过他的脸，当初那一刀势必斩断了他的鼻梁，连带着脸上的肌肉翻卷起来，永远也恢复不得。

而年轻人却异常的俊美，他一身白色的麻衣，赤裸着一半胸膛，拴着巨刀的宽大皮带紧紧扣住他结实的胸肌。这是一个体形凶猛得像是豹子、面容却善良得如孩子的年轻人。

“这样就还是我们私下见面的模样了。”华烨低声说，“我带了灯来，这里周围也没有别人能够听见我们说话，便当作你我之间的传道吧……可是华茗，你原本不该来。”

华茗摇头：“父亲，我已经不是孩子。父亲走后我思考了很久，如果父亲能够在战场上领悟，为什么我只能在黾阳一个人无助地思考生存的意义呢？所以我带着我的刀，来这里和父亲并肩作战。”

“人生就是一道长门啊，它无处不在，无论是在战场上或者是在黾阳，都是一样的。”华烨道，“是否和我并肩作战并不重要，我们在不同的地方，但是都是穿越一道长长的门。能否越过它，是你能否抛下那些因为贪欲和迷惑而产生的蒙昧，而这一路上我的精神其实都是和你并肩而行的，无论我的身体在哪里。”

“如果父亲死了呢？而我还在遥远的黾阳，等待父亲回去和我一起修行参悟。”华茗问。

华烨愣了一下：“我死不死并不影响你的领悟，即便我的精神离开身体，我也不会放弃我们当初共有的目标。”

“而我还不知道，父亲的精神也许会回到黾阳来看我，而我就像一个傻子那样，每日地修行，等待父亲的归来。”华茗说话的时候声音平静，也没有丝毫表情，“我在屋里沉睡，父亲的精神在窗外经过，我还会梦见和父亲一起在雪地里跋涉修行，而第二天早晨传来的战报说父亲已经死在当阳谷口。”

华茗的脸上像是暴风雨前的密云那样急遽变化，悲伤和无助占据了一切，眼泪大滴大滴地滑落，他像一个孩子那样大哭：“父亲，这就是你留给我的解脱么？”

他趴伏下去号啕痛哭，魁梧精悍的身体却无法负荷预感到将要失去亲人的悲伤。

华烨默然不语，良久，他长长地叹息：“我错了啊，孩子。”

华茗茫然地抬起头看着华烨。

“你对我的依赖和亲爱，本是错的。”华烨低声道，“在我困惑于杀戮的时候是你救了我，当我看到你的眼睛，我觉得我看到了世上最清澈的眼睛，里面不藏半点的私心和杂念。于是我想如果我能够在黾阳城和这样一个心里完全不沾染尘埃的孩子一起生活，我的心将会平静，我嗜杀的灵魂会被拯救。而我也曾经下定决心要保护你，让你免于陷入乱世的纷争，不能让凡俗的东西困扰你的心。可最终困扰你的却是我这个父亲，这也是因为贪欲和迷惑产生的蒙昧啊，华茗，我们都不曾解脱。”

华茗呆呆地看着他。

“我的存在对你如此重要么？你的存在对我又如此重要么？其实我们只是这个世上偶然相遇的两个灵魂，想要一同穿越一扇长长的门。可是最后我们或将一起堕落，因为共同的修行在我们两人之间拴上了牵挂的绳子。”华烨摇头，“人心里最深的毒，是寂寞啊。”

他拍了拍衣甲上的灰尘起身：“那么就留下来吧，其实我何尝不想看见自己的儿子在身边呢？想到我若死了，我的魂魄或者在月下经行，你却还在雹阳等待我的归去，看着你大哭，真让人心里难过。”

“谢谢父亲！”华茗愣了一下，趴下去叩头，“我会跟在父亲的身边，为父亲磨亮战刀，就像以前在雹阳城，每天早晨第一件事便是磨亮父亲的刀。父亲传授我的磨刀技巧，父亲不在的时候，我也始终没有停止练习！”

“华茗，你理解错了啊，其实磨刀之术，只是一种譬喻，要你练习用心磨砺自己的精神，”华烨转身缓缓地离开，“我本没有希望你跟随我当一个磨刀人。”

华茗直起身子，看着义父的背影，不知道说什么才好。

华烨忽地转身，对着华茗笑了笑：“其实我最初的期望，你应该是个厨子。可惜我自己不会做菜，一直没法子教你。”

华烨笑着，却没有丝毫的欣喜，他笑得苍凉而疲倦。他摇了摇头：“我的错误，在于我其实真的把你当作了我的亲生儿子，却没有把你看作同行的修士。你若堕落，是我的罪罚。”

同一时刻，殇阳关外的楚卫军中帐。

诸侯大军的统帅几乎全部在座，只是居中的位置是空的，白毅没有来。费安冷冷的目光透过门口帘子的缝隙看向外面，丝丝秋风透了进来。仅仅几天，殇阳关下便冷了起来，连续几日都下了白霜，有深秋的感觉。冈无畏和古月衣对视，各自摇头，程奎则瞪着息衍，息衍也是摇头微笑。

明日便是白毅约定破城的日子，可是白毅这些日子全无动静，谁都猜不透他的心思。冈无畏于是传书请诸位将军一同来向白毅问询，不过只有白毅幕府中的谢子侯出来迎接，说白大将军午后便休息了，至今未醒。将军们议论良久，得不出什么结论，心里焦急，也不悦于白毅的傲气和冷淡，却碍于他的盛名不便发作。程奎咬牙拍着座椅的扶手，瞪圆了眼睛，已经是几次把到嘴边的脏话吞了回去。

还是古月衣打破了沉默：“息将军，我们中只有您和白大将军是多年的朋友。白大将军连日不见客，刚才息将军也一言不发。明日真的能攻城么？我军全然没有准备，将士们心中不安。息将军可愿意为我们解疑？”

他神色谦恭，是敦请的样子。

息衍不便再沉默，却也只能苦笑：“古将军，我是个喜欢说话的人，没有讳莫如深的习惯。我们冒着危险同来这里对抗离公，便是生死相依的战友，作战的方略无不可说。可惜从我认识白大将军的那一天起，我就没有明白过他心里想的是什么。你要我解疑，我也是满腹的疑惑。”

“殇阳关地势高险，离军赤旅强于步战，守城是他们的强项。”冈无畏摇头，“如果不是预先运筹帷幄，排兵布阵，想要破城，谈何容易。”

“明日就要打一场十万人的破城之战，现在排兵布阵，也已经晚了。我们静等白大将军的奇迹好了。”费安冷冷地说道。

程奎张了张嘴，却不知道说什么，狠狠地叹了一口气，拍了拍座椅的扶手。

“没有提前的准备，贸然攻城是枉费人命。”古月衣想了想，也是摇头，“这样的事情，我想白大将军是不会做出来的。莫非所谓七日之约，只是疑兵之计，令嬴无翳惊恐不安？”

息衍摇头：“不，明日一定攻城。虽然我从不明白白大将军在想些什么，不过我认识他这么些年来，他言出必践，行而必果，即便对于敌人也从没有例外。所以他跟离公约了七日，在明日午夜之前，他一定会登上殇阳关的城头。除非……”

“除非什么？”古月衣追问。

“除非这是他第一次失手，破了先例。”息衍摊了摊手。

“任何人都会有第一次失手。”费安道。

息衍大笑：“费将军说得不错，如果不是两军阵前。我倒想设个局，大家下注，看看白毅这一次能不能保住他东陆第一名将的威名。”

费安眉峰一挑，瞥了息衍一眼。

古月衣愣了一下，也微笑起来："我看息将军的意思，还是会下注在白大将军这边了？"

"看在我和他多年的交谊，这个庄我是一定要帮的。"息衍漫不经心地说。

帐帘掀起，一名白色衣甲的楚卫军士佝偻着背，捧着一只木托盘进来，托盘上覆着白色的麻布。

"参见诸位将军。"军士扫了一眼周围，行了礼就要退出去。

"你来找白大将军？"息衍喝住了他。他认出那名军士是一名军医统领，也兼仵作。

"什么味道？那么臭！"程奎皱眉，狠狠地在鼻子前扇了扇。

每个人都闻见了仵作身上传来的浓重臭味，臭得令人焦躁不安，粗鲁如程奎的人也觉得恶心得要吐出来。

"是前些天那些闯阵的怪人，留下来的那条断臂。我想着那些人行为怪异，受伤仿佛没有感觉，就捡回了这条断臂用石灰抹了，想带回去和同僚研讨。谁料到，"仵作面有难色，"发生了一件怪事。"

"怪事？"古月衣问。

"本来用石灰腌了，保存上几个月不是问题，不过今天再看，已经烂得不成样子了。所以想报白大将军知道。"仵作说。

"嗯？"古月衣强忍着恶臭上前，"给我看一眼。"

仵作犹豫了一下，但还是揭开了托盘上的白麻布。剧烈的臭味一瞬间呛得人几乎要晕过去，稳重如冈无畏也不禁按着座椅的扶手，想要站起来避开。那只托盘上的断臂异常的粗大健硕，和普通人的手臂相比长了几乎一半，可是如今腐烂得见骨，骨骼和暗红色的肌肉分离，正湿漉漉地滴着臭水，看一眼也让人心惊胆战。

"怎么会这样？"古月衣惊疑不安，他知道石灰腌过的尸骨都会脱水，还在这样渐渐冷起来的天气下，断然没有腐烂得这么快的。他想起那天夜里的黑色从者，虽然其后诸军将领都觉得丢了面子，被区区五个人踏阵而去，却都说不出所以。离国军中暗藏有秘道士的传闻早已有之，八鹿原的大战，离军就使用了秘道的风障和炎火，诸侯联军没有准备，吃了大亏。

“一块烂肉,端进来是让我们吃不好晚饭么？”息衍的声音忽地传来。他已经站在了古月衣的身边，拍了拍他的肩膀，挥挥手令仵作退出去。

“真是诡异。”古月衣低声道。

“这种想不通的事情，其实也犯不着多想。”息衍淡然道。

谢子侯掀开帘子，走进了帐篷。

他摘下斗篷的风帽，微微打了个哆嗦。帐外疾风横扫，有如鬼啸，地面已经被冻得铁硬，丝绒的夹衣都挡不住寒冷。帐里却点着炭盆，火生得很大，令人觉得燥热。白毅未穿铠甲坐在桌前，认真地摆弄着一只填满泥土的陶盆。

“大将军。”谢子侯凑近，打量着那只陶盆。

他知道白毅在模型上也有造诣，经常自制地形沙盘和攻城器具的模型，于是想这又是一件新的玩具，不过在白毅的手里摆弄来，却未必不是攻城掠地的利器。不过那只陶盆却毫不起眼，就像市面上几个铜锱一只的烧土花盆。谢子侯在白毅幕府中任首座已近五年，自以为对军械有独到的见解，却怎么也想不出看不出这只陶盆的用处。

“子侯，诸位将军还没有走么？”白毅聚精会神，微微点头致意，并不看谢子侯。

“还没有，都在大帐中说话，大概见不到将军，不甘心离去。”

“那也任由他们。”白毅随口说道。

白毅手中丝毫不停。谢子侯屏住呼吸，看着他先是将陶盆中的泥土刨松，挑去石子，而后浇上清水，再把一包东西洒进去，再敷上一层泥土。十指上满是泥污，他也并不介意。

“大将军，这是？”谢子侯终于忍不住好奇。

白毅微微一愣：“是息衍捎来的秋玫瑰花籽，我已经种了两盆，剩下的种子都在这里，希望天气真的冷下来之前，可以看见它开花。”

看着谢子侯茫然不解的样子，白毅从炭火下拾起另外两个陶盆放在他面前：“这是前几日种下的，想不到这么快就发芽了。下唐的秋玫瑰，果然是与众不同的品种。”

谢子侯这才相信白毅真的是在摆弄花草，苦笑几声，长拜下去：“大将军，您在此种草莳花，却苦了我们这些挡驾的人。”

“见不到我，诸位将军很不满意吧？”

谢子侯摇头苦笑：“费尽唇舌，好言好语，诸位将军也不信您午睡一直不醒。淳国程将军脾气暴躁，说我军畏战，大将军胆怯。几乎把我们说成是包庇逆贼的同党。”

“程奎是个直性子的人，他怎么骂，都不要紧，不过是一时口舌之快。我担心的是费安和冈无畏，费安性格阴狠，对我军始终是观望，冈无畏将军却是数十年名将，真的令他觉得我们失礼，怕是不好收场。”白毅淡淡地说道。

“将军素来不会刻意对人傲慢，既然也担心费安和冈无畏的不满，为什么却避而不见呢？”

白毅沉默片刻：“我要示以威仪，令他们心中有所不安，不能感觉太过熟络了。”

“怎么说？”谢子侯长拜，这是请教的意思。

“攻破殇阳关指日可待，那时候诸侯大军必然希望能够推进天启觐见皇帝。一则在帝都建立自己的势力，二则在皇室面前表功。不过我们这些骑马带刀的人想进入帝都，想必皇室不会乐于看见。诸国之中，我国兵力最强，也和皇室最为亲密，皇室势必会倚仗我军安抚诸侯，保护天启城的安宁。那时候我们和诸军之间的关系，会更加微妙。”白毅低声说，“所以与其亲若兄弟，不如跟诸军保持一段距离，站好我们的立场。令其心中对我军有所戒备，便会加倍小心，不至于轻举妄动。”

“皇室如果直接降旨，令勤王诸军退却，将军以为诸军不会答应？”

“绝对不会，我大胤朝有史以来，嬴无翳是第一个在帝都建立势力的诸侯，而他仅仅是一个人。我们如今驱走了嬴无翳，可是却有六个诸侯要进入帝都。这就像走了一头狮子，进了六条恶狼。”白毅道，“对于皇室中的明眼人来说，是一头狮子好，还是六条恶狼好，这还难说得很。如果我是皇室中出面安抚的人，势必会在诸侯之间周旋，最好的策略便是联合我国，威慑其余诸侯。”

谢子侯沉默了一会儿，微微点头：“将军的思谋，果然深远。只不过明日就是约期，对于破城……”

他迟疑不语，以他的经验而言，强攻殇阳关无疑需要事先演练配合。以殇阳关城墙高险，登城几乎不可能，水火也都不能奏效，那便只有用犀角冲一类的攻城器械强行撞击城门。那样军士必然暴露在箭雨滚石下，调度调配便是减少死伤的关键。而现在即便立刻排兵布阵，也已经来不及了。

白毅摆了摆满是泥污的手：“坐。欲速则不达，阵前静不下来是领兵的大忌，我的筹划稍有错误，便要在阵前死十个百个人。你可知道下唐的十里霜红？”

谢子侯坐在他对面，摇了摇头。

白毅端详着种上花籽的陶盆，带着一缕微微的笑：“世上的玫瑰花，都是春暖花开的时候开放。只有下唐地方，产一种秋季开花的秋玫瑰。不过秋玫瑰其实是菊花一属，只是花形和玫瑰类似，又是难得的深红色。南淮城有一条紫梁大街，临着河岸一侧都是种的这种花，一到下霜的日子，霜红十里，乘船顺流而下，一眼望去，有如冰火交融，是南淮的盛景之一，不过在我们楚卫，倒是从来没有听说过有人栽活过这种秋玫瑰。”

“想不到大将军对于种花也有心得。”

白毅沉默片刻，笑笑：“子侯，我是不是一个很无趣的人？你跟随我五年，我总是如同箭在弦上，紧绷得很。不喜欢什么，也不讨厌什么，偶尔吹吹箫管，也是心事沉重的样子。”

谢子侯略略迟疑，躬身道：“是。”

“其实我当初并非这样的，”白毅低声道，“二十年前，我和息衍还是朋友，都籍籍无名，曾想过在帝都的街头开店卖花，赚一点钱花销。那时候息衍还说开店便要有绝活，别人没有的，才能红火起来，于是他研究了一个夏天，种出一色蓝边的玫瑰，称为海姬蓝。”

白毅静了下来，看着桌上跳动的烛火出神。

“那时候我和息衍都不曾想到会成为名将，也不曾想到，会有针锋相对的一天。乱世的时局，也逼人太甚了……不得已。”白毅低声叹息，“如今我是一个连盟友都要算计、事事走先一步的人，便只能如此的无趣干瘪。”

“大将军对于国事的操劳，实在太费精神了。”谢子侯感慨，“但是我想名臣名将，都胜在用人得当，指挥调度。恕我直言，将军这样只是自己辛苦，终究不是长久的办法。”

白毅笑笑，略有一丝疲惫：“子侯，你不懂的。”

他沉默了一会儿：“我不是不相信别人，而是很难找到和我相同的人了。我出仕楚卫国，是立志要保住大胤的河山。”

谢子侯愣了一下：“大将军忠心爱国，是仁义之军啊，诸侯国中无不敬仰的。”

“子侯，你终究不明白人心啊，也还不真的理解这天下。”白毅摇头，“如今还真的有什么人忠于皇室么？所有人都借着忠君之名，意图谋得自己在乱世河山的地位，就像现在大帐中的那些人！”

谢子侯点头：“诸侯的虎狼之心，我也有听闻。嬴无翳若是狮子，以恶狼比喻他们，确实也不为过。”

“他们做的是对的。”白毅低低地长叹了一声，“子侯，我请你为我幕府的首座，与其说是看重你的谋略，不如说是看重你的真纯。这个时代，旧的皇帝已经不该再存在了。”

谢子侯大惊失色，这样的话，他断然没有料到会从白毅的嘴里说出来。

“觉得这样大逆不道的话不该由我来说？”白毅轻轻地抚摸着那些陶盆。

谢子侯呆坐着看白毅，不知道如何说起。

白毅神色淡然，轻声慢语，像是在说一件和自己完全无关的事：“改朝换代，是自然而然的事。要始终把持着整个帝国的权力，成为诸侯的共主，那么必须有强的领导者。可惜我们白氏家族即便再庞大，却依旧是一个家族而已，要从一个家族的人丁中选出能够震慑东陆的主宰，谈何容易？而且我这样的分家子弟慢慢地从主家中远离，最后主家中剩下的，无不是养尊处优的贵胄子孙。他们没有握过剑，没有杀过人，甚至不明白天下的平衡和权力的绞杀。他们依靠着祖先的威风坐在太清宫的宝座上维持他们的统治，可是十年一百年一千年，当祖先的威风不能再延续，这个帝朝就会被摧枯拉朽地毁掉。养在锦绣中的人，是永远不能战胜赢无翳那样生在山野中的雄狮的！”

白毅长吸一口气：“这就是帝朝的命数了，蔷薇皇帝的威武延续到风炎皇帝，已经是最后的光辉。那光辉灭了，再也无以为继。绵羊统治的国家和狮子统治的国家，哪一个的人民会幸福？”

谢子侯茫然失语。

“是狮子统治的那个才会幸福。”白毅代他回答了，“虽然狮子会吃掉它的子民，但是它也会守护它的子民，这些是它的粮食。天下是个偌大的羊群，牧羊的，决不能是羊。”

谢子侯觉得巨大的压力压得他的胸口疼痛，他几乎不能呼吸。这么多年来，白毅不曾跟他说过自己的心思，谢子侯也只知道自己效命于最忠于帝朝的天下名将。可是谜底在他根本来不及反应的时候忽然揭开，白毅的心里，并非只有“忠诚”两个字。

“那大将军守护皇室那么多年……是为了……”谢子侯勉强说到这里，忽地起身下拜，“若是大将军别有鸿图，子侯是将军从乡野中提拔的人，也只能誓死和大将军一同，但请大将军直言相告，令子侯心安，纵死不悔。”

白毅一笑，轻轻拖了拖他的胳膊令他起身：“子侯，你误会我了。我今天忽然跟你说这些话，是因为我不知道今夜过去我的死活。决战就要开始了。”

谢子侯脸色大变：“就在今夜？”

“就在今夜。”白毅点头，“当年我和息衍第一次在秋叶山城见到嬴无翳，他还是一个效忠皇室的年轻诸侯，我们则是少年。可是我和息衍都坚信有朝一日，这个人的红旗烈马必将如大潮般洗过东陆。锁河山八鹿原一战，我迫于国内的压力不能亲自出兵勤王，决战嬴无翳，其实也是我不想在那时正对他的锋芒。那时候诸侯联军兵势连云，不过却是一盘散沙，我确实也没有信心去和嬴无翳一战。但是我知道我和此人的决战终不可避开，我筹划那么多年，等着这一战已经很久了。”

他仰望叹息：“男儿生于天下，英雄相见，迟也是恨，早也是恨！这一战我没有十成的把握，最后可能两败俱伤，我有事请托你。”

“子侯惶恐！大将军吩咐，子侯无不听命！纵然死无葬身之地，也图一分心安。”

白毅微微点头：“如果我战死，势必引起国内局面变动。现在我楚卫国中，群臣专权，国主无力统帅。譬如……路仲凯，他是我的政敌，而我在挡他的路，他已经压抑了很久了。”

谢子侯昂然应诺：“子侯看得出来，路相的野心昭然若揭，只靠着大将军的威严弹压。这一战，大将军若死，子侯拼却一命，势必卫护国主，斩杀逆臣！”

“不，路仲凯不是一个普通的角色，他背后的势力枝蔓纵横，以你现在的能力，无法挫败他。”白毅摆摆手，凝视着烛火，“不过我也有我的准备。你返国之后去我的书房，在书架板壁的夹缝中有一封我留给你的书信，其中有我对于此事的布置。你或许不能理解其中的一些事，不过你必须一步一步地履行，节奏半点不能出错。这整套谋划环环相扣，你将有一个绝大的机会横空出世，继承我的权力，卫护国主。”

白毅转过头，盯着谢子侯的眼睛：“记住！丝毫都不能出错！你只有唯一的一个机会。”

谢子侯感觉有冰从背脊上滑过似的，浑身一震，单膝跪地行礼：“子侯明白！”

“很好。”白毅像是疲惫不堪，靠在椅背上仰望帐顶，低声道，“决战就要开始了，我已经听见声音了。”

“什么时候？什么声音？”谢子侯抬起头来四顾，他没有听见任何异样的声音。

“听，风声，”白毅低声道，“风起了！”

帐篷帘子忽地掀起，一阵冷风呼啦拉直灌进来。白毅起身，披上那件朴实无华的白色大氅，整理领口，大步走到帘子旁：“亲兵营！预备传令！”

“是！”帘子外有人齐声喝道。

风再次掀起帘子来，一队黑衣的挎刀军校早已经悄无声息地半跪在帐外。白毅微微点头，军校们立刻四散离开。

谢子侯追着白毅出帐，随白毅一起站在呼啸的寒风中，风更猛烈了，风向也有了变化，黄昏以来偏西的风转为了北向，吹在身上锐利得有如冷刀割着。白毅看着军帐上的旗帜在风中呼啦啦地招展，似乎随时会被撕裂，微微点头。谢子侯这才明白那时候白毅让他听，真的是有特别的声音，那面旗帜卷动的声音，忽然间就变了。

白毅转头，踏着大步就要离去，却停步拍了拍谢子侯的肩膀：“刚才有句话没说完，旧的皇帝固然不该存在了，改朝换代也是天下大势。可是每一次的动荡，就要死伤整整一代的人。每一次的权力交割均是血洗而成。我不想看到。所以即便守护皇室是逆势而动，我也决心就这么走下去。”

“有些事，我就是看不开的那种人，息衍曾经说我关键处最蠢，也许是说对了。”白毅竟然笑了笑，“子侯，你留在营中镇守。如果我回不来，还请你将那三盆花带回楚卫。看看秋玫瑰能不能在楚卫开花，还从未听说有人在楚卫种活了秋玫瑰。”

“大将军……”谢子侯想要请求随同。

白毅已经打断了他：“记得板壁里的信，不必为我担心。能杀我的人，东陆只怕还不多，即便是离国的狮子！”

他转身离去，笑容退却，剩下一张毫无表情的脸，双瞳中骤然暴出了一种岁月洗练过的、名刀般的冷厉。

楚卫军中帐里，息衍背手立在军营空地中央，望着辕门处飘扬的战旗，忽然运动起来的整个楚卫兵营在他的身边流动，被惊动而出来观望的诸位将军们目瞪口呆地看着这忽如其来的变化。

息衍笑了笑：“开始了啊，白毅，风终究是没有辜负你！”

同时，殇阳关内离国的大帐中。

“说来明天就是约定之期了吧？”嬴无翳在棋盘上落了一子。

“是。不过连续六日城上的斥候都回报说六国联军安若大山，只是白毅不再来吹箫了。若说明日攻城，实在也难以想象。”谢玄跟了一子。

“你说白毅真的会来？”

“真的会来。”谢玄头也不抬地应着，“东陆第一不是随便叫的，他领兵以来，不曾有一次不兑现诺言，这是此人最可怕的地方。所以他军威之隆，大概也只有王爷可以相比。”

嬴无翳愣了一下，大笑，有力地落子：“来！既然是等东陆第一名将攻城，就不能摆出熊包的样子来。讲讲蔷薇皇帝故事，也振奋一下。”

他对于典籍的理解不差，却不喜欢捧着书读，历史典故便总要谢玄讲给他听。

“那我说说蔷薇皇帝的军旗、王爷的军旗，和白毅的军旗，如何？”谢玄笑，“我听说这三面旗都是所到之处，麾下将士无不为之冒死冲锋的，但是王爷以为，自己的雷烈之花旗和先帝的火焰蔷薇旗、白毅的箭碎蔷薇旗可有区别？”

嬴无翳想了想：“我们三人治军，风格各不相同，但是你要我说，我却未必能说得精准。”

谢玄点头：“王爷虽然没有说出所以然，不过这句话却是不错，这三面旗，区别在于治军的方略。蔷薇皇帝是个人主，他的属下加入他的军队是为了这个人，在那个纷乱之世，他们见到白胤，便如终日生活在浓云下的人看见了天空。即便让他们为白胤战死，他们也心甘情愿。而王爷是霸主，王爷的属下追随王爷，多半也是为了王爷的壮志和勇气。不过，我军中颇多将士来自南蛮诸部，杀戮和尚武的旧习也是王爷能够指挥他们冲锋陷阵的原因之一。所以，这一点上王爷和白胤相比，失之于暴戾。”

嬴无翳点了点头：“那么白毅呢？”

“白毅则完全不同。白毅领军，将士们无不对他的话言听计从，是因为这个人的筹划谋算实在不是常人可以达到的。他每做一件事，必先提前计算无误，待到他出动，胜败已经不再是悬念。他一生数次大战，每一战都是这样，从没有一次例外。他对于将士而言，是一个神话，还没有人能击破他的神话。所以他说什么，将士们便做什么，即便叫这些人身陷死地，因为他们相信，白毅叫他们去的地方，可以死中求活！”谢玄断然道。

“真是劲敌！”嬴无翳沉思着感慨。

“但这也是他最大的弱点！”谢玄忽然道。

“哦？”嬴无翳抬起头来。

“白毅的神话，无人可以理解，他的属下只是奉从。白毅是个孤胆的将军，逆天而行的英雄，他的军队全部仰他一人的力量而活。但是白毅始终是个活人，一个人，就不可能不犯错误。白毅的神话，最终将压死他自己。”谢玄断言，“他若死，是死于孤独！”

“孤独？”嬴无翳皱眉惊诧。

良久，他的眉宇舒展，微微点头：“在那个人的箫里，我听到了……”

一身赤色皮甲的赤旅百夫长直冲入帐，他已经等不及通报：“王爷！将军！出事了！”

“什么？”谢玄猛地起身。

百夫长满脸是汗，嘶哑地大喊：“出事了！赤旅一旅、二旅、三旅都有人中毒，中毒的人面色赤紫全身痉挛，医官解不开毒性，说是真的发作起来，有暴厥的可能！医官在外面等着。”

谢玄惊得退了一步，猛地打了个寒噤。他并非没有预料到下毒的可能，但是赤旅三旅都有人中毒，乃是说所有三个万人队都被下毒，再多的细作也不可能毒倒三万大军。

“不要慌，”嬴无翳神色不动，“传医官！”

一身白棉铠的医官疾步进帐，他手中托着瓷盘，里面有三根银色的长针和一碗清水。

“有结果了么？怎么说？”嬴无翳低头看着棋盘。

医官捧上瓷盘：“怕是乌头、狼毒一类的东西，针刺喉间，有淡紫的颜色，印堂发青而脸色赤红，中毒的人抽搐，燥热，呼吸不畅，正是这类东西服用后的症状。”

“这不是可以入药的东西么？”

“是可以入药，但是用多了，立即变成毒药。”

“哪里来的毒？”

“水里。属下已经查验了城中的几口井，井水中都有一股药味，乍闻起来像是井水中水藻太多的味道，所以军士没有提防。中毒的军士都是今天夜里喝水多的人，受伤的军士因为需要补水，所以喝水尤其的多，现在已经死了二十多人。”

“共有多少人中毒？”

“大约三千，身体不适的不下两万人。”

“好白毅，果然是军旅中的神话，计算得真是准确。只怕更多的东西，也就要来了吧？”嬴无翳赞叹着，目光森冷。

谢玄脸色苍白，静静站在那里。片刻，他长叹一声：“我明白了，白毅果然有过于我的地方！”

“王爷，我立刻去营中看一趟！”他一提佩剑，大步出帐，他的亲兵急忙捧着铠甲追了出去。他一步踏出，周围灯火通明。此时，整个离军的大营都已经骚动起来。

“王爷，王爷！”张博赤着上身，双手提刀冲入了嬴无翳的大帐。

两名雷胆正为嬴无翳披甲。他神情镇定，猛一挥手止住了张博的叫喊。而玉公主也已经扎束整齐，披着一件雷胆营的黑铠，漆黑的长发编成辫子束在头顶，露出玉一般细致白净的脖颈，像是一个俏丽的贵族少年。她神情镇定，就像她的父亲，手里翻来覆去玩弄着一枚白玉环。

“你有什么消息？”嬴无翳沉声道。

张博擦了擦脸上的汗：“城外的大军忽然都动起来了。今天黄昏时候还没有动静，我们派出城外的斥候送回信鸽说他们还是照常烧火做饭，但是夜里忽然有人传令，现在六国军队全部出动，不下七万人，全部聚集在城外正在列阵。带着石炮和升云梯，只怕还有龙牙锤和犀角冲，这次是真的要攻城了！王爷，我们该如何应对？”

“攻城？”嬴无翳理了理淡褐色的虬须，“关键是如何攻城。”

“王爷，”谢玄疾步进帐，“已经查明了。”

“中毒的原因查明了？好，说来听听。”嬴无翳不动声色。

“中毒？”张博猛地瞪大眼睛，他夜里被军校惊醒，刚从城上观望回来，还不知道中毒的事情，只觉得营中骚动异常。

“是，我已经查验过，是井水中的毒。现在三千人已经无法战斗，剩下的人中，还有一万多中毒稍浅，医官已经开始配药，不过敌军下的毒是乌头狼毒之类，急切间，我军根本没有那么多药材。”

“是细作下毒？”嬴无翳问。

“不，毒下在水源中！”谢玄道。

“水源？”嬴无翳目光生寒，“你不是也曾说殇阳关的泉脉是两山泉水，深埋在地下，白毅若是想探明泉脉，至少也要勘探一年的么？”

“也许白毅真的勘探了一年，”谢玄回道，“不过只怕他早已经探明过了。”

“你是说？”

“我也曾说过，白毅是那种每一战必然运筹帷幄，计算无误才出动的人。这一次也不例外。据说他府中卷宗近十万，全是诸侯军队和九州地理的资料，以他的审慎，既然有过七百年前血战阳关的惨事，他预先探好泉脉，也并非不可能，只怕他准备和我们在此一战，已经很久了。”谢玄长叹，“是我过于自负了。”

嬴无翳微微合上眼睛，沉思片刻，长叹一声：“并非你过于自负，是你真的不如白毅。”

谢玄不再言语，低头候在一边。

两名雷胆用赤色的丝绳套在嬴无翳火铜铠的环扣上拉紧，嬴无翳转过身去示意雷胆在背后打上结子：“以我们现在的兵力，足够守城么？”

“足以守城。以殇阳关的险峻，即使我军中毒，白毅趁机强攻也绝没有胜算。以白毅的智慧，绝不会算不清楚。”谢玄道，“所以他调动大军，做出攻城的姿态，但是这未必是他致命的一着。”

“我也想不明白。”嬴无翳点头，“不过既然他是白毅，那么他一旦攻城，就一定有常理之外的计谋。”

“管他什么计谋，他敢调兵上来，就全部让他横尸在城下，”张博一直插不上嘴，这时候抢着大声道，“这一战要打得诸侯断子绝孙！”

“我们在白毅身上吃的亏，已经不小了，”嬴无翳一振铠甲，“张博，传令雷骑全军喂马！”

“喂马？”张博吃了一惊。大兵压境，嬴无翳不传令步兵守城，却命令骑兵喂马。

嬴无翳冷笑：“白毅已经抢得先手，不过这盘棋，谁赢在最后还是未知之数，喂好了马，有你冲锋杀敌的机会。”

“王爷，那个楚卫国的公主……”谢玄在一旁提醒。

“这几天差点都忘记这个小人质了，”嬴无翳笑了笑，“不必管了。”

“据说小舟公主是楚卫国国主最心爱的女儿，身价可谓倾国倾城。如果用以威胁，白毅也不能没有顾忌。”

“笑话！”张博喝道，“就是不用人质威胁，天下什么军马是我雷骑军的对手？”

嬴无翳摆手止住两人的争论。

身后的雷胆为他披上火红的披风。嬴无翳神情淡漠：“男儿的血战，和女人无关。如果能忍受这般龌龊的手段，那么也不必奢谈什么纵横天下，何况她还只是个孩子。我带她在营中作为人质，想起来真有点小人之心。”

“是不是，阿玉儿？”嬴无翳微笑着挽起女儿的手，手指轻轻刮过女儿娇嫩的脸蛋，而后大踏步地出帐而去。

强劲的风从南面的原野上汹涌而来，锐利得如同刀锋。

殇阳关的城头上点燃数千堆篝火，熊熊火焰逆风拖曳数尺，将整个城头染成火红色。赤旅步卒们虚引着长弓靠在垛堞边，一层叠着一层布满丈余宽的城头，石炮和床弩已经就位。嬴无翳在雷胆营的卫护下登上城头，训练有素的赤旅战士并未出声，而是悄无声息地让出道路，让嬴无翳登上城墙的最高处。

从高处望出去，殇阳关下十里方圆，草原就像被密密麻麻的蚂蚁布满，随着这些蚂蚁的爬动，整个地面在蠕动起伏。无数火光闪动，远处高达六七丈的巨型攻城器械被牛拉拽着缓缓推进。

“这么大的石炮！”张博低低地惊叹了一声。

寻常的石炮高不过两三丈，投出的石块能够射出四五百步，而诸侯大军阵后缓缓推进的石炮足高六七丈，几乎要和殇阳关高大的城墙比肩。

“陈国的炬石车，”谢玄道，“能射上千斤的石料。”

“白毅要以这炬石车轰破城墙？”嬴无翳问道。

“轰破城墙不难，只怕白毅攻不进来。”

“怎么说？”

“我国赤旅，堪称东陆步卒第一。联军中淳国风虎、楚卫枪兵、休国强射，都算是实力超群的强兵，但是近战夺城的战力，白毅手下可以说一无所有。”

“那得看看白毅的手段。”嬴无翳摇头。

炬石车停在七八百步外。一连串的火堆在炬石车前燃起，隐约可以看见陈国器械营的军士们赤裸上身将大罐的菜油牛油浇在火堆上，烈火冲天而起，生生逼退了秋夜的寒气，照得草原一片通明。四头公牛一组，缓缓地拉下炬石车的长臂，长臂另一侧的配重是不下千斤的生铁。而后器械营的军士手持火铲，将一个巨大的火团铲起，放在炬石车的投臂上。

阵前一名副将挥舞红旗，猛地砸向地面。一阵此起彼伏的闷响，数十架炬石车一齐发动。只是一瞬间，火光破空而至，数十个火团划破漆黑的夜色，落向殇阳关的城头。

“王爷！”谢玄喝道。

其中一个火团竟然正对着嬴无翳和公主。那团烈火有如一颗巨大的火流星从天而降，几乎能将嬴无翳和公主的身影都罩在其中，灼灼热浪似乎扑面而来。

张博抢过身边一名步兵的重盾冲了上去。他只冲出一步，盾牌就被人劈手夺去。灼热的烈风拉开了火色大氅，嬴无翳挥舞重达三十斤的铁盾，有如一尊巨神般大喝着踏上一步。盾牌侧面和火团冲击，一团烈火在盾牌上崩溃，燃烧的散片带着巨大的余劲散落向城中，仿佛是下过一阵火雨。

嬴无翳也被那股巨大的力量震退一步。

“是烟涛之术！”谢玄道。

嬴无翳抛下盾牌，掸了掸身上的灰烬：“我已经料到，白毅借了风势。所谓的七日之约，他是在等风！这么大的风势，真是难得！”

如果那团火焰是被烧红的石头，即使以嬴无翳的力量，也不过被砸成一团模糊的血肉。而此时周围的人都已经看清，那些燃烧的碎片只是木柴，散发出滚滚的黑烟，烟里带有催人流泪的硫黄气味。数百斤的一团木柴炸开，浓烟顿时遮蔽了方圆几丈的空间，而且还在不断地蔓延。

“这样下去射手无法瞄准。”谢玄摇头。

“不必瞄准，让他们放箭就是了！”嬴无翳喝道，“把所有的箭都放出去！”

炬石车不断地发射，数十万斤木柴堆积在城墙周围燃烧。浓烈的黑烟腾空而起，仿佛一道黑幕把白石砌成的大城彻底遮住，射手不但看不清外面，而且还要忍受浓烟中刺激的气味，烟熏得他们双眼红肿流泪，只能盲目地发射。

漫天火团中还夹着漆黑的球形包裹，都瞄准了殇阳关的城门。那些包裹在城门外的千斤闸上纷纷破裂，其中所含的黄油却从城门的缝隙中透了进去。带队支撑城门的百夫长在那些黄油上摸了一把，满手的滑腻，他在鼻端一闻：“是牛油！”

十数支火箭一齐钉在了城门上，烈火大作，立刻包围了整个城门，从上下的空隙一直烧了进去，几个贴近城门的战士不小心沾上牛油，衣甲顿时燃烧起来。军士刚要取水，却发现已经迟了，滚滚热浪袭来，没人可以靠近城门，只能眼睁睁地看着城门在烈火中扭曲变形。

“王爷，火势太大，还是避一下为好。”谢玄提醒道。

嬴无翳摇了摇头：“不用避了。射手无法瞄准，城门坚守不住，白毅下一步就要步兵攻城，除非我亲自出城去见他。”

“王爷准备正面对决？”谢玄问。

“对于你们这些谋臣，当你们旗鼓相当计策用尽的时候，最终依然只有武士般的对决可以结束一切。”嬴无翳以手指弹动那柄苍青色的“绝云”，刀声铿然。

他提刀而立，呼吸着混着浓烟的呼啸的风：“这是武士的方式！虽然看起来蠢了些，不过也算酣畅淋漓！”

浓烟吸入喉管，他弯下腰，剧烈地咳嗽起来，不得不退了几步，擦了擦被呛出来的泪水。

“王爷！”张博大惊，他还很少看见这个铁人般的主上咳得直不起身。

“他妈的！”嬴无翳直起身，狠狠地骂了一句，“放出这么大的烟来，难道是个烧锅的出身？”

张博和谢玄一愣，对视一眼，同时笑了起来。嬴无翳擦了擦眼角，也跟着他们笑。周围的军士看着三位领军之人在这样的生死关头忽地笑声大作，不禁呆住了。

“王爷还是王爷！”谢玄拱手。

“生死不过弹指间的事，又有什么可惧怕？要说死，我们三个身经百战，早该死了。我们在九原当乡下诸侯的时候，生死面前，不是也可以这么大笑而行么？”嬴无翳理了理短髯，忽地大喝，“张博！你的马喂好没有？”

“喂好了！”张博高声回应。

“那就叫他们列队！”

张博转身，疾步下城。

嬴无翳透过浓烟，眺望着远处的联军大阵，紧紧挽着女儿的手：“阿玉儿，我带你来这里，能够看到这样一场大战，很是欣慰。虽则阵上刀枪无眼，你或者都不能生返离国，不过我要给你看看，这就是你父亲纵横的地方！你看这大阵，便是六国的联军，是我们离国的敌人，父亲现在要以一支军队独战群雄。你怕不怕？”

阿玉儿摇头，一张晶莹如玉的脸蛋上尽是坚毅："女儿不怕！"

"声音很好，够洪亮！"嬴无翳点头，"可是你为什么不怕？"

阿玉儿手指着城墙背后乌压压仿佛堆积起来的赤旅步卒，又指着站在一旁按剑的谢玄："因为谢将军张将军，还有父亲的属下都会跟着父亲奋战。所以我也不怕！"

"答得更好！"嬴无翳微微地笑了，捏捏她的脸蛋，而后叹息，"可惜你为什么不是男儿？"

他移步准备下城，谢玄却忽然踏前一步拦住了他："国师曾说有计谋可以全歼白毅的大军，此时已经到了最后关头，属下冒死请问，国师献给王爷的，到底是什么样的计？"

嬴无翳淡淡一笑："我的刀已经在叫了，现在是决战之前，还管那些人做什么？"

谢玄讶然："王爷和国师彻夜长谈，难道并无结果？"

"计谋是有的，我也应允他去实施，安排了人手去配合他的行动。不过，你相信国师么？"嬴无翳斜眼看着谢玄。

谢玄沉默了一会儿："属下对于国师的来历和所图，深表怀疑。"

"那你又何苦问我？"

"王爷也对国师有所怀疑？"谢玄吃了一惊。

"谁会相信那些不知道其来历、也不知道其目的、身怀你不能理解的秘术、把你看不到也摸不着的神明当作天地间最神圣的主宰来向你传道的人？"嬴无翳冷哼着笑了笑，"雷碧城只是我棋盘外的一颗棋子，有他没有他，雷骑军依然是雷骑军，嬴无翳依然是嬴无翳！武士的一生，只相信自己掌中可以握住的东西！"

嬴无翳举起右手，猛地一振。绝云长刀横在他的身前，映着烈火，划出一道明丽的光弧。

他转身下城，那里他的坐骑已经备好，一身赤红的炭火马不安地嘶鸣着，两名养马的军士都拉不住。嬴无翳上去狠狠地拍了一巴掌："你莫非怕么？”

炭火马依然警觉地竖着两耳，却明显安静下来。嬴无翳翻身上马，提起了沉重的斩马刀，刀刃为周围的火色映红，他凭空挥刀，带起沉重的风声。谢玄率领雷胆营，护着公主在他身后列队，越来越多的雷骑在张博的指挥下披甲上马，扎束整齐地列队在雷胆营之后。烈火照在雷骑兵赤红色的皮铠上，越发红得如血。整个城墙已经陷入了火海，白毅硬是将数十万斤木柴抛进殇阳关中，点燃了这座不用木材修建的城池。

“白毅，真是我的敌人。”嬴无翳低声说。

他缓缓举起了斩马刀。枪骑兵们以矛柄敲击地面，刀骑武士和骑射手们以武器敲击马鞍，数千雷骑齐声低吼："喝！喝！喝！喝！”

连身为都统的谢玄和张博也不例外。

渐渐地，吼声汇成了一片低沉可怖的声浪，地面也因为枪骑兵的敲击而缓缓震动。此时陈国的炬石车已经改为发射炬石，沉重的石料烧红之后被抛进城中，落地砸得粉碎，不但落地处的士兵无从幸免，周围一圈的士兵也为碎石烫伤砸伤。但是雷骑们的低吼却没有停止，反而更加响亮。

等到这片吼声完全控制了周围的节奏，一名军士高举起大旗一振，雷烈之花凌空招展。

城外的原野上，炬石车暂时停止了投射，殇阳关上密集投放的箭雨也忽然终止。

距离城墙五百步结阵防御的步卒谨慎地回撤，休国名震东陆的长弓射手“紫荆长射”此时已经列队在最前方，他们身前竖起防御的木栅栏。射手们虚引着长弓，将全部利箭插在身旁的泥土里，以便随时取用。他们每一个人都在从军的第一天领到一张精致的长弓，除非意外损坏，这张紫荆木制的长弓将跟随他们直到退役或者战死。他们精心调制和保养自己的弓，给弓弦上油，每日要练习发射一百支以上的箭，以确保能够熟悉自己的弓，就像熟悉自己的手指。紫荆木弓的射程可以达到令人惊叹的三百余步，力量仍然足以贯穿铁甲。这些骄傲的射手沉默地等待着，他们的眼神锐利如鹰，紧盯着燃烧的城门。

射手们以眼角的余光对视，周围静得如死，仿佛能听见同袍剧烈的心跳声。

下唐军的战士们高举起手掌厚、一人高的锻铁巨盾，遮挡在头顶，一个方阵缓缓地向着殇阳关下推进。方阵中是被一百二十人推动的攻城器械犀角冲，这件以整根巨木制成击槌的巨大武器在行进中发出轮轴滚动的隆隆声，击槌上镶嵌了生铁铸造的巨大槌头，尖锐如同犀牛的巨角。

任何城门都会在这件改良的巨型武器前崩溃为碎片，即便是用生铁铸成的天启城门。而巨盾组成一张龟壳般的防御，羽箭无法伤害盾下推动犀角冲的战士们，唯一的威胁是城上砸下数百斤的巨石或者檑木。可怕的重量可以把盾牌下的人压成肉泥。

紫荆长射仰天半引长弓，准备对着一切威胁犀角冲的敌人放箭，下唐军的战士们则混杂在紫荆长射最前锋的队伍里，用带着木柄的铁钩扯动床弩的钢弦，在张开的巨弩上安置并排的铁首大箭，每一支均有一人的长度，所有的大箭呼啸着离弦的时候，短时间内任何一段城墙的上方将无人敢于露头。

犀角冲缓慢地接近，它锐利的长角会突破殇阳关已经脆薄如纸的防御，剩下的将只有短兵相接，近身搏杀。

而离军没有动静，不见箭雨投射，更没有令人担心的檑木和巨石投掷下来，被烈火煅烧着的城头上似乎已经空无一人，雷烈之花的大旗早已降了下去。犀角冲到达了城门下，战士们用数十根长绳拉动被铁链吊着的巨槌，而后一齐放松，数千斤的巨槌轰击在城门上，城门发出一声就要迸裂般的巨响，艰难地挺住了。战士们没有放弃，再次拉动长绳，而后又一次放松巨槌。这一次的轰击取得了效果，锋锐的犀角刺入裹了熟铁的巨门，整个城门震动着，城墙上也落下簌簌的石灰。

犀角冲一再地发动轰击，它的周围是二百五十名高举巨盾的战士保卫着它，城门的崩坏只是时间问题。

息辕凑近叔叔身边："再有几击，城门势必倒塌，离公大概没有想到我们会把这种沉重的东西带到殇阳关下来吧？"

息衍抽着烟，摇摇头："军械是小道，战争是用人来打的。"

仿佛应他的话，殇阳关中的平静忽然破裂了，一阵阵低沉的吼声传了出来，有如一只远古的巨兽在黑暗中咆哮。操纵犀角冲的战士们愣了一瞬，每个人心里都不约而同地生起一种恐惧，仿佛那只巨兽正在挣脱钢铁的枷锁，它已经按捺不住血管里流淌的凶性，随时都会冲出来撕咬。吼声一阵强过一阵，几欲摧破城墙！

联军诸位将领立马在一处，六面战旗汇聚，将军们沉默地彼此对看。

"离军是要出城决战。"古月衣低声赞叹，"白大将军谋略过人，在这样强风的天气下，数十万斤木柴被抛进殇阳关里，他们果然不能忍受浓烟。"

"出城？"息辕脸色变了变，"那我们应当立刻撤回犀角冲！离军出城，我们区区一个方阵立刻就被吞掉了！"

息衍按了按侄儿的肩膀："来不及了，那个方阵本就是派出去试探的，战场上这样的一队人，生存的机会原本不大。就让他们砸开殇阳关的城门，完成任务吧。"

白毅默然，手持一根竹箫，应和着殇阳关里传来的吼声，一下下敲打着马鞍。

"以赤旅的悍勇，出城决战我们未必有必胜的机会。我们逼出了野兽，可是野兽也凶性大发，白大将军不怕我们双方两败俱伤？"费安冷冷道。

"费将军还是对我事先没有告知攻城的时间却忽然发动而不悦吧？"白毅于马鞍上欠身，淡淡道，"不过这个驱赶野兽出洞的办法委实太容易防御，他们如果在城里准备了足够的水，火很快就可以被浇灭，所以兵家计谋，重在出人意料，请费将军见谅。深夜还要劳动诸位将军助我攻城，白毅在这里谢罪。”

“现在说这些已经晚了吧？”冈无畏面无表情，“我在八鹿原上曾经看见赤旅冲锋，我们的射手远远不足，他们必然以步卒冲在前方，步卒可以持盾，目标又小，不如骑兵容易杀伤。白大将军想必已经做了充分的准备。”

白毅微微点头：“我已经准备好了。我还准备了一桌筵席，诸位将军，我们不如登高观战。诸位将军都是东陆的名将，没有必要在这里舍身冲杀。”

程奎狠狠地皱了皱眉，他血战成名，素来领兵在前，也以为领军之人若要服众，必须冲锋在前，可是也不便和白毅辩驳。

“请！”白毅比了一个手势，掉转马头离去。他所去的地方，十万联军巨大的中阵处，已经竖立了一座高耸的木塔楼。

诸位将军看着他的背影，彼此间对看了一眼，纷纷拍马跟在白毅背后。没有人喜欢此刻白毅的冷傲，可是东陆第一名将的威严和联军主帅的身份，都让他们难以抗拒白毅的邀请。这也是他们来到这里的那么多日子里，第一次感觉到白毅的锋芒，他还是那样静静的不怎么说话，但是平静中蕴含着一股咄咄逼人。

息衍却还立马在墨旗下，缓缓地抽着烟，眯起眼睛去眺望。息辕带马接近叔叔的身边。

“叔叔，还有什么要吩咐？”息辕低声道。

“不要正面抗拒赤旅雷骑，只需要立起木城楼防御，你手下是疲弱之兵，不堪与狮虎为敌。”息衍也不看他，长长地喷出一口烟来，“和离公那次遭遇你是被迫掌令，这一次却真的要你指挥大军对战，做得漂亮些。”

“是！”

“但是注意离军突围的小队，如果在其中找到小公主的踪迹，那么拼死也要拦下那支队伍！”

“是！”

“若不能救下她，便不要管她，但是不能让离军带着她离开这里！”息衍扭头看着侄儿。

息辕打了一个寒噤：“叔叔是说？”

“真是个傻小子，我说得很明白了，你却没有领悟。”息衍拍了拍侄儿的头盔，声音低沉，“那个小公主可能是帝女，我们来这里，一半是为了她。让她落在离军的手里，有无穷无尽的隐患，帝都对她那么感兴趣，未必不是想看见一个有喜皇帝血脉的女皇帝。宁愿让她死了，也不能落在离国手中。”

息辕看着叔叔，呆呆的不知怎么回答。

“兵法，是诡道，政局更是如此，”息衍掉转马头离去，“战场之外，多少阴谋，都是不可以告人的。”

犀角冲又开始了轰击。

殇阳关高大的城门在熊熊烈火和大力轰击下早已扭曲变形，红热的铁条和燃烧的木屑纷纷落了下来，城外成千上万人的目光都汇聚在这座城门上。

轰然一声，犀角冲荡进了城门里，沉重的大门带着烈火分崩离析，燃烧的巨木重重地砸在地上，溅起无数的火星，有如地狱之门洞开。联军战士们刚刚要叫好，却听见了熊熊火焰中一声雄浑的马嘶，一匹骏马的黑色剪影高跳起来，就像是火中生出的怪兽。

它落在那张龟壳一样的防御上，四蹄带着上千斤的力量。高举着盾牌的战士们无法负荷这样的重压，立刻倒下，被自己的盾牌压断了骨骼。可是骏马却不停息，它踏着那层不断崩溃的盾牌防御高速地前行，所踏之处一片哀号。马背上的武士挥舞九尺长的巨刀在马侧横扫，他仅仅用了一刀，切断了吊起巨槌的四根粗大铁链。数千斤的巨木大槌砸在方阵正中央，数十人瞬时身亡，整个方阵分崩离析。

跟随在马后出城的赤旅战士们呼吼着，用战刀在惊恐的下唐战士们身上砍杀。这些训练有素的杀人者完全不是下唐的士兵所能抵挡的，每次都只是过面一刀，下唐战士也挥刀，但是慢了一步，对方的蛮刀已经切开了他们的喉咙，或者他们举起盾牌，盾牌便被蛮刀沉重的力量砸偏，再一刀依旧是斩断了喉咙。远处观望的联军战士已经不能做任何事，他们甚至忘记了发射箭雨和床弩，他们眼睁睁地看着那支血色衣甲的军队推进，像是越州南部森林里火红色的巨蚁群，它们所到的地方，瞬间就被死亡的红色覆盖。

仅仅是转眼的工夫，数百名黑衣下唐战士便消失在了红色里，赤旅战士们踩着他们的尸体，潮水般缓缓出城。

当先的赤红色烈马低声嘶吼着站在最前方，夹杂在赤旅中，成千上万的雷骑跟在赤色烈马后排队，千万人一齐以兵器敲击马鞍，低声呼喝。此时面向南方的其余五个城门也同时敞开，无数赤红色的身影大踏步地拥出了殇阳关。

此时的殇阳关就像是一座水闸，拉开来，放出的是赤红色的潮水。无人敢中途截击这股赤潮，联军一侧静得令人心悸。所有人紧握兵器，眼睁睁地看着这支赤红色的军队在城墙外有条不紊地列队排阵，打起一面又一面的赤旗。

终于所有的离军战士都出城了，赤旗飞扬，火光吞吐，双方的阵营从未在这么近的距离上全体列阵对抗。没有人敢于轻动，也没有人再能回退。

紫荆长射的弓箭手们挽着强弓，臂力已衰。但是副将的令旗久久没有挥下，离军那股冰冷的气焰仿佛一堵巨墙横在面前，箭在弦上始终没有发出。

绝对的寂静中，可以听见火把噼里啪啦燃烧的声音。手心的汗水沿着长弓缓缓滴落，啪地打在脚面上。

有人打了个哆嗦。

一支羽箭脱离了弓箭手的控制，直射对面离国的赤色大阵！

殇阳关中，老人立马在高处，站在重重火焰中。火光照在他的黑袍上，一层红光如水波一样流动，黑衣从者们跟在他的身后。

浓重的黑烟腾空而起，老人的长袍逆风飞扬，扫过火焰，却不燃烧。火焰仿佛畏惧他，黑袍扫过的地方，火焰便低迷下去。那匹被蒙着眼睛的黑马也不畏惧火光，它沉默地站着，像是黑曜石的雕塑似的。千万人的咆哮忽然爆开，从远处如潮水般扑来。老人缓缓地张开双臂，像是要去拥抱无限广阔的天空。

“开始了！这乱世的火，烧得真是绚丽。”他用低沉的声音唱颂着说。

他回头看向四名从者中的一人，那名从者缓步出列，来到老人的马前跪下。老人以手按在他的头顶：“我的孩子，神的威光与你同在，你的魂将不朽，永远行走在天空中，与星辰同命。”

从者拜倒下去亲吻老人黑袍下踩着马镫的鞋子。

随即他抽出自己腰畔的短佩刀，从小臂上方扎入，贯穿了整个小臂。血从刀锋流了下来，他手中早已握着一只白色的瓷瓶，他以瓷瓶盛了自己的鲜血，恭恭敬敬地捧上去，放在了老人的脚下。

“去吧，”老人低声道，“极大的功勋在等待着你。”

从者转头穿过火焰，大步离去。老人在黑马脖子上拍了一掌，带着剩下的三名从者离去。和离军出城的方向相反，他们去向北方，帝都天启城所在的地方。

赤红色的大潮浩浩荡荡，冲向了联军的阵线，紫荆长射的羽箭也在同一刻离弦。赤旅步卒高举着盾牌在头顶遮挡，另一手持着蛮刀大步向前，第一排的人立刻倒下了，随后的人跃过他们的尸体，依旧向前。目睹离军以血肉之躯迎着密集的箭雨推进，即使是阵后待发的骑兵们也悚然动容。喊杀声湮没了一切，瞬间将殇阳关下变成了咆哮地狱。

塔楼上，诸军统帅遥望战场，神色各异。

"不愧是赤旅，"息衍慨叹，"想是些完全不知道死亡为何物的人。"

"和雷骑相比，赤旅才是嬴无翳立身的根本，"白毅沉声道，"即使水源中被下了毒，赤旅依旧足以和我军一战。离军赤旅，天下第一的步军，野战要封住它，并不容易。"

"依你看，双方胜负各占几成？"

"我不知道，我们也只能等着结果，"白毅比了一个手势，"这里没有火炉，诸位将军请落座饮酒，驱一驱寒气。"

塔楼中央果然放了一张桌子，上面的菜还冒着腾腾的热气。将军们各自落座，就有军士上来斟满了飘香的淡酒。

"戎马之中，因陋就简，诸位将军请用。"白毅比了一个"请"的手势。

将军们举杯饮酒，看着桌面上的菜色，都没有说话。菜式确实简单，酒味入口也淡薄得很，这顿寒酸的筵席令人摸不清楚白毅的用意。

还是程奎按捺不住，将酒盏重重地拍在桌上："白大将军，我们是带兵的人，士兵们正在卖命冲杀，我们却在这里喝酒。白大将军的智谋，我程奎这样的粗人不懂，但是白大将军要说什么，请现在就说。若是没有，程奎便不想再待下去了！"

"程将军快人快语，"白毅慢慢放下酒杯，"但是我有一个问题。"

"白大将军请问！"

"淳国此次出兵，都是风虎铁骑的精锐，却为了勤王而和赤旅对战，若是风虎铁骑全军覆没在这里，而程将军得以斩杀嬴无翳于当场，回国之后，是被褒奖，还是被惩罚？"

程奎愣了一下，不知道如何回答。

"程将军，你会被惩罚。"白毅也并不等待他回答，"这次六国合战，围困的是逆贼嬴无翳。不过话可以说得明白，如今的东陆，没有皇室并非什么大事。诸侯中不想称雄的，我想没有几个人，所以数百年来，我朝诸侯的战争，几乎从未停止。今天，之所以诸位受命领兵勤王，是因为出了一个嬴无翳。嬴无翳是绝世的霸主，所有诸侯都不是他的对手，包括我楚卫国。所以诸位才会和我一样站在这里，举着勤王的大旗，要联手起来，把诸侯中最强的一人除去。因为如果他再壮大，总有一日将各国诸侯分开击破，那时候嬴无翳将是东陆真正的主人。但是我想诸位却不希望在这片战场上损失本国积蓄数十年上百年的精锐，如果程将军杀了嬴无翳，是为了诸侯而杀，可是程将军损失了大队的风虎，却是淳国的损失。所以，程将军，你恐怕不会被褒奖。”

一片沉默，将军们一个个面冷如霜，直身而坐，均不回应。

息衍苦笑：“白大将军也是快人快语，但是揭开了我们这些勤王之军有藏私的意图，白大将军到底想要我们怎么做呢？”

“八鹿原一战，诸侯的失败，与其说是败在离国的强兵之下，不如说是败在诸侯的私心下。”白毅环顾四周，“我相信诸位出兵之前都想到过，如果东陆没有了嬴无翳，你我之间不会是盟友，可能是仇敌。那么杀了嬴无翳的那个瞬间，你我是否已经立刻变作了仇敌？那时候，若是手中没有握着强兵，难保会输在下一次的诸侯大战里。”

息衍还是苦笑：“白大将军是要说，我们只是山里的盗贼，不过是因为山里出了一头狮子，不得不一起来猎狮。而猎完了狮子，我们还免不得为了争一块地盘再次拔刀相向？”

“不是么？”白毅直视息衍。

“大概不便否认。”息衍一边苦笑，一边摇头。

“诸位将军出仕于不同的国家，理应为了本国的利益而战，不过，我们眼前的狮子还没有死。他的爪牙依旧锋利，如果我们中一人藏私，那么我们所有人都葬身在这里，也不是什么不可能的事。”白毅一字一顿，“所以我想请大家都在这里发令，没有一条命令该是撤退，只有坚守，和冲锋！”

将军们都沉默着。费安一扬眉，眉间有怒色，可是目光和白毅相碰，却感受到对方眼睛里一种威仪如大山压下，费安咬牙抗拒了一阵，终于摇摇头，挪开了视线。

许久，息衍长叹一声，打破了僵局：“白大将军，你我是旧识，我却不知道你何时能学会留人一分颜面。不过你说的也不错，那么既然大家还在一条船上，下唐的一切军马，将任由白大将军差遣。”

他将怀中金符、铁印都掏了出来，放在桌上推到白毅面前。下唐国调兵，最高的印信是铁马印，而后是金色菊花符令，交出这两样，等于将大权尽数交给了白毅。片刻之后，古月衣自箭壶中取出一枚金色的箭，恭恭敬敬放在桌上，那是出云骑射的令箭。息衍和古月衣相对而笑，笑容里都有苦意。冈无畏长叹一声，将随身的一个朱漆匣子取出。直到程奎摘下腰间一枚兽钮铜印抛了过去，费安也将腰间的佩刀和印信摆上了桌面。

“好，这样便没有藏私的余地了。”白毅也把自己面前的檀木匣子推了出去。打开匣盖，其中是一枚天蓝冻石印和一枚紫绶龙首玉印，玉光内蕴。

“这是白毅蒙皇帝所赐的御殿月将军印和舞阳侯印，这两枚印，足以调动我楚卫所有十万兵马，我放在此处，和诸位一起打这场胜仗，取嬴无翳的人头。”白毅的目光扫过诸将，“若是任何一方在此战中损失惨重，白毅将竭尽全力，请皇室和诸侯筹集资金，助其恢复国力。只是不知道各位将军是否相信白毅的许诺。”

古月衣在桌上拍了一掌：“好！我晋北国信任白大将军的许诺！”

诸将也都微微点头。

息衍微笑：“这样如果杀了嬴无翳，来日你我再战，也算有一些公平。”

“将来或许是敌人，但现在依旧是盟友。”白毅道。

“依旧是盟友……好！诸位并称名将，可惜出仕不同的国家，身在海北天南，一生之中，未必还有机会能并肩一战，”息衍举盏，“在我们还是盟友的时候，请尽此一杯！”

六人举起酒盏，各自饮干。

“大将军！”亲兵疾步登上塔楼，屈膝半跪，“离军已经突破休国射手大阵，正与风虎骑军厮杀。”

冈无畏不语，白毅默默地向程奎举杯，自己一饮而尽。

“传我令！”程奎重重地拍击桌面，“骑兵分为两翼，劫杀离军两侧，不惜代价，先要割开敌军先锋！”

“是！”候命的淳国军校领命离去。

“息将军，那么下唐的木城楼能否再推进一百步，以阻拦赤旅大队？”白毅斟满了酒，向着息衍举杯。

息衍笑笑：“知道你也不会放过我，可惜了木城楼，操演了六年才有了这样的一点成就，即便能阻拦一时，大概也不免在赤旅面前化作飞灰吧？”

他抓起桌上的铁马印，头也不回地掷下塔楼，放声大喝：“传令息辕，前令收回！木城楼推进一百步，不惜一切代价阻拦赤旅汇兵合流！”

“难得你有这样高声说话的时候。”白毅饮干了盏中的酒。

此时，殇阳关前的战场上。

“王爷！带雷骑先撤吧，”张博带马回驰到本阵下，浑身是血，放声大喊，“淳国骑兵就要突进本阵，我们被切开了！”

下唐的木城楼大车也推了上来，封住了战场正面，阻挡了雷骑的冲锋，分散开的赤旅被箭雨压制，无法汇流。双方十万大军几乎都混在了一起，张博已经看不清有多少股不同旗号的军队在其中穿插，离军几股赤潮的阵形正在一一溃散。素以铁甲和长枪著称的风虎骑军不顾一切地直插阵心，势不可挡，方才踏着尸体冲破休国紫荆长射的赤旅前部已经深入敌阵，转眼间被强行切断。

“没到时候，”嬴无翳手提长刀，还未亲自出马，“传令雷骑，把冲进来的风虎斩断！”

“是！”张博用力挥手，荡去刀上尚未凝固的鲜血。

正疯狂突进的淳国风虎们只顾着纵马践踏，却没有看见始终停留在阵后的一支雷骑两翼微微突起，直指他们过长的战线。

“风虎骑军被雷骑切断，战死一千二百人，损伤不下两千！”

“山阵枪甲一旅被冲破阵形，二旅三旅还在坚守！”

“大约一千赤旅已经拆毁了西侧的木城楼，被下唐军歼灭，木城楼阵形破裂。”

“后撤的炬石车营被离军全数歼灭，炬石车尽毁！”

军报不断地送上塔楼，联军统帅们的脸色越来越阴郁。半夜鏖战，除了楚卫国引以为骄傲的山阵枪甲还有两旅能够坚守，其余阵线已经完全崩溃，连退后的炬石车营也被尽歼。整个战场完全陷入混战的局面，双方对拼的是人命而已。而离军赤旅雷骑，依然斗志不减。

“山阵二旅三旅推进！”白毅不动声色地下令，“一直推进！覆盖战场！”

张博把刀上穿着的一名陈国步卒一脚踢了出去，抬头忽然看见楚卫大阵中凭空高起了一尺！

那是楚卫国的重甲枪士们终于站了起来。起初这些铁甲枪士都是半跪在地上的，以枪柄长达两丈的巨型长枪结成密密麻麻的枪阵。此时他们将重达十七斤的长枪努力举起，长枪沉沉地落下，每一支都压在前面枪士的肩膀上，密集的枪阵就这样形成。层层叠叠的枪锋构造了一片钢铁荆棘。

东陆重装步卒中传名为最强的楚卫山阵枪甲开始了行动，缓缓地推进。

“是楚卫国的山阵，”离军本阵中，谢玄道，“白毅最后的本钱都押上了。”

嬴无翳眯起眼睛，注视着缓缓迫近，有如巨石一般稳健的山阵：“我们剩下的兵力，还能挡住他们么？”

“山阵的背后和两翼是有弱点，但是我们剩下的兵力要是对上他们，还嫌不够，”谢玄摇头，“突破山阵第一旅，我们损失不下五千人……”

“好，那就全军散开！不和他们正面缠斗，”嬴无翳握紧手中的长刀，“雷胆营和剩余的雷骑，都跟着我！”

“王爷要出马么？”谢玄跟在嬴无翳背后，拔了自己并没什么用处的薄剑。

“期待已久！”嬴无翳放声道。

“离军阵形完全散开，避开了山阵，我军东侧快要挡不住了！”军报再次送上塔楼。

“哪里还有可调动的步卒？”白毅猛地起身，损失再大也不足畏惧，可是东侧的战线完全崩溃，就会给离军以脱逃的机会。

“一支雷骑在全力打通东侧的缺口，对方来势太快，我军没有骑兵可以阻挡！”

白毅俯瞰战场，果然是一道赤色的骑兵，正如离弦之箭，高速撕开东侧已经薄弱到不堪一击的防线。对方来势之快仿佛风雷乍动，纵然拉长的阵线中有无数的漏洞可以打击和切断，可是东侧的防线完全被它不顾一切的突进所震撼，根本无力组织起有效的反攻。惊恐不安的战士们像是被利刃劈开的海潮一样分散开去。

“蒙白大将军教诲，事到如今，既然是国家之难，总要有人迎头而上，”古月衣起身，饮干了杯中的酒，“诸军都已经蒙受损失，出云骑军不能全力血战，是我们晋北的耻辱。古月衣愿领五千出云骑军，出战东侧。”

“出云骑军骑射见长，封堵离军，古将军有把握么？”冈无畏质疑。

出云骑军是一支轻骑，却并不像离军雷骑和淳国风虎是以强劲的冲锋著称。出云骑兵以骑射之术闻名天下，出战时候总是在两翼骚扰杀伤敌人，最后汇合步兵巩固阵地。为了便于发箭，有时甚至连腰刀都不用，这支骑军能否挡住雷骑的冲锋，确实是个疑问。

“试一试吧。”古月衣一笑，起身就要下去。

他在梯子前微微一顿，转身向着白毅长拜：“白大将军英雄之器，古月衣敬佩您的坦率。不过我离开晋北国的时候，主上并不曾说要保存实力。主上曾经叮嘱我说，嬴无翳对于任何一个诸侯都是可敬可怖的敌人，所以若是能够杀了嬴无翳，我国愿意拼尽国力。他还说当日在秋叶山城见到大将军的时候，就期待有一日和大将军并肩而战。所以白大将军，也并非每一国都没有您那样的英雄之气。”

古月衣疾步下楼，白毅沉默了一会儿，低声自问：“晋侯爵，雷千叶么？”

诸国将军从塔楼上眺望出去，看着古月衣白甲紫袍的背影在夜色中急奔，出云骑军的下属已经牵上了他的白马。他翻身上马，对空射出一支火箭，随即放马驰向东侧的战线，整个战场上的出云骑兵都随着他向东侧靠近，辎重营的大车也载着成捆的箭支向着东侧移动。

尽是白衣白铠的一支白色骑军在东侧步兵的阵线后急速地调整队形，副将在阵前摇着淡青色雪菊花的大旗。骑兵们麻利地将辎重营运上的箭支插入箭囊，对方那支赤红色的骑兵转瞬间就撕破了原先的步兵防线，冲出烟尘，来得极快。

“准备！”古月衣抽出弓箭。

一字排开的出云骑射手动作整齐地抽出了弯弓。

“玄颐。”

骑射手纷纷搭箭，举起复合弓。弓只是半开，扣箭的右手贴近了面颊。

“盈月。”

骑射手以左手推弓，一次把弓推满。东陆射手中，这种特殊的推弓法只有出云骑兵的骑射手和陈国的射手“紫荆长射”采用，因为这两支射手队所用的弓都相当之硬，右手引弦很难张开硬弓。

只剩下一个命令了，出云骑射手的全身都绷到了极点。古月衣也亲自开弓，平素的微笑荡然无存，一双眼睛冷冷地注视着烟尘中逼近的骑兵。对方呼啸而来，他们的战马在厮杀中已经跑出了血性，热血沸腾下的马群仿佛噬人的野兽，并排仿佛高速推进的墙壁。那些马刀上无不血迹斑驳，交叠如钢铁的荆棘。

“破虏！”

古月衣暴喝，此时只剩下两百尺的距离。两千五百张弯弓齐振，同样数量的羽箭带起尖啸。短短的片刻后，另外两千五百枚羽箭被仰天射出，一场毫不停息的箭雨落下，把雷骑军彻底覆盖了。

出云骑军的“箭岚”。

冲在最前的上百雷骑栽落战马，人马身上都插满了羽箭。尸体自然而然地组成一道障碍。随后的雷骑兵却丝毫没有被障碍困扰，他们看都不看死去的同伴，一起纵马腾空而起，越过了障碍，冲锋的势头丝毫没有衰减。

“玄！”

“盈！”

“破！”

古月衣不断地下令，箭岚一阵一阵地投射出去，更多的敌人栽下战马，可是这支雷骑的主力却展现着可怕的斗志，他们无一人后退。三次齐射之后，雷骑已经逼近到只剩三十步。

那面雷烈之花的大旗就在古月衣前方，古月衣大喝：“乱阵！”

整齐有序的出云骑军大队完全散开，分为左右两支围绕着雷骑侧突出去，箭雨从两侧继续杀伤雷骑。而古月衣自己则带领麾下一队精英，正面直冲。远在钟鼓楼上的诸国大将看见他一骑白马直突入对方的阵形，左右各挎一只箭囊，在战马狂奔中连续开弓左右驰射。有如全然不必瞄准，靠近他的雷骑纷纷落马，雷骑前锋的势头竟然被他所带的一小队骑兵强行截断。

“天生古月衣！”白毅赞叹。

转眼间古月衣箭囊已空，他略停下战马，从马鞍的插袋中再取一束羽箭，麻利地插进箭囊，转身就要继续冲杀。此时，他忽然感觉到背后一匹战马压迫着寒风高速地逼近！

他想也不想，转身一箭射出。对方的武士纵刀一斩，羽箭破为两半。

“何人？”古月衣暴喝。

没有回答，唯有马蹄声烈。

只是瞬息间，那匹火色的战马已经逼到古月衣面前。古月衣全身战栗，却已来不及回撤，只能看着一道刀光裂空而来，激起的气流似乎已经割到了他的面颊。

这是对方的第二刀，大惊中的古月衣挥舞手中角弓去格挡。

刀光毫不留情地切断了弓。那一刀蕴涵的劲道竟然可以在切断弓身以后继续切断松弛的弓弦，古月衣面如死灰。两人擦肩而过，对方闪电般兜转了战马，再次一刀劈下。

对方使出了第三刀。每一刀看似都毫无区别，只是简单的纵劈，只是一刀比一刀更快，更凌厉！连闪避也已经没有空隙，古月衣在绝望中腰刀出鞘，两刀凌空相切，脆薄的腰刀在对方的刀劲下崩成了碎片。

第四刀紧随而来，被腰刀微微弹开的斩马刀只是凌空一震，而后再次劈落！

古月衣在千钧一发中滚身下马。刀落下，他那匹白马哀号一声趴在地上，鲜血从马鞍中间喷涌出来，马鞍断作两截，白马背上一道血痕。那一刀切断马鞍之后，更劈入白马的身体一尺！

一骑黑马驰到古月衣的身边，马上的武士挥舞长戟硬生生格下离国武士的长刀。此时映着火光，古月衣终于看清了火鳖赤铠的离公嬴无翳和黑甲黑袍的息衍，两人全力压下兵刃。一声巨震，仿佛两柄武器都要断裂一样。两人带马贴身擦过。

嬴无翳兜转战马看着对手，息衍却猛地俯身拎起古月衣的腰带，头也不回地退却。

“对一个几乎空手的人，我居然用了四刀，还没有杀死他。”嬴无翳对紧跟而来的谢玄低声道。

他望着隐没在远方的黑马，摇了摇头。

息衍和古月衣回到塔楼之上，远处的雷烈之花大旗已经脱出重围，失去古月衣的出云骑兵们也无法再有有效的阻拦。雷骑们在三里之外驻马，并未立刻退走。古月衣解下肩甲，才发现肩上的皮肤已经裂开，鲜血横流。将军们围上来看了，都是面色铁青，冲锋陷阵的人罕有不以自己掌中武器自豪的，不过目睹嬴无翳重刀之威，他们却都没有挑战这个人的冲动。

“嬴无翳的霸刀，真有雷霆开山的力量，”息衍低声道，“古将军虽勇，不是对手。”

白毅已经没有现成的兵力可以调动，他面色绷紧，却也只能负手遥望嬴无翳本阵的所在。

此时的中央战场里，赤旅依旧和联军步兵苦战。而已经突围的嬴无翳缓缓举起了斩马刀。斩马刀映着火光，一片灿烂。雷骑中有人全力吹起了号角，呜呜的号声在众人耳边回荡，三短一长。

随着嬴无翳举刀，号角声响起，战场上的局势忽然大变。苦斗中的离军毫不犹豫地放弃了所有敌人，汇集在一处，向东侧的空隙冲杀过去。不管联军在背后如何掩杀，离军再不回头。

赤潮再次卷起，离军急速地汇合，越过那个缺口。楚卫国的山阵努力偏向东侧去弥补缺口，和他们擦过的离军损失惨重，战马长嘶着倒地，战士们的尸骨挂在了枪尖上。可是离军依然毫不介意损失，强行避开敌人要和嬴无翳的本队汇合。而后突围的队伍稍做整顿，分散撤向东南方向。

嬴无翳的刀举起时，就像黑夜中唯一的星辰，召唤他忠心耿耿的武士们。此时他是这里唯一的巨人，他的威严覆盖整个原野！

“他是不计死伤，要强行突围！”古月衣忍着疼痛，低声赞叹道。

“我们来不及阻挡，已经是败了。”冈无畏长叹。

息衍没有说话，他看着那面云卷般的赤旗，旗下长刀指天。他微微打了一个哆嗦，发现自己手心里尽是冷汗。

兰亭驿，下唐军辎重营。

“看了离公才觉得自己始终还是小孩，我这样子的人，也不过是在北陆当一个牧羊人的材料，”吕归尘坐在姬野的床边，有些呆呆地看着蜡烛的火光，“可是没办法，哥哥们还是觉得我也是个威胁吧，因为我是阿爸的孩子。我有时候就想，人生下来，路不是自己选的。我们再努力，也不过是一个人，可是其他人，很多的人，他们都推着你去那条你不想走的路上。就算想逃，也是没有用的。”

“我不知道，我也不去想这些。我就知道我不要这样默默无闻，被人看不起，被人欺负……管他多少人要推我挤我，我不想走的路，我绝不会走！将军说我会摘下嬴无翳那种乱世霸主的人头，阿苏勒，我相信的。我比雷云正柯、比方起召彭连云、比昌夜……我比他们所有人都强，为什么最后赢的人不该是我？”姬野平躺着，眼睛眨也不眨地看着军帐的顶篷。

“其实我也想啊，以前特别想和阿爸那样，变成个人人都敬畏的男子汉。可是，上了战场，看到那些死人，心里忽然就很难过。”吕归尘摇头，“将军也说过的，一将功成万骨枯。也许你哪天变得很强，打败了无数的敌人，连离公也被你一枪杀了，和将军那样传名千里。可那又有什么意思呢？”

他低低地叹了一口气：“有时候看着将军，觉得将军也是一个很孤单的人啊。”

姬野默默地看着他的朋友，隔了很久，他低声问：“阿苏勒，你觉得什么是敌人？”

吕归尘愣了一下，摇了摇头：“又有谁跟谁是真正的敌人呢？”

“方起召、彭连云他们算不算？”

吕归尘又是愣了一下，不知该如何回答。方起召、彭连云、雷云正柯，还有那个永远被作为秘密埋在了地宫中的幽隐，此时像几个幽灵般在他心头浮动，但是吕归尘不知道这些人是不是他的敌人，虽然这些人在南淮城里就像他们命里的冤家一样，任何一刻都可能跳出来面目狰狞地找他们的麻烦，可是吕归尘还是不觉得他们是那种你死我活的敌人，如果过马一刀让他杀了他最讨厌的方起召，他可能还是下不去手。可如果这些不是他们的敌人，那么战场上那些被姬野杀死的人更不是敌人，他们甚至只是见了第一面，仅仅因为是在战场上相遇，就要拼个你死我活。

姬野拉动嘴角笑了笑，笑得骄傲又冷酷。他用尽力气扭过头去看他的朋友，抬起那条未断的右手指着自己的脸，一个字一个字地说得分外清晰："我觉得他们就是我的敌人，因为我不对付他们，他们就会踩我的脸。"

面对那双黑得生寒的眼睛，吕归尘一怔。他记得自己和姬野的第二次相遇，那是在东宫里无人知晓的巷子里，月色昏晦，咆哮声被压在喉咙里，孩子们扑杀对手像是野兽一样。那些人抬起脚对着姬野的脸狠狠踩下去，一脚接着一脚。可是黑眼睛的孩子却不求饶，他始终瞪大眼睛，目光从人群中透出来，燃烧着没有温度的火，烧得吕归尘心中一片彻寒。

"我不想管那么多，"姬野低声说，"他们该死不该死，跟我无关，我不想让人踩在我的脸上，所以他们就是我的敌人。上了战场，也就是这样，不管我们面对的是好人还是坏人，你不忍心，他们就冲上来杀了你。"

吕归尘低着头，他的心里纠结着难过。他能够体会到自己朋友心里的愤怒和孤独，像是一头年幼的狼在月光照不到的黑暗里独自舔着溃烂的伤口，狼毛四奓起来，它在发誓再也不要受这样的屈辱和伤痛。这种深藏的愤怒让吕归尘觉得不安，可是他却不能承认姬野说的都没错。如果那个夜里东宫的搏杀不是以姬野的胜出为结束，幽隐和他的兄弟们会不会打断姬野的肋骨、砸碎他的膝盖骨，甚至捣烂他的眼睛？吕归尘能够体会到方起召他们对于姬野的凶恶，这样的事情在别人看不到的时候，方起召他们未必做不出来。他们既然可以猥亵地要求带羽然走，那么废掉他们最讨厌的姬野，也不是什么不可思议的事情。

吕归尘想到这里狠狠地打了一个哆嗦，他忽然觉得坐立不安，他无法忍受他最好的朋友被人打断肋骨砸碎膝盖和捣烂眼睛，他可以想到如果看见这样的姬野躺在他面前，他也会愤怒地冲出去，急欲报复。只是一瞬间，他心里的不安消失，一股坚决压过了一切。

“我不想死人的，”吕归尘缓缓地说，“不过我们是好朋友，只要吕归尘·阿苏勒·帕苏尔还有一口气，我就不会让他们踩你的脸！”

看着吕归尘认真的样子，姬野呆了一下，忽然有点想笑。这个软弱却又善良的朋友，也会说这种大包大揽的话，他连自己青阳世子的位置都保不住，被送到远离家乡的地方，成了身不由己的人质。就算吕归尘真的想，他又能帮自己多少？

不过姬野却没有笑，他点了点头，轻声说：“那就一言为定！”

吕归尘从铺上起身，默默地走到帐门口，面对着军帐青灰色的毛毡门帘。远处地狱杀场的声音依然没有断绝，听得久了，就有一种错觉，觉得那不是在五里外，而是在很远很远的天边。战场上金铁交击的声音、马嘶的声音、惨叫的声音，被风卷着直上青天，又被风带到自己的耳边。

他不敢想这一战到底要死多少人，他也不愿掀起那扇门帘，厚实的毛毡帘子像是他仅剩的一层保护。吕归尘抬起手，手指有些颤抖。他轻轻触摸着帘子的内侧，像是可以感觉到对面沙场上有形有质的肃杀之气和悲哀绝望。

马蹄声由远及近，速度极快。吕归尘愣了一下，此时的辎重营中仅剩下不堪上阵的驮马，可是这蹄声如雷，是绝顶神骏的烈马。

他没有来得及做任何事，青灰色的毛毡帘子整片地脱落，像是一面倒塌的墙壁，压向他的头顶，几乎是同时吕归尘抬起了头，看见了铁青色的战刀。

铁青色的刀光裹在门帘里，对着吕归尘的顶门全力劈落，一匹赤红色的战马双蹄踩在悬空的门帘上，它背上的赤甲武士浑身都是血渍，仿佛忽然由虚空中化为真实的恶鬼。

“是雷骑！”姬野的咆哮还没有结束，外面已经响起了辎重营军士的凄厉哀号。

“雷骑！雷骑！”外面也不知道谁在大喊，喊声却被猛地掐死在喉咙里。

吕归尘全无准备，他的身体全力一拧，本来要将他从中劈为两半的一刀只从他肩膀边上擦过。他没有披重铠，随身的裘革软甲的护肩连着一片血肉被削落。剧痛令他血管里的那股怪力瞬间爆发出来，他一拳击在战马脖子的侧面上。沛莫能御的力道连雷骑兵跑疯了的骏马也无法承受，被他的拳劲生生平推出去一尺后，骏马狂嘶一声，口吐白沫摔倒在地。吕归尘跟上一记膝击，立刻震昏了摔落的雷骑兵。

他回头看向帐外，零星的雷骑从远处奔来，踏入毫无守备的辎重营，而后密度越来越大。这些精悍的雷骑兵胯下一色火红的骏马，全身上下无处不是斑斑的血迹，多数都带着箭伤，但是依旧以刀背振击马臀，大吼着疾驰，遇见逃跑的下唐军士，矮身就是一刀，而后也不回看一眼，踏过兵营向着南方逃离。

传令的雷骑目不斜视地奔驰过去，在马背上用力吹动牛角军号。

“我军……败了？”吕归尘浑身战栗。

他想殇阳关下已经彻底败了，白毅息衍的绝杀之阵未能拦住离军，如今离军的战线已经肆无忌惮地突破到了五里外的兰亭驿。

可时间不容他战栗，几名雷骑已经发现了他所在的帐篷，他的装束和所有下唐军都不同，立刻引起了雷骑的注意。那几骑一齐带转战马，扑向了吕归尘。

他没有古月衣面对雷骑时的冷静犀利，他也没有转身逃走的机会，扑近的几名雷骑以一个接近半圆的阵形堵住了他逃走的一切可能。吕归尘退了几步，几乎绝望，最后一瞬间，他脑子里电光石火般一闪。他猛地跃起，扯住军帐顶篷，狠狠地一拉。整个军帐彻底崩溃，落下的顶篷像是一张巨大的青色幕布，遮住了吕归尘的身影。

雷骑们猛提缰绳，战马腾跃起来，在倒塌的帐篷上跃过，马刀纷纷斩向脚下的帐篷。一记刀光几乎是贴着吕归尘的鼻尖劈下，砍裂了帐篷。刀的寒气像是留在了鼻尖，吕归尘缩在帐篷下面不敢动弹，手却猛地一抖。

他感觉到手里有一件东西，恰好是一件武器——那柄不祥的长刀“影月”——传说它只在杀人瞬间光如满月。握刀的手心满是冷汗。

马蹄声乱了，刚刚冲过去的几匹战马似乎是掉转了方向，又奔了回来。雷骑并未准备轻易放过这个身份与众不同的年轻人，回转来只要马蹄践踏，便不难踩死藏身在下面的人。

钉了铁掌的蹄子在周围发疯一样地踩踏着，踩到身上任何一处，骨头立刻会断裂。吕归尘觉得心跳得快要突出胸口了，他死死地抓着泥土将身体贴近地面，怕自己忍不住跳起来，就会暴露了位置。

“杀了！”雷骑中为首的什长忽然下令。

“杀了？”吕归尘怔住了，他想自己已经被发现。

他呆了一瞬，忽然明白了那名什长的意思，他一直忘了一件事——这个帐篷里还有一个人！

不能动弹的姬野。

吕归尘哆嗦了一下，憋在身体里的冷汗像是打开了闸口，瞬间都排了出去。他猛跃起来，站在月光下，正看见一匹红马高扬起前蹄，就要踩下去。而铁蹄下的脸，就是那个瞳子漆黑的少年！

如此的相似，根本就像是那一次在东宫的窄巷中相遇，那一幕重新上演。姬野的眼睛里烧着寒冷的火，吕归尘觉得自己被封冻起来。

“这就是敌人了？”吕归尘问自己。

“这就是敌人了！”他听见自己的心里有一个声音在吼叫。

他还记得仅仅片刻之前自己的诺言，那个诺言像是在他心里被某个人放声朗诵，声如洪钟：“不过我们是好朋友，只要吕归尘·阿苏勒·帕苏尔还有一口气，我就不会让他们踩你的脸！”

他觉得自己胸膛里沉重的心跳忽地轻快起来，与此同时血气带着漆黑的甜意从背脊窜入头脑中。

他不由自主地往前冲去。

他冲锋！拔刀！咆哮！可是他自己甚至听不见自己震耳欲聋的啸声！

雷骑什长首先是被一声嗡的震鸣惊动，他敏锐地感觉到那是一柄武器在出鞘，而后是可怕的吼叫从脑后传来。他正要看着敌人脑浆迸溅，战马却被吼声惊动，在空中弹动的双蹄没有踩下去。什长大惊回头，仰天望去，看着天空中一轮明月，在几乎是圆满的月轮中，一个影子大鹰一般扑落。

那人手中的武器泛着隐隐青辉，光如满月！

“人怎么能跳那么高？”这个念头在什长的脑海中只是一闪，他的人头就已经和身体脱开了，连带着的是那颗巨大的马头。

战马和人的尸体沉重地栽倒在姬野的身边，溅得他满身是血。他仰面正好可以看见提刀而立的吕归尘，那双褐色的眸子中一片空白。

滚热的血沾在手上，好像全身都是黏黏的。那颗人头还在他脚下，眼睛没有闭上。吕归尘狠狠地打了一个寒噤，缓缓地看向手中的长刀，蒙着一层滚烫的血，这柄邪异的武器似乎真的泛起可怕的月光。

“这么简单……就杀了一个人……”他跌跌撞撞地退了几步。

不是畏惧也不是欢喜，他只觉得自己已经无力再想，沿着漆黑的深渊落了下去，永远也不能到底。

“阿苏勒，背后！”姬野大喝。

吕归尘猛地惊醒。五年的修习，青阳的大辟之刀、息衍的双手刀剑之术、帘子后那位老师的切玉劲，凌厉的杀人之术早已深种在心里，仿佛渐渐成长的妖魔，一旦破了这层障碍，就再也没什么可以阻止它们。

吕归尘旋身挥刀，一记平斩，长刀狠狠陷进了背后那名骑兵的马腹中。吕归尘毫不停留，一沉气，双手按住刀柄全力一推！战马被整个地开膛破腹，那名雷骑的一条小腿落了下来。

“阿苏勒！”姬野的呼喊中，吕归尘提着影月鹰一样再次飞掠而起，凌空斩向下一名敌人。

他冲杀出去，不再回头。

吕归尘一脚踢飞了面前的尸体，长刀带着血光从尸身中脱了出来。他毫不停顿地转身，双手握刀全力推出，刀锋瞬间突进背后那匹战马的前胸。战马的冲劲还未消失，硬生生推着整柄长刀没入了自己的胸口，更将持刀的吕归尘推得退后一丈。吕归尘松开刀柄，拾起地上一杆骑枪，单臂一送，枪锋扎穿了雷骑的咽喉。

“姬野！姬野！”他环顾左右，放声大吼。

没有人回答他。放眼望去，无数赤红色的影子狂奔着向他而来，又狂奔着离他而去。撤退的雷骑在马背上吹响三短一长的号角，无论骑兵还是步卒，所有离军都被号角声催促着，全力向着东南方前进。兰亭驿的整个下唐军营已经被踩烂，栅栏被撞倒，军帐纷纷坍塌，雷骑顺手投出火把，将能烧的一切都化为熊熊烈火。

绝望伴随着恐惧，笼罩了吕归尘，他已经记不得自己杀了多少人，似乎每杀一人，那恐惧就淡去些。辎重营仅有的数百名守备军士似乎已经全部战死，那些搬运马草和修理大车的民夫同样看不到人影，他放眼看到的，只有敌人、敌人，还是敌人！

他想找姬野，可是无论他怎么喊，也听不见姬野的回答。

马蹄声在背后传来。吕归尘猛地回头，马上的雷骑平端骑枪，枪尖扫向他的咽喉。足长一丈二尺的长枪在强横的臂力带动下，扫出虎虎生风的扇形。吕归尘全力挥刀，迎着枪杆劈斩出去。枪头飞旋出去，无头的枪杆却在空中一震，反向挥舞回来。此时吕归尘已经快速踏上一步，长刀挑起。

他的判断失误了，踏上的一步恰好将他送到了敌人的攻势下，枪杆呼啸着击打在他的背心。吕归尘感觉到裘革软甲下那面护心铁镜仿佛铜钟般地轰响，他吐出一口浓腥的血，随着枪杆送来的大力滚了出去。

他想自己终于是要死了，可是他还没有找到姬野，不知道姬野是否还活着。

“阿苏勒！阿苏勒！”有人在耳边喊他的名字，可是声音细微。

吕归尘听不清楚，他觉得自己似乎是被什么东西和周围隔开来了，一切都被屏蔽在外。他感到胸腔里可怕的跳动又激烈起来了，一阵一阵的，除却猛烈的心跳，更有一种古怪而强烈的节奏逐步控制着他的身体。那是什么东西，和心脏一样在跳动，却远比心跳声来得可怕。两个完全不同的节奏，仿佛要撕裂他的身体，又仿佛两个人以不同的频率挥舞拳头，从内部狠狠砸着他的胸腔。

狠狠的一个巴掌扇在他的脸上，疼痛把那种可怕的节奏忽地镇压下去。整个身体轻松了许多了，吕归尘猛地坐了起来。

“姬野！”吕归尘看清了他朋友的脸。

姬野就在他身边，两人都背靠着一个巨大的马草堆。狂奔中的离军大队没有多余的丁点儿时间顾及这两个年轻人，他们或者乘马，或者奔跑，从草堆边快速闪过，并不回头多看一眼。姬野和吕归尘也只能看见他们的背影，如今他们仿佛是两个藏在礁石后的人，看着狂潮在这个礁石前分裂，又在后面激起了的水花。

“你……你在这里……”吕归尘的胸口剧烈地起伏。

“我还有一只胳膊，当然能爬，”姬野说，“刚才喊你，你怎么不听？”

“你……你喊我？”吕归尘惊异地瞪着眼睛。

“我就在这里喊你，喊得很大声，你在那里都不看我一眼。”姬野指着前方那匹被影月贯穿前胸的战马，相隔不过一丈。

“我……我没有听见……”吕归尘茫然地摇头。

现在看来当时他距离姬野只有一丈，他不明白出了什么事，可他没有听见姬野的声音，战场的嘈杂并不足以压住这么近距离的呼喊。而那时吕归尘却能清楚地分辨逼近的马蹄声、战刀挥舞撕裂空气声，斩马时候甚至可以感觉到马的心跳声。

长刀从他无力的手中落了下去，吕归尘重重地靠在马草堆上。姬野看见他眼中泛起一片可怕的空白。

姬野小心地把影月拿过来，插进草堆里，不让吕归尘再握到它。他说不清自己这么做的原因，可是他觉得吕归尘拔出这柄刀的时候，整个人都变了。

不知过了多久，周围才最后安静起来，人流都已经离开了，遍地的狼藉。姬野依旧握着防身的青鲨，觉得全身的伤口都在迸裂流血。他全身锁在一套固定用的木枝中，又被紧紧地缠裹，本来根本难以挪动分毫。当时是那股强大的求生本能驱使着他，以单臂爬过十几丈，避到这堆马草的背后。

“阿苏勒，好像没有人了。”姬野低声道。

“阿苏勒！”

吕归尘没有回答，他依旧靠在姬野身旁，目光呆滞地看向南方。

一个人影忽然从旁边闪出，他身上的血污已经彻底遮蔽了衣甲的颜色，提着缺口的重剑。对方来得毫无声息，吕归尘却像一只惊醒的豹子般跃起，他没有摸到影月，顿了一瞬间，劈手夺过姬野手中的青鲨，一踏地飞身而进，半旋身子，带着腰劲挥斩。

重剑和匕首交击，两人各被震退了一步。息辕和吕归尘呆呆地看着彼此,两个鲜红的人,有如刚从血池中爬出的恶鬼。朋友们再相见的时候，手上都已经流满敌人的鲜血。

两柄武器一起落下，吕归尘坐倒在草堆上，息辕跌跌撞撞退了几步。

黑马奔驰而来。息衍翻身下马，看着满营仅剩的两个活人，长长舒了一口气，回身大喝道："医官！"

"将军，我们败了么？"吕归尘低声问。

息衍微微愣了一下："没有，只是撤退的离军从这里经过。他们顺路袭击了所有的辎重荒地，我们的粮食和马草全完了。"

殇阳关下。

赤潮在嬴无翳霸刀的指引下撕破了联军的防线，抛下数以万计的尸体，仅有五成的离军得以顺利突围。剩下的五成默默地躺在战场上，和联军的尸体肩肘相依，却像是并肩死战的朋友。

一批又一批的离军在嬴无翳身边编队，分散成数百人一队，向着南方撤退。战场上最后挣扎的离军已经为数不多，然而联军也并无实力再做出强硬的追击，机动最强的风虎骑军和出云骑军损伤惨重，而楚卫国的重装枪士虽然还能保持队形，却是根本不可能用于追击的。

"王爷！苏元朗还没有撤出来！"张博焦躁地兜转战马。

"人在哪里？"

"那边。"谢玄薄剑指向殇阳关的城墙下。

嬴无翳的突围，以雷骑居前冲锋，而苏元朗独自率领一支赤旅在最后列阵，守住了后背。楚卫国山阵枪甲向前方推进的时候，将苏元朗所部死死地逼退回去，和大部隔离开来。赤旅是步卒，没有雷骑军的速度，无法绕过山阵和本阵汇合，只能以惨重的伤亡拖住了山阵。而死伤之后，这一部赤旅已经再没有力量发起新的突围了。

"哪里？哪里？我带一千人！杀回去带他们出来！"张博更加焦躁，嘶哑着嗓子吼叫。

"混账！"嬴无翳忽地低吼。

"王爷！"张博瞪大眼睛，"要看着苏元朗死么？"

"你去了，再也不要想有命出来！"嬴无翳狠狠地一鞭子抽打在张博脸上，"要去给他陪葬么？"

“陪葬也好过在这里看着！”张博少有地放肆起来，对着国主发怒。

苏元朗那个默不作声的男人，是和谢玄、张博一样最早投效嬴无翳的人，张博无法忘记最早的时候在总是雾气缭绕的九原城，他和那个方脸无须的沉默年轻人相遇在一支混杂了南蛮部族的新军中，后来这支军队被称作雷骑。那时候的张博、谢玄和苏元朗都还没有今天的名望，是死了也没人多看一眼的小人物，连嬴无翳也仅仅是一个离国侯的公子，很不被父亲看重。而就是这些男人聚集在一起，终究击溃了一路上各种凶狠的敌人，紧紧握住了权力，让整个东陆都不敢小看他们。此时张博远远地看着苏元朗带着最后的一小股赤旅，即将被楚卫方阵逼死在城墙下，他一向什么都不在意的心里有一种被割裂的剧痛。

他知道他就要失去这个朋友了，他马刀再利，也无法改变什么。他只能徒然地瞪大眼睛，和自己的主上对峙，似乎要在这种强横中证明些什么。

嬴无翳看着他满是伤痕的脸，忽然语塞，默默地摇了摇头。

“王爷，苏元朗退入城中了。”谢玄低声道。

张博和嬴无翳一齐抬头去看，苏元朗带着最后的十几名步卒退进了燃烧的殇阳关。片刻，一面残破的红旗在城头上升起，所有人都默然。那是苏元朗引兵登上了烈火熊熊的城墙，他竟然再次升起了离国的大旗。

苏元朗拉开了衣襟，像一个真正的南蛮人那样袒露着肌肉虬结的胸膛，挥剑大吼。

隔得太远，嬴无翳听不清他吼着什么，只看见他挥舞着佩剑，用尽全力。整个东陆最强大的六国联军就在他脚下，所有人都仰着头看他挥舞佩剑，放声呼吼。张博记忆中这个男人从来不曾这样肆无忌惮地说话，苏元朗是个说话太少的男人，有时候让人不明白他心里在想着些什么，他和谢玄张博比又更加冷静，每每说几句话，也是最稳重保守的。而这个时候，张博不需要听见苏元朗在吼些什么，就已经明白了一切。那吼叫的样子是如此的无所顾忌，根本像极了年轻时候的嬴无翳还有醉酒高歌的谢玄，这个石头一样的人此时似乎要把自己一生积下的话都对着他所蔑视的六国联军吼出去。

张博忽地记起初相遇的时候苏元朗说的那句话，张博问起他为何要参加这支由一个年轻公子招募的盗匪一样的新军，苏元朗说："今天是盗匪一样的新军，明天可未必是。"

张博忽然明白了这句平淡的话里的意思，沉默的苏元朗一样有在这乱世里征战的绝大梦想，他后悔当初没有更直接地问苏元朗，问他说："你也想要天下人都知道你的名字，骑着战马所向披靡么？"

苏元朗想必也会回答说是。不同的人，血管里流着相似的血，所以他们终究走到一处。

一支羽箭飞射，准准地扎进了苏元朗的心口。他的身子震了一下，剑脱手了，和他的身体一起，栽下了九丈六尺的接天城墙。

后世把谢玄、张博、苏元朗称为"离国三铁驹"，而苏元朗这匹沉默无言的铁马，以他激昂的死亡终结了这场惨烈的殇阳之战。事后白毅用一面"箭破蔷薇"的白氏家徽战旗覆盖在苏元朗的身上，浇上火油焚烧，给了他极大的敬重。

塔楼上，凭栏的息衍望着这一幕幽幽长叹了一声："白毅，你现在该知道为何你的军阵和谋略都在嬴无翳之上，我们今日还是不能封死他了吧？你楚卫国的枪士，可能如此为你效死命？"

"不能。"

张博远远地看着剩下的军士跟着苏元朗一起跳下了城墙，已经说不出任何话了。

"走吧！"嬴无翳猛地转过了头。

他所在的这个千人队，已经是离军最后一支。此时战场上已经空阔起来，只余下满地的尸首。张博也没有再看，率先驱动战马，奔驰在马队最前方，向着南面退去。他用力以衣袖拭面，掉转头的时候没有和嬴无翳与谢玄照面。

“不知道能否用金钱换回尸骨，”谢玄低低叹了口气，“苏元朗是王爷旧部，我们所剩不多的最初的战友，如果尸体都不能收葬家乡……”

“不必了，”嬴无翳挥了挥手，“有朝一日我取下东陆，哪里都是离国！哪里都是家乡！葬不葬在离国又有什么分别？”

他猛地挥刀一振，带马奔驰起来。最后一支离军也跟随嬴无翳，踏上了去往离国的归程。

殇阳关上的火还在烧着，白毅一身白袍被火光染红，息衍的黑甲上也仿佛抹了一层血。两人都望着离军远去的背影。

“你已经尽了全力。”息衍笑了笑，却并无喜色。

白毅没有回答，也没有任何表情。

“弓！”他忽然断喝一声。

敏捷的黑衣军士立刻捧上一张银背的角弓。那张角弓竟然长达四尺，弓身和弓弦都泛起一种银灰色的光泽，不知道是用什么材料制成的。与弓配套的还有七枚银灰色的箭矢，比普通角弓用的羽箭长出一尺。

白毅掀起长衣，闪电一样掠下塔楼，旁边早有人牵上了他的战马“白秋练”。他单骑出阵，仿佛御风而行，竟然不带任何亲兵，单骑追赶嬴无翳的大队骑兵。息衍脸色微微一变，跟着下楼，跳上自己的黑马墨雪，紧紧追着白毅。

雷骑的战马跑得已经疲惫，而白毅一人一骑有如电闪，片刻间，距离嬴无翳本队只剩下六百尺。他张弓搭箭，瞄准那一袭火色的大氅，离军却全没有注意到他的逼近。

“白毅！”息衍追在他背后，压低声音喝道。

白毅稍微迟疑，依旧张着弓，却不发射，却是微微合上了眼睛。

“公爷！”息衍忽然放声大喝，“请接白大将军一箭！”

他的暴喝声逆风直送出去，一时竟然压倒了千万的马蹄声。就在话音出口的瞬间，白毅睁开了眼睛，目光灿然逼人，羽箭划出一道银灰色的光痕，直射嬴无翳的背心！

古月衣在塔楼上，目光正好捕捉到这一箭的痕迹。他以弓术成名，却不敢相信世界上有这样的箭，那根本就是一道洞穿黑暗的银灰色光线！

“王爷！”谢玄也是大吼。他一转眼，那道银灰色的光线已经近在眉睫！他不曾见过这样可怕的箭劲，飞跃五百尺后，羽箭的去势依然毫无衰竭。他看见白毅睁眼，目光掠到，箭也就到了！

谢玄不顾一切地探身出去，要用身体挡下这一箭。他完全没有把握接箭，只能赌上性命。

来不及眨眼的瞬间，变化陡生！谢玄摔下战马！刀光劈空斩落！

银灰色的长羽箭在空中被分为两段，断箭的去势不绝，分别刺入了炭火马两侧的土地中。嬴无翳斩马刀扬起，望着远处停了马的白毅和息衍：“好。”

那个瞬间，嬴无翳是单手扯着谢玄把他扔了出去，而后挥刀劈箭。发箭，破箭，都是短短的一刹那，快得不可思议。

有如鬼神张弓，而后鬼神挥刀。

“公爷快走！”谢玄爬上马背，惊魂未定，“白毅弓箭，天下无二！”

嬴无翳摆了摆手：“不必了，已经对了一阵。我听说用弓箭的好手，仿佛刺客，杀人务求一击必中，不成则立刻退却，瞬息千里。白毅一箭不中，不会再射。”

“可是……”谢玄带马阻挡在嬴无翳的身前，还是万分警觉。

“我听说你有七支箭！剩下的，留给将来吧！还有我麾下将士的血，白毅，你我之间，没有那么容易结束！”嬴无翳放声大喝，而后霸刀一挥，雷烈之花的大旗渐渐在黑暗中隐去。白毅果真没有再追赶，任凭他们远去了。

“你如意了。”他转过来看着身旁的息衍。

“你真的要杀他？”

“我早就告诉过你！”白毅低声喝道，“早已不是当年！白毅和天驱再没有瓜葛！”

“是么……我倒也不是不知道。”息衍悠悠叹了口气。他早知这个答案，却还是不愿亲耳听到。

静了一会儿，白毅摇头：“这是我平生第一次失箭。”

“嬴无翳都说了，你的箭真的只有七枚？”

“只有七枚，”白毅轻声说，“等到有一天我射完了这七枚箭，也许就是我战死的一天。”

八月二十八日，晨，帝都，天启城。

博山炉爇着极品的水沉香，香气在寂静的宫室里一丝一丝弥漫开。

早晨的这一刻，天启的天空极高极淡，纯净透明。远处传来古钟悠悠的鸣响，已经是卯时。鸽子越过高入天空的宫墙，轻盈地落在了窗前。一双涂了豆蔻的手解下鸽子脚上的竹筒，取出里面的桑皮纸。

“嬴无翳逃了。”

白衣少年恭谨地跪在阶下聆听。

“昨天午夜，白毅以炬石车抛掷木材烧城，发起总攻。嬴无翳出城决战，双方战死不下四万人，还是让嬴无翳杀出了包围。你怎么以为？”

“嬴无翳对于联军多有杀伤，一旦突围，现在白毅想要追赶也力所不能及，前面剩下的几个关卡不足以克制他，再没有办法可以阻挡他归国。不过嬴无翳此次损失同样惨重，必然要休养生息，几年内不足畏惧。而诸侯慑于离国主力尚存，少不得还要继续依附皇室，正是我们得以发展的良机。一切都在长公主掌握之中。”

长公主冷冷一笑：“你真是越来越讨人喜欢了。这一次分明是我失算，叫你说起来却像是我运筹帷幄。”

“嬴无翳年过四十，再过几年必然雄心衰退，公主不必为他伤神。”

“哦？”长公主幽幽地说着，拾起桌上的银镜自照，“你这么说来，我的年纪是否也太大了呢？”

“公主恕罪，公主恕罪，”少年手脚并用，惊慌地向后退去，“宁卿不敢，宁卿不敢。”

“哼！”公主冷笑一声，“你知道楚卫有一个公主，叫小舟的么？”

“我听说楚卫国国主没有公子，唯有这一个公主，国主爱逾珍宝。周岁时候陛下赐以白金小舟，所以又名小舟公主。嬴无翳离开帝都的时候，他的先锋恰好截住了公主的车驾，这位小公主应该是被囚禁在殇阳关里。”

“嬴无翳突围，没有带着这位公主，如果这场大战还没有要了她的小命，还有些好戏看。”长公主冷笑，“好！那你猜猜破关之后，谁会夺得这位公主殿下？”

“宁卿听说小舟公主此行正是要去下唐国充当人质，难道……”

长公主笑着抓了一把碎米去喂信鸽：“如果我请陛下下旨，将小舟公主许配给别家诸侯呢？”

“公主这是要……削弱楚卫和下唐的联盟？”

“你以为白毅就是真的忠君爱国之辈？白毅在楚卫国一人之下，万人之上，军政大权集于一身。连国主都要上表皇帝，保荐他为舞阳侯。楚卫国国主不过是一个公爵，白毅自己倒是侯爵了。白毅不过三十多岁，已经身临绝顶，他若想再进一步，恐怕只有……”

“乱世之中不容羔羊之辈，小白，你说是不是啊？”长公主轻声笑着，温柔抚弄着那只叫小白的鸽子。

长公主靠在桌子上，虽然韶华不再，可是皇室特有的雍容华贵依旧。那件柔软的丝绸睡袍下，身体的曲线还是玲珑有致的。可是跪在阶下的宁卿似乎根本没有看见这些，依旧半低着头，小心地跪在那里。

“啊，畜生！”长公主忽然惊叫了一声。原来那只信鸽啄食米粒的时候不小心啄伤了她的手，一道细细的血痕留在虎口上。

盛怒之下，长公主一把抓起那只信鸽，硬生生捏折了它的脖子把它扔出窗外。几片雪白的羽毛散落在桌上，如果不是亲眼看见，谁也无法想象那双修长的手竟然有这么大的力量。

“公主……”宁卿心惊胆战，小心询问着。

“没事，”许久，长公主恢复了平静，“一只鸽子，做错了事情罚它就行了。你不要怕。”

迈着细碎雍容的步子，她走到卧榻边，揉着乌云般的长发：“唉，倦得很。本以为这一战足以颠倒东陆的时局，至少也可以削弱诸侯的势力，结果才死了四万人，才死了四万人……何时才能叫那些尽是不臣之心的诸侯死得干干净净？”

“倒是还有一条消息，夜里的急报，当时公主正在小憩，未敢打搅。”宁卿小心地禀告。

“是当阳谷的那只老虎有动静么？”

“不，是说不日有位客人要来访。”

“客人？”长公主微微皱眉，冷冷一笑，“什么样的客人不是来我的玉阶前求见，却要提前通知我他的驾临啊？很大的威仪嘛。”

“只说客人姓雷，从离国而来。”

“雷？”长公主猛地振作起来，转而沉默片刻，忽然放声欢笑，“怎么忘了？怎么忘了？原来碧城先生终究没能忍住不动啊！来得好！来得真好！本来以为要落幕的大戏，如今看来不过刚刚开始！”

“公主谋略，万无一失！”宁卿急忙赞颂。

长公主却忽地收了笑容，冷冷地靠在卧榻边，沉思了一会儿：“你绝世聪明，又会看女人的脸色，真是不可多得的尤物。不过这个雷碧城却不是我谋略中的人，他这个人，实在太难算准了。”

她再次沉默，久久地望着窗外，似乎微有不安。

“唉！该来的终会来，倒也不必急于弄明白，人生在世，得享一刻安逸是最要紧的。为了白毅和嬴无翳这一战，搅得我一早晨未睡。宁卿，过来。”长公主慵懒地招手，声音中有一丝媚意。

白衣少年磕了一个头，小步靠近了卧榻。长公主侧身躺在绣着金色玫瑰的织锦牙床上，摘下发钗，解开了胸前的带子。半边睡袍滑落，略显苍老的肌肤暴露出来。

暖炉中的栗炭爆起一个火星，男女缠绵声中，锦绣精致的宫室中弥漫着一丝暖洋洋的春情。

殇阳关下，天色蒙蒙地亮了。

微凉的晨风吹过原野，带着浓重的灼烧气味。一列辎重大车缓缓开向城门，吕归尘疲惫地倚在车轼上。放眼望去，无处不是尸首，互相重叠起来。血被干燥的地面吸干了，大地满是鲜红。

旗杆从一名离军士兵的背后刺穿了他的胸膛，他半跪在那里面朝南方，头颅深深地垂下，有如祈祷。

战场的正中央，一支长达两丈的楚卫国铁甲枪被深深插进土里，直指天空的枪头上，挑着一颗人头，像是一种古老的血腥图腾。血缘着枪杆滴了下去，染得一片褐红。人头还瞪着眼睛，仿佛是低眼俯视这片残酷的沙场，脑后一把长发在风中幽幽起落。

经过的时候，吕归尘抬起胳膊挡在头顶，仿佛还有鲜血从那颗人头上滴落，令他不由自主地遮挡。

远处的一处山峰上，年轻人正背着双手眺望，白衣飘飘。他选的位置很好，从这里看下去，整个战场和那座古老的雄关被他收入视线中。

殇阳关里腾起袅袅轻烟，透过烟柱往北看去，是茫茫的帝都平原，再远的地方就是天启城，而后是淳国的边界，而后是天拓海峡，再然后，是北陆浩瀚的草原。他的目光仿佛已经越过了上万里，一直去向天涯海角，将整个九州大地收在视野中。

他的背后，一名小童正捧着书板。书童和公子都带着陈国式样的遮雨高笠，脚下缠着草绳。小童是一身方便的蓝短衣，公子高挑颀长，一身朴素的白袍，染了污泥的长摆盖过脚面。爬了半夜的山让他看起来有些狼狈，不过临风观战，他还是保持住了自己傲然不群的气宇。

“项公子，回去吧！早晨那么冷，还死了那么多人。这打仗，有什么好看？”书童受不住冷，劝道。

他受雇于这个姓项的主顾，中午就从小道登山，一直等在这里观望。如这个翩翩公子所预料的，一场大战果然在入夜之后爆发。不过兴致盎然的只是公子而已，书童并不想顶着寒风熬夜观看一场血流成河的大战，在这么高处看去，下面的人杀人仿佛蝼蚁的对决一般，既不好玩，也不悲伤。

“刚才说的你可记下来没有？”项公子回头一笑，“成帝三年八月二十七日夜，楚卫、下唐、晋北、淳、休、陈六国联军战离国于殇阳关，尸体相藉，血流遍野。离公嬴无翳破阵南归，殇阳关门户已开，白氏帝朝换姓改元之期可待矣。”

“记下了，记下了，公子我们下山去吧。到镇子上吃一碗加蛋花的糊辣汤，解解寒气。”

项公子摇头：“改朝换代，是国家大事，比不上你一碗糊辣汤重要？你且仔细看看这卷地图，帝朝七百年来，还从未有如此规模的诸侯大军踏入殇阳关，进逼天启城。如今门禁彻底打开，天南三国都有入主帝都的机会。北方淳国也已经卷入霸主之战，北陆蛮族难保不会趁机挥军南下，晋北若是要联合羽族，西越锁河山，一月之内就可以穿过陈国占领天启城。呵呵，玫瑰凋零，阵云纷起，白氏没有未来了，可到底是谁能拿下这片神州？”

“管他谁能拿下，和公子又没有关系，难道要改朝换代，就不喝糊辣汤了？”

“糊辣汤是要喝的，”公子笑，“不过改朝换代，很快就会跟我有关系了！”

图书在版编目(CIP)数据

九州缥缈录.3,天下名将:典藏版/江南著.--北京:人民文学出版社,2024(2024.11重印)
ISBN 978-7-02-018322-7

Ⅰ.①九… Ⅱ.①江… Ⅲ.①长篇小说-中国-当代 Ⅳ.①I247.5

中国国家版本馆 CIP 数据核字(2023)第 196429 号

责任编辑 **徐子茼 秦雪莹**
责任印制 **宋佳月**

出版发行 **人民文学出版社**
社　　址 **北京市朝内大街 166 号**
邮政编码 **100705**

印　　刷 **北京盛通印刷股份有限公司**
经　　销 **全国新华书店等**

字　　数 **206 千字**
开　　本 **890 毫米×1290 毫米 1/32**
印　　张 **7.875 插页 1**
印　　数 **6001—16000**
版　　次 **2015 年 11 月北京第 1 版**
印　　次 **2024 年 11 月第 2 次印刷**

书　　号 **978-7-02-018322-7**
定　　价 **49.00 元**

如有印装质量问题,请与本社图书销售中心调换。电话:010-65233595